尘世浮华·梦之华衣

THE MIRROR

图书在版编目（CIP）数据

织梦者 / 沧月著. -- 北京 : 北京联合出版公司,
2016.5
（镜）
ISBN 978-7-5502-7640-6
Ⅰ. ①织… Ⅱ. ①沧… Ⅲ. ①长篇小说－中国－
当代 Ⅳ. ①I247.5
中国版本图书馆CIP数据核字(2016)第083139号

镜·织梦者
作者：沧月
责任编辑：张萌
选题策划：读客图书　021-33608311
特约编辑：周汝琦　余慧
封面设计：80零·小贾
版式设计：黄巧玲
责任校对：绳刚　张新元　曹振民

北京联合出版公司出版
（北京市西城区德外大街83号楼9层　100088）
北京华联印刷有限公司印刷　新华书店经销
2016年5月第1版　2016年5月第1次印刷
字数182千字　680毫米×990毫米　1/16　17印张
ISBN 978-7-5502-7640-6
定价：38.80元

如有印刷、装订质量问题，
请致电 010-85866447（免费更换，邮寄到付）

目录 Contents

云荒

第一章 艾美 002
第二章 萧宅 011
第三章 沉音 016
第四章 转瞬 023
第五章 辟邪 029
第六章 梦魇 037
第七章 龙战 048
第八章 神魔 055

目录 Contents

066 第九章 归家
075 第十章 梦之卷
080 第十一章 苏醒
088 第十二章 惊梦
096 第十三章 陌路
103 第十四章 红尘
114 第十五章 新生

海的女儿

128 第一章 雨城

目录 Contents

第二章 鲛人 135
第三章 诸神的聚会 145
第四章 蓝 156
第五章 遗事 167
第六章 星祭 175
第七章 朝闻道 182
第八章 夕可死 191
第九章 海国 200
第十章 遗赠 208

目录 Contents

神之右手

218 第一章 黑瞳
226 第二章 刺客
234 第三章 帝王泪
244 第四章 渎神者
251 第五章 冰封祭坛
257 第六章 暗黑破坏神
264 第七章 永垂不朽的诗篇

镜

云荒

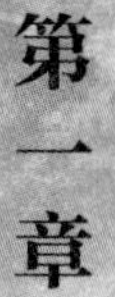

第一章

艾美

葱茏的树木，在草丛里时隐时现的小径，远处是一栋白色的别墅，别墅上面有一扇美丽的红色雕花窗。推开窗，窗后是……

那一瞬，艾美猛然惊醒。

“当，当，当！”醒来的时候，隐约听见楼下客厅里的钟敲了三下。

“唔……三点……该死的……”翻了个身，迷迷糊糊地嘟哝了一声，她将脸埋在松软的枕头里，继续睡。怎么这几天老是这个时候醒呢？见鬼，明天还要起来去上早自习呢。

半梦半醒中，脑中定格的是梦的最后一个镜头——红色的窗，窗后是什么？想不起来……模模糊糊地，她又睡着了。

“嗒、嗒、嗒……”忽然间，她听到楼梯上传来轻轻的脚步声，非常地规律，在寂静的夜中敲响。她全身一个激灵，眼睛在黑暗中睁大了——小偷？是有小偷吗？

她想挣扎着起来打开床头的台灯，然而，手又顿住了，只是凝神细听。

嗒、嗒、嗒……那个轻轻的脚步声一直没有停，一直在响着，似乎永不会停止。

“一、二、三、四……”艾美默数着。时间似乎也凝固了，她不停地数着，一口气数到了一百多，那个声音却依旧没有停。冷汗冒了出来，手心一片凉意。怎么可能……怎么可能！她家的房子虽然是郊区的排屋，但是也只不过三层而已！

即使从一楼到三楼，也只有四十八级台阶。

嗒、嗒、嗒……那个声音依旧在黑夜中不停地响着，一级一级，却似乎慢慢靠近了。

习惯了黑暗后，依稀辨别出了室内熟悉的陈设。她的手指颤抖着摸索到了床头柜子上的一只Kitty猫的笔筒。塑料硬实的质感握在手中，她忽然有了些微的安心……怕什么？不就是一个小偷吗？然而，她的身子还是不由自主地微微发抖。

无休止的脚步声终于在卧室门外停止。然后，也没有听到门锁转动的声音，她却看见了门微微开了一条缝。

"去死！"她想也不想地将手中的笔筒对着门用力砸了过去，声音因为紧张和激动而颤抖，大喊了起来，"小偷，有小偷！老爸老妈，有小偷！"

"乒"的一声，笔筒砸在了门上，开了一线的门轻轻吱呀了一声，关上了。

然而，楼梯对面父母的房里却没有一丝响动。讨厌！为什么都睡得那么死？

她扯着嗓子大喊，手用力摁着台灯的开关，然而居然怎么都开不了灯！冷汗湿透了睡衣，她的眼睛死死盯着卧室的门。然而门没有开，外面也没有声音。艾美有些发怔地坐在床头，侧耳细听，却仍然没有开门出去看的勇气。这一刻的寂静过了很久很久，卧室的门没有再打开。

她舒了口气：看来，那个进来的贼被人发觉以后已经溜了吧？

坐在黑夜里，艾美不知不觉居然又起了浓浓的睡意，身子慢慢下滑，一头栽进了被子。该死，该死的……怎么这么快又困了呢？她嘟哝着，然而却阻挡不住那浓烈至极的睡意。

在重新入睡前，模糊中，她忽然听到了门外传来了一声叹息。

她吓得全身绷紧——在门外！那个人就在卧室门外，一直没走开！

她想再次大叫起来，然而，袭来的睡意是那样出奇地强烈，她一头栽入被子里沉沉睡去了。红色的窗、红色的窗……窗子后面，是什么呢？

在睡去的刹那，脑子里面居然还是那样乱七八糟的梦。

“小美，起来起来！上学要迟到了！快点快点快点！已经七点钟了！”早晨，没睁开眼睛，照例先听到了母亲的催促声，一把掀开了她的被子，“起来！早饭已经做好了。”

冷气的侵入让她的神志一清。刹那间，她清清楚楚地回想起来昨天晚上的情景，忽然从床上直直地坐起，抓住母亲的手，大叫一声：“老妈！昨天晚上家里进了小偷！你快看看丢了什么东西没有？”

正在给她收拾书桌的母亲白了她一眼：“睡醒没？太阳都晒屁股了，还说梦话。”

“真的有贼！我喊你们了，你和老爸睡得太死了！”艾美不服气地叫了起来，挥舞着手臂来加强自己话语的说服力。然而，她的声音忽然顿住了：那个笔筒……那个Kitty猫的笔筒，居然依旧好好地待在桌子上那个地方！

见鬼……怎么回事……明明昨天晚上……

她坐在床上，怔怔地看着那个昨天半夜被她扔到门上的笔筒——Kitty猫戴了个粉红色的蝴蝶结，笑眯眯地趴在桌上。她一时语塞，头脑一片空白。

做梦吗？原来真的又做梦了……

“清醒了没？可真的要到七点了！快快快！”眼前蓦然一黑，原来是老妈将毛衣迎头套下来，不耐烦地催促道，“牛奶都凉了！我先去把它热一下，你快点下楼。”

老妈走开，下了楼。脚步声在楼梯上响起，嗒、嗒、嗒……艾美的神思一时间有些恍惚起来，下意识地数着，一共二十四次响声，然后，传来了母亲到了一楼换拖鞋的窸窣声。

没错，卧室在二楼，应该就是二十四次响声才对……艾美想着，忽然笑了起来。什么呀！真是高三综合征！看来自己真的是睡眠不好了，老是做这种奇奇怪怪的梦。或许，该让老妈将楼下那个座钟换成电子钟，那嘀嗒嘀嗒的声音真是让她神经衰弱啊……

艾美迅速回过神来，用力将头从毛衣中钻出，然后三下五除二地穿好了衣服，跳下了床。她风卷残云般地将桌上堆积的作业本和课本扫进了书包，小心翼翼地确定了一下那本最心爱的小说《长歌》放在了最底层，才一跳一跳地下了楼。

当她跳下第一级楼梯时，她的脚步忽然顿住了。然后，倒抽了一口冷气，慢慢地转过头，看着墙角门边的某处——那里，躺着一片塑料碎片。

粉红色的、Kitty猫头上蝴蝶结的碎片。

“饭盒搁好了吗？午饭我给你准备了尖椒牛柳，小心汁子流出来。”七点零五分，在她准时将自行车从家里那个小花园铁门中推出的时候，依旧听见母亲在后面絮絮不休地叮咛。

海城是个东海边的小城市。她的父母是普通的国家公务员，三口的小康之家在市郊，虽然地价便宜，房子也是一梯一户的排屋，但是离学校却远，每日就算骑车也要将近半个小时。因为父亲喜欢园艺和古董，为了拥有一个小小的花园，坚持在这里买了幢房子。

“知道了知道了！老妈再见！”背上书包，艾美逃脱般用力一蹬，车子从家门口那条斜坡路上飞了出去。

从家里到学校，二十五分钟的车程是非常紧张的，简直是一分钟都耽误不得。她不敢大意，如往日一般用力蹬着车，穿过那一片绿化林区。深深吸了口气，然后哼起了歌儿。

故作轻松。她也知道自己在极力摆脱方才的回忆——那散落在墙角的碎片明明白白地证明了，昨晚所见到的一切并不是一个幻境！

那是真实的。

然而一想起那个不知从何处走来，一直停留在卧室门外的人，艾美的心里就有森森的冷气。家里的东西一件都没有少，连门都没有开动过的迹象，那个人甚至还替她捡回了扔在门边的笔筒……

究竟是为什么？艾美一边苦苦思索着，一边沿着道路用力蹬车。

从家里所住的郊区进入小城干道，还需要骑上十多分钟的路。这一路上两边是市郊最大的一条绿化林带，满目的苍翠。这条路十分冷僻，也是每天晚自习以后，她都要找露儿搭伴回家的原因。

露儿的家在绿化带前方不远处，骑车再转两个弯以后就能看见。

然而，艾美却在第一个转弯的地方，撞上了坚硬的实体。

因为对于道路熟悉得可以闭上眼睛，她如往常一样不安分地双手脱把，哼着歌骑车。所以在意外地看见转弯后路边出现了一个没见过的路牌时，她甚至连刹车都来不及捏，只惊呼了一声便直直撞了过去。

三十秒钟以后，她从地上爬了起来，气呼呼地抬头看那个路牌。

新立的路牌连着一个信箱，还散发着油漆的味道，上面用红色标着“萧宅”两个字。字底下还画了一个箭头，直指林后。

艾美这才惊讶地发现，不知何时林中的草地上已经辟出了一条小径，在酢浆草丛中曲曲折折地通向林中深处。草叶有些歪倒，是有人新踩过的痕迹。

怎么，原来这里已经有了新住户？所以才钉了个新路牌？

真倒霉。艾美从地上扶起了车，盒饭已经打翻了，青椒牛柳的汁子弄脏了她的裙子和书包，膝盖也蹭破了一块。心中的火气腾地冒出来，在跳上车前忍不住抬起脚，狠狠地踢了那个倒霉的路牌一下。

七点十五分了。再也不能多耽搁，艾美揉着膝盖跳上了自行车，继续赶路。

在前方拐弯时，她的眼角无意中瞥了身后一眼——那个路牌旁边不知何时站了一个穿着紫色衣服的长发女子，正弯下腰来，扶正了那个被她一脚踢歪的路牌。

哦……这个人，就是新来的萧宅女子吗？刚才她该不会看见自己踢她家的牌子吧？

她忽然觉得有些赧然。

晚自习结束是夜里九点整。

“对了，明天一定要记住把最新的《长歌》带来。昨天我看完了第八章，一夜没睡好想着后面如何呢！沉音写的东西真是好看啊。”露儿在这个岔路口千叮万嘱。一路骑着车回来，两个女孩都在议论着这本书，一直说到了家门口。

《遗失大陆》是近十年来最畅销的一本书，讲述的是一个名叫“云荒”的大陆上的种种故事。它架构庞大，设定繁复，气势恢宏，在文学性和商业性上都获得了极大的成功，从而第一次架构起了东方体系的奇幻模式。十年前开始连载，已经出到了第五卷，至今畅销不衰。除了书籍出版，它同时也被改编成了动漫和影视作品，真是到了家喻户晓的程度。

就连已经逼近高考的艾美和周露儿，也无法抵抗这部小说的魔力，在课余偷偷追着连载看，然后私下分享体会。艾美家里订阅了连载《遗失大陆》的杂志《幻想》，所以理所当然地成为了传播最新剧情的人。

“好啦好啦，后天周六，我去你家做功课的时候顺便把新连载带给你。”艾美一口答应，小小的心里有一种优越感，笑嘻嘻地说道，“小丫头，小心你妈知道你不复习偷看小说，打死你。”

“嘻嘻，才不会呢，我爸妈也是《遗失大陆》的书迷。”周露儿却有恃无恐地笑着。

艾美扁扁嘴。唉，为什么自己的父母从来不看《遗失大陆》呢？如果像周露儿那样把父母拉到同一阵线来，自己也不用偷偷摸摸地看了。但说起来奇怪，既然父母都不看《遗失大陆》，为什么还要每个月都订阅《幻想》杂志呢？

越想越觉得纳闷，艾美有些闷闷不乐地告别了周露儿，继续前行。

两个女孩分开的时候，是九点二十五分。往前再骑五分钟，就马上可以到家了。

在转过那一个路口时，艾美愣了一下。林间小径黯淡的路灯下，她又看见了那个新漆的路牌——随着道路的起伏，空了的饭盒在自行车篮里嘭嘭地响着，她的裙子上还留着牛柳的肉香。在路过那个岔道口的时候，她不由自主地放缓了车速，转头看了一下那个路牌。

萧宅。

还散发着油漆味的路牌上，那个箭头指向林中深处。密密的树林背后，依稀能看见有灯光明灭不定。夜风缓缓吹来，在路牌前刹车的艾美内心忽然有种奇怪的冲动，想一直沿着那个方向，走入小径的深处去看看。

她一直是个大胆而充满了活力的女孩子，正直而热情，眼睛里面没有任何的阴暗。

在路灯下锁好了车，艾美拎起书包踏上了小径。如今只是四月，酢浆草没有到开花的季节，风里充溢着淡淡的木叶清香，她走在林间小径上，铺满了酢浆草的路踩上去软软的，没有一丝声响。

“小姑娘，你好啊！”刚刚走入那一片林子，忽然听到有人在幽暗的林间招呼了一声。即使大胆如艾美，也禁不住吓了一跳，几乎叫出声来。

艾美睁大了眼睛，想在昏暗的树林里看清楚这个女子到底在何方。这时，似乎老天也帮了一次忙，云破月出，皎洁的月光从林间直洒下来。

在那一刻，长长的裙角飞扬起来，艾美看见了坐在木槿树上的紫衣女子。

月明林下美人来。

即使是一个月以后，关于萧宅的所有记忆都成为模糊的碎片，艾美依然为初遇她时她的美丽而震惊。

那一刻的月光下，紫衣女郎藏身在斑驳的光影中，垂下的双足轻轻晃荡着，树叶的阴影掩饰了她有些过于苍白的脸色，看起来轻灵而曼妙。月光在她的紫衣和长发上水一般地流动，她脸上有一种魔性的美。

“小姑娘……半夜三更的，跑这里来干吗？”紫衣女子从树上跃了下来，落在草地上，看了看愣在一边的艾美，嘴角忽然泛起了调侃般的微笑，“今天是不是你撞坏了我的邮箱？”

艾美讷讷不知所对，脸腾地红了。

“嘻嘻，看把你吓的。我也不是来问罪的。好啦，我回去写书了。”见对方不回答，紫衣女子再度打量了她一番，仿佛确定了什么，眼神一亮，沿着小径跑开来，对她招招手，“有空来坐坐，我家在林子后头的河边。”

跑了几步，仿佛想起什么似的回头说道：“对了……我叫萧音，小姑娘你呢？”

“我……我叫艾美。”她的笑容里有璀璨的光辉，让艾美看得出了神，结结巴巴地回答。紫衣女子笑了笑，顺着小径跑进了林子深处。

那里，透过密密匝匝的树叶，依稀可以看见一盏昏黄的灯火。

小姑娘？那个人也不过二十多岁的年纪吧？艾美站在林子里，有些不服气地想着，那个萧宅里的女郎，究竟是做什么的呢？

“对不起……请问你有看见一个穿紫衣服的女子吗？”

在艾美走回到路灯底下时，身后忽然有一个声音响起。她吓了一跳，俯身去开自行车锁的手颤了一下，没有插进锁孔里。直起身子回头看去，只见几米开外的小径上不知何时已经站了一个男子，穿着套头的休闲毛衣，手里拿着一沓稿子模样的东西，问她。

“你说的是这个萧宅的人吗？”艾美怔了怔，顺手指了指身边路牌上的字样。

男子的目光转向路牌，只是看了一眼，便点了点头。他站在几米外路灯正好照不到的地方，所以看不大清楚面貌，只依稀让人觉得颇为英俊，陷在阴影里的眼睛深邃沉静。

“她刚回去了。”艾美回答了一句，已经打开锁，推出了车子——真是奇怪，回家这一段路本来很少有人走过的，而今晚却一连碰到了两个陌生人。

“谢谢。”男子只是点了一下头，艾美便跳上车用力蹬了出去。

前面都是直路，五分钟就能骑到家里。

如果她那个时候回过头，她便会看见，路灯下那个陌生的男子一直站在那里，注视着她的背影，眼睛里的光芒变得极为怪异。

然而，因为想着来不及做作业了，她只是一口气往前用力蹬车，并没有回头。

“你又自顾自跑出来了？万一遇到意外怎么办？”幽暗的树林中，男子的声音再度响起，冷淡地责备，“沉音，我跟你说过多少次，你现在肩负着织梦者的重任，没有我陪同不可以随便离开别墅！”

“我只是想看看那个女孩子嘛……我知道她是个学生，晚自习下课就要路过这里。你为什么对找新的织梦者一点儿都不热心呢？”那个女子嘟囔了一句，却眼睛发亮，一把抓住了身边的人，“辟邪，你也看到了？是她吧？她就是接替我的下一任织梦者，是我们要找的人！”

“再看看吧。哪有这么容易就确定。”男子却似没有热忱，只是淡漠地应了一声，声音忽然严肃起来，“沉音，以后没有我的陪同，再也不可以随便乱走了！你每天要写五千字才能维持云荒的一日生存，不可以再乱来了。”

“嘻……又凶我。今晚我回去熬夜写好啦，一定不会耽误进度的——做牛做马十多年了，被你盯得死死的。”那个女子微微笑着，口气却是无所谓的，“剩下的时间也不过三个月了。三个月一到，你再也管不了我啦。”

“沉音。”暗夜里男子忽然叹了口气。

“嗯？”女郎穿行在暗夜的密林里，头也不回地问，“怎么？”

一只手忽然拉住了她的小臂，用力地把奔跑的她拉了回来。她踉跄着跌入身后男子的怀抱里，惊呼：“辟邪，你干什么？再发疯，我今晚不写了！你……”

话没有说完便被打断。紫衣女郎惊得忘了挣扎，只是定定地看着这个忽然间做出如此反常举动的人，眼睛里流露出不可思议的震惊。然而那样冰冷的怀抱里，却忽然有绝望如火般燃烧。那样冰冷的火竟似可以燃尽所有壁立的屏障，一瞬间她忽然无法说出一句话来。

“只有三个月了……沉音！怎么办呢？”男子的手用力而战栗，声音也第一次出现了难以控制的颤抖，“我爱你。”

那一晚回家比平时晚了半个小时，所以也比平日晚了半个小时才对付完堆积如山的作业。等到熄灯就寝的时候，已经是深夜十二点多了。

想着晚上碰见的一男一女，艾美的神思渐渐迷糊过去。

凌晨三点钟，艾美依旧听到了楼梯上的脚步声，嗒嗒地由远而近。

早上醒来，她终于忍无可忍地提出，要母亲将楼下客厅里的座钟换掉。

第二章

萧宅

“露儿，你说奇不奇怪？我们这边的翠微小区是市里的重点绿化带啊……应该是不准许随便盖房子的。真不知道那户姓萧的人家是怎么能住到绿化林里去的？”今日是星期五，晚上不用上晚自习。所以五点钟下课后，艾美就和周露儿结伴回家。

夕阳将两个少女活泼的影子拉得很长，并肩骑着车，在回家的路上，艾美有些兴奋地说完了昨夜的偶遇以后，有些奇怪地问同伴。

周露儿听着朋友的话，眼睛也亮了起来：“是啊……能在这里盖房子入住，可不是一般人能做到的啊！你说那个女的很漂亮？”

艾美咯咯地笑了起来：“是啊，那个萧音真是好漂亮！”

她用力踩了一脚车踏，想了想，终于下了一个结论：“颜琳琳来给她提鞋都不配！”

颜琳琳是她们海城女中的校花，公认的第一美女，然而因为脾气娇纵，在女生中口碑一向很差。所以艾美这句话，立刻引起了周露儿赞同的大笑。

“真的有那么美吗？”笑完了，也快到家了，周露儿刹住车，问了一句，“那么漂亮的女子住在这种地方……只怕是女鬼哦。”

“胡说。”艾美笑着反驳了一句，然而心里却升起了一股凉意。那样空灵曼妙的年轻女子，半夜在树上吟诗的女子——看上去，真的很像古时候那些女鬼呢！

“喂喂，我随便说的……你不会被吓住了吧？”周露儿见好友脸上色变，立刻收敛了玩笑的神色，安慰道，同时眼睛一抬，看着前方，脱口低低叫了起来，“小美，小美……你看！前面路牌边上那个女的，是不是就是你说的萧宅里的人？”

艾美被她一说，也抬眼看向前面道路转弯处。

那里，原木的路牌下，一个穿着紫色连衣裙的女子正弯下腰来，从路牌底下钉着的木箱子里拿什么东西。即使是远远地望着，那样绰约的风姿，已经让两个豆蔻年华的少女心折。

“真的……真的是很漂亮啊。”周露儿怔了半天，才咽了一下口水，有些结巴地说，“看上去……不像女鬼，倒像仙女一样。”

仿佛听见了远处两个少女的议论，萧音直起了腰，对着这边笑了一下，招招手。

“呀，你看……她有影子的耶！白天也敢出来，她不是鬼！”斜阳将紫衣女子的影子拖得老长，艾美一眼瞥见，发现新大陆似的低低叫了起来，舒了口气。

“哈，小美你还当真了呀？我只是随口胡说的嘛。”露儿懒得再和她多说，看了一眼美丽的紫衣女郎，挥挥手，自己弯入了回家的岔道。忽然又想起来什么，掉过车头骑回来，从书包里掏出一册书塞给艾美，眨眨眼睛：“对了，这本我看完了，明天给我带沉音写的另外一本来哦！别忘了！”

“好看吧？看得那么快！嘻嘻，一天一本地看小说，你小妮子还高考不？”艾美眨眨眼睛，却忍不住地高兴。

“别忘了啊！”露儿对伙伴挥挥手，骑车离开。

路牌下，萧音笑吟吟地招呼：“小姑娘，又看见你了，也住在这附近吗？”

“嗯，是啊。我叫艾美，就住在绿化林那边的翠微小区。”礼貌地应了一声，艾美刹住车，跳了下来，看见对方怀里抱着一大袋子的牛奶和报纸，不由一怔。

“哦，我习惯了晚上写东西，白天睡懒觉，所以牛奶啊报纸啊，都要下午拿。”看见女孩的眼光，萧音笑了笑，解释道，“本来这些都是由辟邪帮我拿的，不过今天他有事出去了。”

辟邪……莫非就是昨晚那个来找她的男子吗？

艾美没有问，只是微笑着看着面前的美女。夕阳下的她比昨晚清楚得多。艾美蓦然明白了她为何叫自己“小姑娘”，近了细看，萧音看起来没有昨夜那样梦幻般的美丽。她脸色过于苍白，化了妆也掩饰不住眉目中的疲惫和沧桑。

她的面容依旧美丽，是韶龄女子的容色，但是她的眼睛无声地道出了她的年纪和阅历——那样的深远，复杂得看不到尽头。

“嗯……你昨天晚上的文章，写完了吗？”忽然发现，就这样呆呆看着对方也是不好的，艾美有些红了脸，试探着问了一句。

“写了一些，你要看吗？”萧音回答，微微笑着，做出了邀请的姿态。漆黑的长发从她松松绾起的发髻上滑落下来，让她的脸色显得更加清丽苍白。

艾美本来想说不用了，然而看着紫衣女郎，她的眼睛里面仿佛隐藏着夜色中的妖魔，闪动着，诱惑而撩拨人的好奇心——

“好……好啊！”喉咙是沙哑的，艾美润了一下，才发出声音来，看了一下地面。

那里，夕阳将萧音的影子长长地投在了地上。

将车子锁在路牌边的栏杆上，艾美随着萧音走向了林子深处。满地都是酢浆草，没有开花，踏上去软软的，没有一丝声音。艾美跟在她身后，隐约闻见了紫衣女郎身上的香气——不知道是什么香水，闻上去凉丝丝的，却很淡。

“萧小姐，你住在这里，是写小说吗？”一路无语，艾美好容易才想起了另外一个可说的话题，于是小心地开口询问，一边看着紫衣女郎白皙修长的手指。

十指修长，指甲上涂着透明的指甲油，纤细的腕上套着一只透明斑斓的琉璃手镯，秀气而文雅。她记起教语文的方老师，也是有着同样类型的手，只是没有那么好看。艾美心里忽然一动，盯着对方手上的手镯看。奇怪，这个式样的镯子……好像，哪里看见过？特别是上面雕刻着的兽头花纹，似乎家里的某些藏品上也有。

“嗯……”只是领着路，萧音的回答有些漫不经心，仿佛在想着别的什么，从树叶间漏下的阳光在她身上斑斑驳驳地变幻着，她随口回答，“我一直都喜欢写故事，后来慢慢地也靠这些故事为生。住在这里，只是为了能安安静静地写东西而已……”

“啊！那么萧小姐你是个作家，是不是？”艾美雀跃地跳了起来，一副“果然如此”的表情，半是羡慕半是奇怪地看着她。

萧音终于顿住脚步，回头对着女孩笑了一笑，淡淡道：“作家？那是称不上的。我写的只是不着边际的故事，全部都脱离实际，在有些人看来完全是呓语而已。”

“唔……故事又怎么了？我就喜欢看。如果不是看那些小说，我的语文也没那么好，我的作文在全国拿过奖的耶！对了，你看过沉音的书没？那个《遗失大陆》系列，我全看过了，可好看了！”艾美不服气地反驳，无意间透露了自己大考临近还在偷看闲书的秘密，马上回过神来，“哎呀，你可不要和我妈说啊……千万不能说的。”

萧音笑了起来，侧过头看着十八岁的女孩，眼睛里的光流转不定。走了一段路后，左转，定下了脚步，对艾美道：“到了，就是前面那座白色的房子。”

艾美眼前忽然一亮。

树林幽暗的光线忽然成了夕照的强光，没有一丝遮掩地迎面射过来，让艾美的眼睛条件性地闭了一下，才又睁开。道路一转，居然就从密林里面转了出去，外面是一片开阔的河滩——那是海城里面唯一的一条河：横河。

正是枯水期，横河的水很浅，河床裸露出了大半，到处是一片白茫茫的石子滩地，在夕阳下刺得人眼花。在河滩的那一头，有一幢崭新的两层的白色房子。样子是海城常见的，黑色的坡顶，暗红色门，房前满地未开花的酢浆草。

很干净的房子，但是很普通。

然而艾美在看见的那一瞬间，却惊得呆住了——白色卵石的荒凉河滩、两层白色房子……那个梦！一切居然和她的梦境一模一样！

那一瞬间感觉到的冷意和恐惧，并不是一般人所能承受的，艾美好容易没有拔腿逃走，然而，她却不敢看身边的紫衣女子——生怕一抬头，便看见了一个凄惨幽怨的女鬼。

“啊？怎么了呢，艾美？”耳边忽然听到了萧音的声音，她问道，“不过去吗？”

用尽了力气控制着自己，艾美一寸寸地转头，看着身边的紫衣女郎。然而，萧音仍然只是那样微笑着，美丽而安静。斜阳下，她的影子拉得很长。

“嗯，嗯……太漂亮了……”她支吾着回答道，然后跟着萧音一起踩着白石的墩子过了河。河水清清浅浅，非常可爱，房子前面的花园没有栏杆围着，就这样敞开，庭院也没有好好料理，只是任一片野生的酢浆草生气十足地生长着。

夕阳下，艾美跟着萧音来到了新房子前面，看着紫衣女郎走上台阶，拿出钥匙准备开门。然而，钥匙刚插进锁孔里，门却无声无息地开了。

“哦，你已经回来了吗？”她看见萧音对着门后那人说了一句，又嘱咐了一声，“把香点起来吧。”然后在门廊下回头，招呼她进来。艾美看着她闪身进了房间，自己却僵在了台阶上，怔怔地盯着那扇暗红色木门。

门后，是什么？

第三章

沉音

那暗红色的门半开着，萧音已经进去了。艾美迟疑了一会儿，终于还是鼓起勇气走上台阶，轻轻伸手推开了门。

“吱呀”，她的手刚刚触及门，门便自己向里打开了。房间里一阵阴凉的风瞬间吹了出来，让她的发丝纷纷扬扬。房间里面很黑，让眼睛刚刚习惯了夕阳强烈光线的艾美顿时眼前一片黑暗。

那一瞬间看去，到处都是深深浅浅的黑色，勾勒出房间内部模糊的轮廓，奇形怪状。

“请进。”黑暗的最深处，一个模糊的高大人形发出了邀请。

不是萧音。那是一个男子的声音。恍惚间，竟似乎在哪里听到过。

“呀。”听到那个声音，心里忽然有莫名的恐惧，艾美不自禁地往后退了一步，后背却碰上了门——什么……什么时候，门已经关上了？她忽然间有冒冷汗的感觉，手背过去，忙乱地在门上摸着把手，嘴里问：“萧小姐呢？你……你是谁？”

在眼前昏暗一片的茫然中，她却感觉到了莫名的不安，步步后退。

“我叫辟邪，是萧音小姐的助手。”影影绰绰中，那个高大的人影走过来了，态度冷淡却有礼，顺手“啪”的一声打开了落地灯，“小姑娘，你想喝什么？果汁还是咖啡？”

明亮柔和的灯光洒落在男子脸上。那般帅气好看的脸，灯下看来宛如完美无缺的大理石雕像，隐隐带着不似人世所有的光泽。这一次看得清楚，艾美脱口低呼了一声，可后退中脚跟不小心绊到了电线，重心不稳，她整个人朝后仰面跌倒，狼狈地跌入沙发。

“啪”的一声，灯座插头掉了，房内一下子又暗了下去。

“没事吗？”辟邪的声音近在耳侧，依然是冷淡却有礼。

“没事……”她战战兢兢地回答着，下意识地往沙发里面缩。

“啪”的一声，吊灯亮了。

“怎么在大厅里也不开灯？”传来的是萧音的声音，沙发旁两个人一起回头，看到了从后堂里走出打开灯的女主人。萧音看着辟邪，眼里隐约有担忧的光，可语气却是轻松的，招呼艾美：“小美，要吃什么呀？爱不爱吃荔枝？”

“呃，不用麻烦了，随便。”艾美连忙站了起来，不好意思地笑道。

“辟邪，你怎么不帮着照顾小美？”看到茶几上依然空空荡荡，萧音蹙眉，示意助手和她一起去厨房，嘱咐道，“稍等。”

“嗯。”艾美有些战战兢兢地点了点头，忽然间有种想早点儿离开的想法。

紫衣的萧音一拉辟邪，转身去了后面。

艾美在宽敞的客厅里左顾右盼，不自禁地惊叹。从外面看起来，这个小别墅可看不出有这么大啊，而且里面装修豪华得如古代的宫殿：细软的地毯居然是一整块的，没有拼接的痕迹，手工织出来的花样非常精美；红木雕刻的整套家具上镶嵌着螺钿，填着泥金；吊灯的式样别致古雅，竟似青铜铸成，里面透出柔和的灯光。房间格调高雅，华丽繁复，目之所及，哪怕一个小物件都精巧绝伦，式样别致，是市面上从来没有的款式。

这样的摆设，哪怕颜琳琳家也没有呢——虽然她家是海城里最有钱的人家。明天见了同学，一定要好好吹吹。哼，那些没见识的，别以为那个颜琳琳家就是最好的了！

艾美惊叹地四顾，转眼间方才那一点儿退缩，就被好奇心冲淡了。

这个萧音小姐，一定非常非常地有钱吧？靠写书，能赚这么多的钱？那一定是很有名很成功的作家了。不知道她都写过什么书？

高中毕业班的女生坐在柔软的沙发内，左顾右盼。奇怪，为什么客厅里独独就没有书架？作为一个作家，房间里居然看不到一本书？至少，她写东西的时候需要翻阅书籍吧？

艾美越想越奇怪，忽然目光一转，看到了对面墙上一排关闭的门。

是书柜？那个瞬间，不知道什么样的心态让她忍不住跳了起来，穿过客厅走到墙边，伸出手去拉开了最东边的一扇门。

夕阳的光线直射进来，照在她脸上，刺得她闭上了眼。

错了，那不是壁橱，是窗子！是不透光的、封闭的木质窗子。

她忽然明白了。难怪这个客厅如此阴暗，原来萧音将外墙上所有的窗子全用木窗封闭了起来。为什么呢？萧小姐她又不是畏光的人……

"小美？"艾美出神的时候，身后忽然传来了萧音的声音。

艾美吓得连忙将窗子关了回去，忐忑不安地回头："对不起……我……"无论如何，在没有主人允许之前就随便乱翻乱看，是非常失礼的行为。

辟邪的目光严厉，盯在她身上，她看到萧音用一只手拉着助手的衣角，仿佛在阻止他。然而女主人的声音却是柔和的："没什么的，别介意。来，吃点儿水果。"

"啊？谢谢……"艾美舒了口气，连忙走回来坐到沙发上，看着一大盘琳琅满目的水果：火龙果、荔枝、葡萄、草莓、无花果……几乎每个季节的果实都出现在这个式样新颖的水晶托盘里。她不禁又感叹了一下：虽然现在吃水果不受四季的限制，可能这样随意享受，只怕也不是如公务员家庭般的她所能享有的吧？

这个萧音小姐，真是过着无数人梦寐以求的生活啊。

一时间，少女的眼睛里切切实实流露出了羡慕。

那样一掠而过的眼神，却被身边殷勤招呼的紫衣女子捕获。萧音将一颗荔枝剥开，放到艾美面前的小瓷碟里，眼里忽然有了复杂的笑意——这个年轻的织梦者，看来是很容易被诱惑的呢……和她少女时期一模一样。

萧音抬头，正好和辟邪的眼睛对上。英俊助手的眼睛里，居然也同样有着复杂的表情。

"萧小姐……"一连将每种水果尝了个遍，艾美终于想起不能如此不客气，红着脸说道，“谢谢你的招待。”

“别叫我萧小姐啦，叫我姐姐好了。”萧音却是笑着，态度始终明朗而亲切，“把这里当自己家吧。别理辟邪，他生就那样一张臭脸，看惯了就好。其实他人很好的，不用怕。”

“嗯，嗯。”一时间对这样的亲切受宠若惊，艾美抬头看了辟邪一眼，脸更红。

看惯了就好？萧音姐姐的意思，是说她以后可以经常来这里吗？然而听了女主人这样殷勤的邀约，辟邪的脸色却是一沉，隐隐有不善的锐利。

“你的家好漂亮！”一半是由衷的感叹，一半是为了回应主人的热情招待，艾美在沙发上顾盼着盛赞，“整个海城都没有这样的呢！又漂亮又有品位。更难得的是，每件东西都样式独特，真不愧是作家的家呢。”

她的手拿着装满水果的小碟子，那个洁白如玉的碟子上，布满了细小的红色冰裂纹，碟子边缘装饰着一只描金的兽形，简洁流畅，看上去有几分眼熟。

萧音笑着，坐在艾美身边：“这个房子里的东西虽然好，却都是有些年头的古董了，最怕太阳晒，所以这里的窗我都封了，轻易不开。”

“对不起，”艾美蓦然明白过来，连忙道歉，脸红红的，“我以后再也不开了。”

萧音委婉地提醒了来客这里的禁忌，态度依然温柔：“没关系，东边那扇窗子偶尔开开没什么，只是中间那一扇和西边那一扇，最好不要开。”

“嗯，我以后再也不碰任何一扇窗子了。”艾美坐正了身子，慎重保证，对于这幢宅子和宅子里的女主人，她有极大的好奇心，生怕日后不许她再度造访，因此连忙保证。

“沉音，到时候写稿子了吧？今天要写的那一章都还没开头呢。”一直冷眼旁观着两个女子的叽叽喳喳，辟邪站在沙发后面蓦然开口提醒，手里拿着一沓稿子，虽然艾美年幼，却也知道这是逐客令。

从一开始，她就感觉到了这个英俊男人对自己的反感和敌意。如果按照她平日的自尊心，早就瞪他一眼走掉了。然而此刻听得辟邪这句话，艾美非但没有反感，反而陡然脱口惊呼起来：“沉音！你说‘沉音’？”

“是的。”辟邪不动声色地将那沓稿子放到茶几上，“萧小姐的笔名。”

“写《遗失大陆》的那个沉音？”艾美的眼睛瞪得如葡萄大，抓着萧音的袖子，激动地连连追问，声音尖细，“《海天》《龙战》《血玄黄》《长歌》《大荒》都是你写的？你就是沉音？你……你真的就是沉音？”

听到女孩一口气不歇地将系列里所有的书名都报出来，萧音讶然微笑，连辟邪死沉的臭脸上都有了一丝惊讶的表情。“哼，不敢再看不起本姑娘了吧？虽然还是个高中生，可对于看小说，本姑娘却有博士生以上的水准呢！”艾美心想。

“是，都是我写的。”在艾美激动地问了长串话后，萧音微笑着回答道。

“天啊……天啊，我要回去和周露儿说！我见到了沉音，我见到了真的沉音！”艾美的情绪显然还处于巅峰状态，紧紧抓着萧音的袖子，连连欢呼，“今天我们还在谈你的《长歌》！周露儿爱死了你的小说呢，如果知道我看到你真人，不知道怎么羡慕！你不是连青云奖都没有去领？那么低调，都说谁也看不到你的真面目——可我居然看到了真人！”

顿了顿，看着沙发后站立的英俊男子，艾美恍然大悟般地叫了起来：“我知道了！难怪他叫‘辟邪’，辟邪，不是《遗失大陆》里守护云荒大陆的神兽吗？呀，你叫你的助手辟邪，嘻嘻，好好玩。周露儿他们一定不知道。”

“是的，是的。”萧音显然对于这样的激动有些无奈，微笑着说道，“小心些，茶要翻了。”

“啊，啊，对不起，”被主人提醒，艾美才松开了手，发现自己激动之下差点儿碰翻了茶盏，然而尽管嘴里道歉，依然眼里放着光，“萧……不，沉音，你什么时候写完《大荒》呢？我们每个月都等着《幻想》连载，已经等了一年多啦！什么时候可以写完出书？我每期都剪下来，合订成一本，同学都抢着向我借——不过我很爱惜的，不是好朋友我还不借呢！”

“快了，快了，其实已经写到了第十九章，就这几天结篇吧。”萧音微微笑着，拿起了桌上辟邪递过的那沓稿子，“你看，我不正在赶？辟邪天天催着我，我可半点儿都不能偷懒。”

“哇！已经到了第十九章！”艾美一声欢呼，想去拿那沓稿子，终究克制住了自己的行为，只是垂涎欲滴，“我……我能不能提前看看？”顿了顿，她连忙补充，“只是先看看！不白看的！杂志，出书，我一定一样都不落地买！”

萧音笑起来了，从助手手里接过厚达一尺的手稿，递给艾美：“别客气，我带你来，不就是想给你看稿子的？”

“啊？”这时才回忆起了来这里的初衷，艾美止不住地庆幸自己的好运气，一边拿过稿子急急翻阅，“我想知道云荒大陆最后到底怎么样了？混战结束了吗？几个国家统一了没？晶颜公主和步郸将军……到最后有没有在一起？她不会死了吧？”

然而萧音只是微笑不语，拨弄着腕上的琉璃镯子，转头看了看一边的辟邪。留下女孩儿欢天喜地地翻看着手稿，她自顾自地站起身，和助手一起走到了另一个角落。

两个人眼里都有复杂的表情，只是交错了一眼，却交换了看不到底的感慨。

“真是想不到，她居然是你的读者……”看了一眼沙发上睁大眼睛看稿子的女孩，辟邪眉间忽然有了苦笑的表情，“我们一直等到她满十八岁之前三个月才来找她，没想到她却是早就知道你了。”

腕上的琉璃镯子轻轻碰撞，萧音点了一根烟，吐了口气：“也只剩三个月时间了，我要加紧把一切都处理完。这个孩子……唉，这个孩子天分很高，只是太单纯了一点。我怕她无法轻易接手云荒。”

“没有人能接手云荒！”仿佛被什么刺痛，辟邪脱口反驳，神色肃穆，“云荒是沉音用心力幻化出来的，只有一个创世者，没有第二个！”

“嘘，你吓着她了！”看到沙发上看书的女孩茫然抬头看这边，萧音连忙按住了助手的肩头示意他低声，在辟邪肩头落下一截细细的灰。紫衣女子抬起手，轻轻拂去辟邪肩上的烟灰，叹息道：“已经满十年了——辟邪，你们给我的我已经享用；而我给你们的，你们也已经得到。契约已经到期……我太累了。你也知道这十年我是怎么过来的。”

“我今天回去见长老们了。”辟邪忽然道，“我提议延长契约，再订十年。”

“不可以！”萧音诧然脱口反对，声音之高，让埋头看书的女孩再度抬头。

“啊，没什么事，小美你慢慢看。”萧音连忙对少女眨眨眼，转眼换了一张轻松调侃的笑脸，鼓励道，“看完了再猜一猜，第二十章会如何呢？如果猜对了有奖哦。如果猜错了，但是编得比我预计的故事要好，我就按照你的意思写。怎么样？”

“真的？”毕竟是少年心性，被那样一激，艾美眼睛都亮了，“如果我编得好，真的可以按我想的写吗？《大荒》里面，真的可以有我的份儿吗？”

“当然。”萧音对着那个拿着手稿的少女微微一笑，“你慢慢看，我和辟邪有些事要商量。”

然后，她拉着辟邪转入了内室，顺手掩上了门。

第四章

转瞬

一门之隔，居然是两重天地。

客厅后是一间宽敞的温室，里面摆满了各种各样的奇花异草，竟然没有一种是市面上看得到的。一眼看去，这个奇异的温室竟似大得看不到尽头，一片碧绿的葱郁。花木间跳跃着羽毛美丽、歌声婉转的鸟儿，草地上落满了成熟的果子，不知道是不是从横河引入了水，树木下居然有溪流叮咚穿过。一只五色的小鹿悠然逛了过来，亲热地依偎在萧音身边。

在两个人一进来的刹那，仿佛里面所有生灵都惊动了。鸟儿停止了歌唱，花朵停止了摇摆，甚至所有大大小小的动物昆虫都停止了动作，向着辟邪和萧音转过身来，俯首致意。连温室里所有的树木花草，都在同一刹那向着两个人扭转过来，树梢伏地。一片绿色的波涛。

显然，一起进来的一男一女，对这里的一切有着极强的控制力。

这样任何人看了都会目瞪口呆的情景，在二人看来却似平常得不能再平常。如果这时候艾美这个《遗失大陆》的书迷进入这里，一定会为发现所有的物种都符合小说的描述而大惊失色吧？

萧音随手摘了串野葡萄喂给五色鹿，拍拍它的头打发它走，眼睛却是一直看着辟邪。

“不能再续约。你知道云荒不是纸上谈兵玩儿的，那是真实存在的国度。

我笔下操纵着千万生灵，不能有丝毫错误。”靠着一棵开着雪白蝴蝶般花朵的大树，紫衣的萧音神色凝重，双手交叉抱在臂前，那支ESSE烟和周围的一切显得格格不入，“独力支撑云荒十年，我的能力已经到达了极限，再下去就要枯竭。必须找新的继承者，不然这个沉睡中的云荒就要崩溃。你是云荒的守护神，一定不会愿意看到那样的结果吧？”

“怎么会枯竭？《遗失大陆》十年来从未令人失望，至今也没有显出颓势。沉音，你的创造力是无限的，根本没有什么极限！”然而辟邪并不听女子的解释，眼睛里闪着一种压倒一切的气势，“我们把云荒交给你，你从未让任何人失望。以后也不会。”

“别拉下脸训我——我不是十八九岁了，我可不怕你，”吸了一口烟，萧音苦笑着用指尖刮了刮眉梢，手上的琉璃镯子发出脆响，“你也知道《长歌》第十章后，我已经开始力不从心了。写着写着，居然重复了和《血玄黄》那一卷里面一模一样的桥段！真是要命啊。如果不是你帮我‘化梦’的时候看出了破绽，这一下就要闯下大祸了。”

辟邪沉默，没有回答。

的确，如果那次“织梦”中的纰漏没有及时补救，破绽一旦被局中之人看出，只怕死的人会超过百万吧？那一场“夺嫡”的政变虽然远离了云荒大陆中心的三大宗主国，发生在偏远的曼尔戈部落，可一样牵涉成千上万人的性命。

“你是神族，应该也看出来我的不支了吧？所以最近这几章，你把关时盯得特别紧。”萧音吸着烟，疲惫地笑了起来，“辟邪，你虽然是龙生九子之一，守护着云荒大陆，可你没有‘创世’的能力，又能补救我多少错漏？不能再勉强下去了。一旦云荒里的人们发觉了自己生活在我编织的‘梦’里，那么一切都完了。”

“你只是太累了而已。”沉默片刻，辟邪却是这样解释，“我可以去和长老们商量，让你暂停一下，出去游玩散心几日——你的确也已经很久没有出去过了。我们一起去纳木错好不好？”

“纳木错？”萧音怔了一下，眼里不自禁地泛出欢喜，一声欢呼，“你终于肯带我去那里了？”

“嗯，来回五天也足够了。”辟邪脸色温和起来，有些哄小孩子一样地将萧音从树上拉起来，“放轻松一点，什么也别想，回来就可以继续了。”

忽然间欢喜的脸色又消失了，萧音重重靠回到了树上。满树的白花被震得纷纷飘落，宛如雪白的蝴蝶旋舞。辟邪皱眉看了看，手指抬了一下，忽然间所有落花都重返枝头。

她哼了一声：“不去！又哄我。我都那么老了，别以为随便许诺就可以让我答应，这不是休息一下就能恢复的事，辟邪，我是说真的。我撑不住了，我要退出。”

细细的ESSE已经抽了一大半，女子指间落了一星烟灰，她低头看着那烟的“尸体”，神色疲惫而沉重：“三个月后就是我生日。十八岁到二十八岁……一个女人最好的年华能有多少？而我把这十年全给了云荒。离群索居，随时随地如一根绷紧的弦，生怕出一丝一毫差错。二十五岁以后，我就整夜整夜睡不好，最后你不得不靠术法来将我催眠。后来偏头痛的毛病又阴魂不散地缠着我，只要拿起笔，稍微一思考，脑子里就像钢丝割一样！

“你看看，你看看，我还不到三十岁，可脸色苍白得像个鬼一样，不抽烟不喝咖啡就整天提不起精神来，活像那些瘾君子！我分不清虚幻和真实，好几次感觉自己快要崩溃了，于是自杀，可是你一次一次把我救回来。”萧音夹着那支快要燃尽的细细的烟，手指点着辟邪的胸口，用一种苦大仇深的语气控诉，“我受够了，你以为我是你？人最长只有一百年的命啊，你们这些当神的，这样压榨我的脑细胞……”

“是的，是的，我知道这些年来你很辛苦。”显然十年来无数次看过她这样发作，辟邪仍耐心地劝解，用一半是哄骗一半是夸奖的惯用口吻，“但是没有你不行，只有你有这个能力支撑住云荒——从十八岁第一眼看到你开始，我就知道非你不可。你是天才啊。”

“哼，少花言巧语。”萧音细长的眉梢挑了一下，把抽完了的烟弹落，“除了能写几个字，我就是一无是处的白痴！什么天才？就算是天才，这样写了十年也写残了。好了，辟邪，别把我当小孩子哄。我干干脆脆问你一句：三个月后契约结束，你守不守诺言让我走？”

那样直截了当的诘问，让对面男子的脸冷了下去。

“不放。”辟邪忽然微微扬起下颌，眼睛里闪过冷光，“就算那个小丫头真的有天赋能接替你成为‘织梦者’，我也不会放你回去。”

“你！”萧音气急败坏，一掌打了过去，“你是神！怎么可以说话不算话？”

“谁说神就一定要说话算话？”那一巴掌结结实实打在辟邪脸上，然而他眼都不眨，反问，“有谁规定过？又有谁有权力制定这样的规则？是不是你写东西写多了，自以为是才编造出来的？”

“你……”萧音呆住了，愕然看着对方说不出话来。

十年来，第一次看到这张臭脸上出现这样可恨的表情，简直……无赖。但是，说得也是……到底谁规定过神就必须说话算话？奇怪，这个概念是从哪里来的？难道是十八岁之前，自己还在“人”的世界里生活时被灌输的吗？

多思而敏锐的女子有着一触即发的发散性思维，再一次在花树下陷入了沉思。

终于应付过去了一轮风波。辟邪松了口气，看着脸色苍白的萧音。真的是长大了……从第一次接触云荒这个异世界开始，十年来她以惊人的理解力和创造力不断深入着一切，思想和技法都渐渐从生涩变为成熟。

十年的时间对于神祇来说，不过是一弹指中的十二个刹那之一，而对于人世中的凡人来说，却已经是过去了一生中最好的年华。离群索居的她，整日埋首于书稿笔墨，大约还不知道外面《遗失大陆》已经成为经典中的经典，她已经拥有怎样的财富、荣耀和名声。

可惜的是，这一切对她来说也是不能享用的。

十年来，她游离于人世之外，所有的精力都花在了书写那长得看不到头的史诗上。没有一个朋友、一个亲人、一个恋人。那么多年来，只有他这个“非人”的人陪在身边，引导她、监督她。她就像西王母的孙女一样，独居一隅，每日如同编织云锦一样不停息地编织着幻梦。

她是太累了……虽然他十年来想尽方法让她开心，凡是她一动念头想到的东西都立刻出现在她面前，堆满室内。财富、声望、地位，所有人间最耀眼的东西都招之而来——然而十年来，那样充满灵气的双眸还是逐渐黯淡下去，神态间充满了疲惫，创造力也开始下降。

这样远离人世的生活，毕竟还是让她渐渐枯萎了。

而现在，她说她要回到尘世中去，让外面那个天真的、充满了灵气的女学生接替[illegible]的位置。只要有了继任者，云荒的幻梦依然可以编织下去。那一场让千万人不醒的迷梦可以继续——然而他的梦却要醒了。

“我爱你。”恍惚间，他忍不住再度脱口。

“有谁规定，神可以爱凡人吗？”也许是第二次听到这样的话，花树下的女子已经不再如那夜般吃惊，反而眨了眨眼睛，淡然狡猾地一笑。

“有谁规定不可以吗？”辟邪沉着脸，反问。

“可以吗？不可以吗？到底可不可以呀？”萧音忽然笑了起来，那个瞬间她的笑容焕发出了少女的光辉，她背着手从靠着的花树上蹦出了一步，转头看着辟邪，缓缓摇头，“我说，是不可以的。”

跳着往前走了几步，她摘了一串白色的花朵。那蝴蝶状的美丽花朵一离开枝头，立刻在空气中枯萎了。只是一眨眼。萧音抬起一根手指，阻止了辟邪的反驳，笑道：“嗯，你看，现在我站在这里，我是一个普通人，最长能活一百年。而你站在这里——你是神祇，你已经活了多久？五千年？一万年？你自己都不记得了吧？”

“你只要眨一下眼睛，我就老了。再眨一下，我就死了。像这花儿一样。”萧音用力摇了一下花树，漫天漫地的白色蝴蝶簌簌飞下，“别说什么刹那即永恒啊！你和我，根本不是对等的生命体。你其实不觉得我这个样子好看是吧？同样，你如果变回辟邪原貌，我也要吓一跳——时间、空间、美学，甚至这整个世界，在你我眼里，都是不一样的吧？”

落花在半空中飘落、枯萎、死去，一切只是刹那之间的事。

不知是不是幻觉或遥感，透过花雨看着树下的紫衣女子，辟邪眼里陡然一阵恍惚——仿佛萧音的容颜，一下子从十八岁的明丽少女变换到了现在的苍白疲惫，再变成枯槁老迈的白发妇人。

只是一片花落的短短刹那。只是他眨了一下眼睛。

“所以呢，你那么说我的确很高兴——被神所爱，可是很了不得的哟！虽然只是一眨眼的时间。”萧音却是用轻松的语气说着，笑起来，“可是，我只是个胆怯平庸的凡人，我只想好好过剩下的几个一眨眼的时间。幸亏和你们只签了十年的契约，二十八岁回到人世，我还不至于老到嫁不出去。”

辟邪默然，不知该如何回答。

“所以，让我走吧，让我走吧。”萧音跳上来，拉着他的手央求，眼神一半是少女时期的明丽，一半是如今的疲惫，“辟邪，我真的想回去。你们还会有艾美——她一定会做得比我更好，更能维持云荒大陆的一切。”

辟邪没有说话，只是看了身侧的女子一眼，手指再度点出，所有凌空枯萎的花朵再度返回了枝头。

“不会吧？别摆着这样一张脸嘛，我会难过的。真的舍不得我？”萧音叹了口气，“那么我走的时候你闭上眼睛好了。只要稍微闭一下，再睁开的时候，我就不在了，或者已经死啦——没有什么难的，是不是？你让我走吧，我会感激你的。”

“好吧。”许久，辟邪回答了一句，看着枝头再度绽放的花，“你走，我闭起眼睛就是。”

第五章

辟邪

客厅里一眼看去居然空无一人，先后推门回来的萧音和辟邪都吃了一惊。

定睛看去，原来艾美小小的身子埋到了沙发里，眼前手稿堆得有一尺多高。而她就像一只贪吃的小猪一样，一头拱了进去。从这边看去，只能看到她扎起的马尾和笔杆子在稿纸堆中不停摇动。应该是在划划拉拉地开始编故事了，女孩子全神贯注地写着，时而抬起手，用手中的笔抓抓头发，蹙眉沉思。

“真是投入……看起来她很喜欢云荒呢。”萧音靠在门上远远看着，感慨地笑了笑。手摸到了旁边桌上的烟盒，又抽出一根。

辟邪的手按住了烟：“别给孩子做一个坏榜样——我不喜欢你们人类抽烟的味道。”

“哈，还没开始呢，你就开始这样管着她了？”鉴于方才刚迫使对方做出了重大让步，萧音此刻不想和他对着干，无可奈何地把烟放了回去，“好吧，那你给我泡咖啡——不然今晚我一定撑不住。”

“你这样喝咖啡对身体也不好。”辟邪皱眉道，“以后会神经衰弱的。”

“什么以后？现在就是！”萧音低声怒道，忽然抬头，“对了，我以后如果有什么后遗症，你们要负责任！别欺负我回到了家里，就想不起这些年的事情了。契约上规定你们得给我保修期的，你如果……”

“沉音姐姐！”这头两个人还在讨价还价，那边少女已经从稿纸中抬起头，叫了起来，眼睛闪闪发亮，“我写好了，你要不要看看？”

“好啊，小美，我看看。”萧音立刻换上了一张脸，扔下辟邪，微笑着坐到了艾美旁边，翻脸之快如同翻书——女人真是种奇怪的生物。尽管在这个世上活了那么久，他依然不得不感叹。

沙发上并肩坐着两个女子，在华美静谧的房内构成一幅美丽的图画：一个懵懂聪慧满怀仰慕，另一个循循善诱亲切温和犹如邻家姐姐——谁能想到就在片刻之前的花园里，这个女人还那样又软磨又硬逼，各种手段花样翻新层出不穷。

十年，那个一眨眼，对于人来说，真的可以带来那么大的改变？

十年之前，他还记得萧音用同样怯生生的表情看着他，手里握着《遗失大陆》第一卷第一章的稿子，递过来给他看。

那时候这个非重点中学里面的不良少女刚刚考砸了一生最重要的考试，懒得回家听父母唠叨，就拉了小男友到处游荡。然后，在一个夜市的小摊前，百无聊赖的少女试戴上了那个金色的琉璃镯子——应该是很古旧的东西了，上面雕刻的花纹都已经模糊，隐约看出有蟠龙的图腾和连绵的字样。

“咦，脱不下来？”她费力地褪着，而那个轻松套上去的金色镯子却纹丝不动，少女想起身上没有带钱，大大咧咧地看看摊子的主人，“喂，我先戴回去了。行不行啊，大叔？”

隔着夜市昏黄的灯火和嘈杂的人群，他对着她微微一笑：“没关系，送给你好了。”

那一刻，她欢呼了一声，却没注意到那个陌生人眼里的亮光。

是的，他找到了她。凭着云荒的两大神器，在伽蓝神殿里的长老们无法支持这个云荒之前，他终于找到了合适的人！

那个少女戴上了金琉镯，证明她有着织梦者的天赋。

要接近她对他来说是最容易不过的事情，只要一个咒术，各种各样的机遇便能创造出来。

在第二次遇到她的时候，他已经成了《幻想》的总编辑，衣冠楚楚、沉稳练达——他知道她完全认不出他了，他已变幻了另一副人类的外貌。她在露天小摊上喝汽水，等着她的小男友。他径自过去坐在她面前，约她给这家国内最大的奇幻杂志写一个长篇。

他还记得当时萧音诧异地眨着眼睛，半天才说我没有投过稿子给你们。

他说我在网上看过你写的东西，你很有创造力，我们愿意培养你当主力作者。

既然已经选定了人，那么只要他愿意，她过去的一切都能被洞察：包括她的父母在她十四岁时离异，包括她有过几个恋人……他流利地报出了她发表在几个小刊物上的短文。

“你怎么知道沉音是我的笔名？”十八岁的女孩眼睛越睁越大——这是她一个人的秘密，无论是对母亲，还是男友都从未透露丝毫。

“因为……”他忽然笑了一下，尽量想用平静的语气，以免吓到对面的女孩，“我是神。”

“噗。”萧音失笑，一口汽水就喷到了他的领口上。

“我那时候真的没有看过这样自恋的帅哥啊。”很多年后，喝着他泡的咖啡，稿子堆中的萧音抬起头来，看着助手喃喃苦笑。

然而尽管如此，他还是费尽唇舌说服了她。

“我连大学都要考不上了，还给你写稿子？”那时，她嘀咕着抱怨。

“你会考上的。”他微笑着许诺——只要他一开口，说出的每一个字句都会让凡人命运的年轮发生扭曲。他是神，他有这样的力量。

“胡说。”顿了顿，她又想到了一个理由，“阿旭不会同意我整天跑到你那里写东西的。”

阿旭是她十八岁那年正在交往的小男友。

“他会同意的。”他坐在她对面，继续微笑——事实上，那个暑假以后这个小男生就莫名其妙地遗忘了这段恋情，在大学里找了个新的女友。

“我妈也不会答应的！她一定要我复习再考一年。”说到母亲，她就真的头痛起来。

“她也会同意的。”他只是微笑，神色淡定，“一切障碍都不会有，你放心。只要你肯给我写稿子，我能给你想要的一切——你很快就会出名，有钱，你能读最好的大学，住别墅豪宅，名车代步，前呼后拥，享受一切你想要的东西。”

“胡吹大气。”十八岁的萧音瞪着面前这个阴魂不散的英俊男子，如果不是这个人长得实在好看，她早把他当精神病人对待了，“你烦死啦！考砸了，在家天天老妈唠叨，出门还要听你唠叨！有本事你让N大录取我啊！”

“我说过，你会考上的。”他摇头叹息，“为什么你们人类总不相信我说的话？”

“你什么都能做到是吗？那么我要这个，现在！”实在忍无可忍，她一翻杂志，指着上面香奈尔最新款的包包——那个包售价高达五万，是她一直可望而不可即的。

“好。”对面的英俊男人笑了笑，便低头喝着咖啡。

再也懒得和这个精神病多说，她怒气冲冲地站起来往外走。

“你忘了你的包了。”他没有阻拦，只是在她走过身边的时候说了一句。她诧然回头，就看到那个跟杂志上一模一样的包包，赫然摆放在了她方才坐的位置上！

“啊！”她脱口的惊叫吓了侍应生一大跳。

回到家的时候，发现母亲居然欢天喜地地置办了一桌菜，继父和弟弟都在等她回来。

“小音，N大的录取通知书来了！”

“怎么可能？”她一把夺过，“我才考了那么一点分数！”

“你一定是估错了成绩——你考了660！”弟弟满怀敬佩地看着她，“今年我们市，你是第七名！老姐，你真牛！”

“天。”她却殊无喜色，低低脱口，“他……他真的是神？”

“什么？”弟弟诧异。

“没什么。我……我要发达了！”她按捺住了心口的狂跳，忽然脱口大叫，“我要出名，我要有钱！我要去马尔代夫旅游，我要住最好的房子！”

“什么？”这一次，诧然脱口的是全家。

三天后，在他再度出现的时候，她跟着他来到了这座别墅。

他递给她一沓稿子和一支笔，让她写一个开头。

“地之所载，六合之间，四海之内，有仙洲曰云荒。照之以日月，经之以星辰，纪之以四时，要之以太岁，神灵所生，其物异形，或夭或寿，唯圣人能通其道。”

一开头那段半文半白的东西明显让面前的人噎了一下，她不安地拨弄着腕上那只金色的琉璃镯子，忐忑地仰脸看着他。他翻着稿子，脸上却没有表情。其实已经是出乎意料地好了……在她挥动笔杆的时候，在他眼里，分明有无数的光华灵气凝聚。

那是有“创世”能力的一个女孩，神圣的金琉镯，果然不曾找错那双能织梦的手。

“模仿《山海经》上的，”被他这么一看，她却红了脸，坦白道，“这样写，行不行？”

“我对文章没有鉴赏力。”他脸上没有表情，然而只一个眼神就将她的努力否定，“可这样写，连我都不相信那会是真的——是要编，但是编出来的故事，一定要足够真实。让人相信它会存在于这个世界的某一处。”

“咦，可那本来就是不存在的啊！”那个小丫头居然也知道反驳他，并没有被他所谓的总编辑头衔吓倒，“本来就是编故事，谁都知道那是假的，为什么要写得像真的？反正那个什么‘云荒’谁都不知道是什么样子，还不是我写什么就是什么。”

他冷眼看着那个丫头，忽然笑起来。

人总是自以为是——他们眼睛看不到，便以为那不存在。

“在没有遇到我之前，你是不是也以为神不存在？”他冷笑着拉起那个丫头，带着她来到客厅另一边，推开了第三扇窗子，“你看看，这就是真实的云荒——”

在窗子推开的那一瞬间，十八岁女孩脸上陡然有了目眩神迷的表情，半晌不能说话。

他为她打开了那扇窗，让她看到了普通人几生几世都无法想象的世界。

其实他们神族的存在，就是为了改变和支配这个人世，一言一语便可让天地翻覆，沧海横流。然而这几千年来，他守护着那片沉没的大陆，不再出没于人世，更未曾改变什么。直到他寻找到了这个凡人少女，让她的人生从此改变。

他将她从家庭中带出，让她的恋人离去，让她的朋友忘记她……他只是动了动手指，便斩断了她和尘世的所有联系，将她从原本的社会中“置换”出来——只为了独享她的精神创造力量。只为了云荒能继续存在。

然而他没有想到，自己也会为此改变。

“雨季过去后，帝都进入了干燥缺水的季节，潜渊水库中的水只剩下满水时期的三成。南方的敌国奸细在此时潜入帝都，经过周密的计划，六月七日深夜，帝都内六处同时起火。水龙队无法扑灭那样大而密集的火，火势直到四日之后才被遏制住。而此时，帝都接近一半的街区已经被焚毁。大火甚至烧到了伽蓝神庙，虽然被神官们合力逼退，却已经焚毁了神庙的门楣。第五日，前来祷告的民众聚集在神殿前，接受神官和圣女的安抚。然而看到被火舌舔过的神殿，民众在绝望中对神的存在产生了怀疑。为了安抚民众的情绪，圣女在神坛上举起了‘神之古玉’……”

寂静的客厅里，稿子在一页页翻过。艾美紧张地盯着萧音的脸，然而她什么也没说。

看完一页，就递给旁边站着的辟邪一页。而那个英俊的助手也没有说话，看着手稿，脸色渐渐严肃起来，最后静默地看了艾美一眼。

那种眼光，让艾美无缘无故心头一跳。

“你对于《遗失大陆》的前情非常熟悉啊，交接得很自然。”沉默中，翻完了最后一页，紫衣女子放下稿子，长长吐了口气，“看来不需要再带着你熟悉一遍设定了。那样繁复的各地风俗人情、地理天文，你居然都了如指掌，运用得得心应手，真了不起。”

“我从初一就开始看《遗失大陆》！”艾美却颇有自豪，“拿出现在出过的四卷，随便翻开一页，我几乎都能背呢。”

“哦，那真太好了。”萧音用指尖揉着太阳穴，笑容疲惫而满意，“你写得很好，超过我的预期。我本来以为还要带你熟悉一下云荒，现在看来是不用了。只是有些技法上的问题……呃，今天也不说那么多了。以后我慢慢和你解释。”

“那么，这一段写得可以吗？真的可以用到小说里？”艾美紧张地问，然后老老实实地承认，“其实……刚才写的东西可不是我一下子就编出来的。我看了你的书，就整天在那里想啊想，在日记里涂了很多个片断，这是其中之一。真的能用上吗？”

“完全可以用。我会替你署名。”萧音把她的手稿放下，微笑着赞许，“有些细节我稍微改一下，大的没问题。你的想象力很丰富啊，小美。现在的孩子，真是了不得。”转过头，却是看定了辟邪，“是不是？”

“嗯。”辟邪一如既往没有表情，然而翻看那几页写得龙飞凤舞的手稿后，也勉强应了一声。看得出他的眼神非常复杂，似是惊叹，又似失落。

“有前途啊，小美眉……哦，不，小美。”一高兴起来，萧音的脸色就露出张牙舞爪的本性，用力拍了身边这个娇嫩的少女一下，“以后多来这里坐坐，如果你愿意，我教你写东西好不好？这个《遗失大陆》你也可以加入一起来写，如何？”

“沉音姐姐才了不起。”虽然被夸得眉开眼笑，艾美依然由衷地仰望着女作者，满目热切，“你是说，你可以教我写东西？

“尽我所能地教给你。”萧音坐直了身子说道，“其余的，看你的天分。”

“好啊！真是太好了！”艾美一下子跳了起来，“我可以和你一起写《遗失大陆》？是真的吗？我……我一定会努力的！我作文一向是拿A的耶！如果沉音肯教我，我一定会……”

“会比我做得更好。”萧音微微笑着，却转头看着旁边的助手，“是不是？”

然而这一次辟邪没有回答，只是忽然道：“已经六点半了。”

“什么？”做客做得流连忘返的艾美弹簧般地跳了起来，“六点半？完了完了！我要回家吃饭，老爸老妈一定到处找我了！天，六点半了！时间过得那么快！”

“哦，那快些回去。”萧音被她那样的惊叫吓了一跳，也不阻拦。

艾美匆匆忙忙收起笔和文具，把乱七八糟的东西往里塞，一把拎起书包，站了起来。虽然舍不得却还是对着萧音点了点头说道：“我先回去了，沉音姐姐！我明天一定过来。你说过了我可以随时过来的啊！不许反悔。”

“随时欢迎你来玩。”紫衣女子微笑着，送她出去。

辟邪要跟出来，然而客厅里的电话陡然惊天动地地响了起来，看了一眼来电显示，他顿住了脚步接起电话。艾美高兴得昏了头，又急着回家去吃饭，只是背着书包蹦蹦跳跳地走到了玄关，换鞋出门，对着那个紫衣女子招手告别。

夕阳将将下山，外面已经是薄暮时分。

她走过那条横河的时候，忽然觉得有种萧瑟的冷意。顿住脚步，回头看了看——那幢白色的二层别墅坐落在浓荫中，有一种凌驾于尘世之外的孤独。

“真是做梦一样呢，今天……”喃喃叹了口气，少女回头继续走，然而穿过了绿化林，重新踏上那一片草地的时候，她略微愣了一下：小道旁的酢浆草被踩得七倒八歪，显然有什么人沿着这条路刚刚走过去。

也是去拜访萧宅吗？她想，回头看了一眼。

第六章

梦魇

“是，萧宅。”看到是《幻想》总部的电话，辟邪才接起来，“非天编辑？什么事？”

虽然是沉音的责任编辑，然而作为助手的他，语气还是冷淡不客气的。

电话那头的责编心里恨恨骂着这个一副臭脸的助手，却因为他是沉音对外唯一的联系人，不得不耐心解释：“第十九章的稿子……明天我们要清样排发了，大后天就要进印刷厂。不是说好了今晚传真过来吗？”

“还没过今晚吧？”辟邪道，“十二点前传给你。”

妈妈的，十二点，难道老子要在办公室等你到午夜？责编心里火冒三丈，几乎要摔了话筒，然而却心知一摔话筒，后天杂志一定进不了印刷厂，只好继续好声好气地说道：“辟邪，你能不能把沉音写好的部分传过来让我先编？剩下的……”

“不好意思，沉音她向来是结了一章才传出一章的。”辟邪拿着话筒，眼睛却看着门口送客出去的紫衣女郎，“十二点，准时给你。”

“可十二点我们杂志社要关门……”责编非天实在忍不住，小声提醒。

然而眼睛看到了门外树丛里有什么一动，辟邪眼睛陡然冷凝：“十二点，就这样。”

“喂，喂！等一下——”在他放下电话之前，那边的责编非天连忙大声叫起来，“今天有人来编辑部找你们！非要沉音的住址不可，还说要投资拍电影。我指点他来找你，应该今天就……”

“什么？你把我们的地址告诉他了？”辟邪一惊，忽然隐隐有了怒意，“谁允许你说出去的？我们一开始就说好，沉音的所有资料要绝对保密！”

“对方来头不小，开出的价码也很高，投资三个亿啊……改编权能卖出天价！”明显感觉到了助手的怒意，责编声音小了下去，“是四海财团出资的。你也知道，四海财团一向在国内地产界和金融界都是龙头老大。”

“三个亿？呵，你先拿了多少好处？”辟邪陡然冷笑道，这些愚蠢贪婪的人类！

“你回家睡觉吧，”他对着电话冷冷地说了最后一句话，“不用再等第十九章了。我们和《幻想》的合作到此为止。你们违反了合约。”

“什……什么？”电话那头传来不敢相信的惊呼，然而他“咔嗒”一声用力挂断了电话。

“沉音！”他转头叫女伴的名字——四海财团？四海财团是什么背景，别人不清楚，却瞒不过他：一个看似正规，实际上和国际犯罪组织有千丝万缕联系的庞大机构。麻烦总是接二连三地来……这些年来，尽管一直低调地避世独居，然而那些贪婪愚蠢的火焰总是要蔓延到他们身边来。

“沉音！”他再次叫了一声，然而宽敞的客厅里没有人回答他。他霍然回身。玄关的门还开着，萧音的一只拖鞋留在那里，人却已经不在！

居然没有半丝声息就掳走了她。这次来的，又是哪一路的人？

门外暮色正浓，泼墨般倾泻而下，吞没了一切。

云荒，云荒……都是为了那个沉没的遗失大陆。

艾美回到家时，餐厅里灯火通明，杯盘狼藉。居然来了客人？

“怎么这么晚？”母亲放下高脚的红酒杯子责问，她缩了缩脖子。

“好了好了，小美，快过来叫大伯。”父亲却是打圆场，拉她到那个来客面前。

大伯？她乐得一跳，抬头看着这个满面风尘的中年人——这就是父母提了无数次的大伯？她只在六岁时见了一次的大伯？

虽然是一母同胞，可不同于在海城文化馆里当小职员的父亲艾瑟，大伯艾宓毕业于美国著名大学的东亚考古专业，多年来参与过多次大型的文物发掘和考古工作，如今已经是业界声名显赫的权威人物。

“大伯好！”她惊喜交加地跳到了桌子前，看着这个自小景仰的长辈。

“小美都长这么大啦！”大伯和父亲面容相似，却多了几分风霜，抚摩着她的脑袋。她不习惯地歪了歪头，但最终还是忍受了长辈这样的对待。

“可不是，过三个月就要高考了。”母亲倒了杯酒，白了她一眼，“还每天到处跑！也不好好复习。”

“人家……人家在周露儿那里复习嘛。”她犹自嘴倔，但是说谎的时候还是脸红。自顾自坐到了桌子旁，开始大口吃饭。

父母也不管她，大人们开始继续他们自己的话题。

“怎么，这次回国到这里来，又有项目？”父亲喝着酒，和大伯聊天。

“是啊。”分明是喝了一点儿酒，大伯的脸有些红，“大项目，四海财团出资支持的。可能近日要开始勘探了。”

母亲一脸惊讶：“海城这种小地方，有什么值得让你这样的专家回来？”

“女人家没见识。”父亲点了根烟，又给大伯燃上，笑着看了母亲一眼，“去洗碗吧。”

“真是的。”知道有要事商量，母亲嘀咕着收拾碗筷，顺便拍了她一下，“快点吃！吃完了去做功课。都快十八岁了，还不知道自觉用功。就要高考了呀，如果考不上……”

她皱起了眉头，嗯嗯啊啊地应付着，巴不得母亲快点儿走开，好专心听大伯和父亲的对话。

被母亲那样一唠叨，等她再度听的时候，只听到了两个字“云荒”。

“云荒？”下意识地她脱口惊呼了起来，看着大伯问道，“遗失大陆？”

“哦，小美你也知道啊？看来那部书真的是妇孺皆知了。”大伯倒是没有惊讶，只是微笑看着这个女中学生，“是啊，遗失大陆。我这次回来，就是要寻找这块遗失在海底的大陆。”

“什……什么？”艾美诧异地瞪大了眼睛——怎么看，沉稳儒雅的专家大伯都不像是开玩笑的样子，“大伯，你是来寻找云荒大陆？这不是小说里的故事吗？沉音写的小说而已啊！怎么……怎么连大伯你也当真了？”

“小丫头，不懂事别乱说。”父亲却是打断了她震惊的诘问，回头对大伯道，“你也开始相信了？这几年我订阅了《幻想》，越看越觉得那个‘云荒’是存在的——或者存在过的。难道你不觉得惊讶？一个作者即使再能虚构，也无法虚构到这样每个细节设定都栩栩如生的地步！”

“那是沉音姐姐写得好！”她不服气地，冲口反驳。

“吃饭去。”父亲让她住口，继续抽了一大口烟，狠狠道，“你说，虚构一个背景或许可能，最多模仿中外历史上某一个国家的断代史，但是一个那么年轻的女作家，怎么可能虚构出一种文化？那种甚至可以让人相信‘存在’过的整个文化体系！这超过单个‘人’所能做到的极限。”

“是，”相对于父亲的激动，大伯却是冷静得多，“我就是为了这个才回来的。”

大伯也抽了一口烟，吐着烟圈的考古学家眼里闪着光：“二弟，原来你这些年也一直留意着这方面的消息？我原本也是不信的。可是看了一些从东海打捞上来的文物，再回头联系那个女作家写的《遗失大陆》，越看越觉得……不可思议。”

爸爸重重捶了一下桌子：“简直不可思议！对于云荒大陆的种种描述，我能断定那个女作者不是自己虚构出来的——没有办法做出如此程度的虚构！她没有模拟世上存在过的任何一种文明体系，而是自己彻底地创造了一个人所未闻的‘新文明’出来！”

艾美听得发呆，浓烈的烟味熏得她想咳嗽，可是父亲和大伯的对话是如此惊人，吸引着她无法移开脚步。她下意识地扒着饭，看着两个吞云吐雾的大人——真奇怪……这些大人们也这样？她还以为只有她和周露儿那样的中学生，才会被云荒大陆吸引到神魂颠倒呢。

原来父亲和大伯是更铁杆的fans啊？怪不得家里订了全年的《幻想》。

“是，你看第一卷《龙战》里第十三页，写到了提炼珂的方法以及锻造软银的工序；《血玄黄》里提到了‘螺舟’和‘风隼’——这种东西，如果是虚构泛泛而论也罢了。”不知道是不是因为喝了酒，父亲额头青筋凸起，手指用力敲着桌，“可是！她写了满满十一页，详细叙述了整个流程！除非她是金属冶炼和机械制造的专业人士，同时精通地理学、水文学、城市规划和军事战略，否则根本不可能写出这样的东西！”

咦？艾美听得有趣，连烟味刺鼻都不觉得了。什么提炼珂？锻造软银？她看《遗失大陆》的时候，根本没有留意到书中还有这样的描写。她只顾着看几个国家杀来杀去、帝王将相王子美人的悲欢离合去了。

原来，父亲还是《遗失大陆》的超级粉丝？她的眼睛闪闪发亮。

“所以你推断，那个作者并不是凭空捏造，而是的确得知一个存在过的文明？”大伯听得入神，不知不觉那支烟烧到了手指都没有反应，“你在这个小城的文化馆里埋头十几年，都在探求这个‘云荒’的真相？”

“是的。”父亲的脸色通红，抬头看着兄弟，难掩激动之情，“你知道我不像你那么能干，我一生只求做好一件事。”

“干杯！”艾宓博士拍拍弟弟的肩膀，拿起杯子，“这次，我们兄弟俩总算是找到了同一个目标了。等发掘工作开始，我就请你参加。”

红酒咕嘟咕嘟流入了咽喉，两个说到兴头上的人却停不下来。

“我和你的切入点不一样，我对于看书没兴趣，所以一开始也并未看过《遗失大陆》。”放下酒杯，大伯目光炯炯，“我是从别人给我看的一些海底打捞出的文物中，找到的线索。”他的手探入怀中，拿出的时候指尖上已经有了一串细细的银色链子，上面连着一块橙黄色半透明的石头，举起来给父亲，“你看这个！”

“呀！好漂亮！”脱口叫起来的却是艾美。

灯光下，那块磨成半月形的石头发出琉璃般的光泽，雕刻着奇特的花纹，看上去里面隐隐有光影流动。银色的链子已经黯淡无光，玉石上的花纹也已经磨得快要平了，不知道是多古老的东西。然而，那么古老的东西，却隐隐透出某种无上尊贵的光泽。

艾美看着那个古玉挂件，认出了上面刻着的是一个兽类的图案：有点像老虎，腹部两侧却刻有双翼。昂首挺胸，神态威猛庄严，四足前后交错，利爪毕现，纵步若飞，似能令人听到其行走的脚步声。

咦，奇怪，这个图形，好像刚刚在哪里看到过？沉音姐姐家里的碟子上似乎也有类似的……

正在出神，耳边却听父亲接过古玉，问了一声："辟邪？"

"啊？"艾美吓了一跳，以为自己去了萧宅的谎言被揭穿了。正忐忑间，却见大伯点了点头，目露赞许之意："不错，这件就是从东海外海打捞上来的辟邪古玉。一年前，某个人送给我这件东西，从而引起了我对云荒的注意。"

辟邪古玉？艾美松了口气，原来这只兽就是辟邪？她忽然觉得惭愧：自己虽然对《遗失大陆》倒背如流，却只停留在纸面上，换了图形就一窍不通。

"我这里也有一件。"父亲却转身出去，拿了一块破碎的瓷片回来，"你看。"

那是一块白色的碎瓷片，似乎也有些年头了，被时光打磨得温润如玉。雪白的底子上，冰裂纹如同红丝蔓延，红丝凝聚到中央，居然巧夺天工地织成了一个图形。

"也是辟邪？"大伯细细看着那片碎瓷，诧然道，"哪里来的？"

"从出海的渔民手里买回来的。"父亲神色慎重，"还有其他一些零碎物件上，都有辟邪神兽的图形。不过都支离破碎，所以就不一一拿出来给你看了。"

"我那里收集来的东西里，也反复出现了辟邪的造型。"大伯将古玉和碎瓷放在一起，对比着上面两只神兽的造型、动作和流线，浓眉紧蹙，"龙生九子，各个不同。但辟邪一般多出现在墓葬建筑中，和天禄、麒麟并称三大镇墓神兽。华夏文明的历史上，还从未有过单独将辟邪作为图腾崇拜的民族。"

"是啊。从来没有过，除非是……"父亲连连点头，神色凝重，忽然一字一句道，"'遗失大陆'里，云荒上的各个民族！"

"是啊！"一直到这时，艾美才插得上嘴，说到这部小说，她可是比他们更具权威，"《遗失大陆》里面，守护云荒的神兽就是辟邪！三大宗主国和草原部落，都建立神庙，由祭司供奉着神兽！帝都伽蓝城里面，更是有全大陆选出的少女作为祭司，一生侍奉。"

这一次，父亲没有让女儿闭嘴，两个大人只是意味深长地交换了一下目光。

"艾美，你这一顿饭要吃多久？"正当女孩觉得自己能干，准备继续滔滔不绝的时候，母亲冷不丁从厨房转出来揪住了她的耳朵，"还不快给我回房间去做功课！你看看都快八点了，你还在这里磨蹭。大人说话，小孩子插什么嘴？”

“啊，啊，好痛……”艾美捂着耳朵抱怨，虽然舍不得，还是老老实实放下碗筷，站起来鞠了一躬，“大伯，爸爸，我回去做功课了。”

“嗯，去吧去吧。”父亲随便挥手打发她走，急着和大伯继续交谈。

大伯却是看了她一眼，笑了笑，把手里拿着的古玉项链递给她：“喜欢不？大伯送给你好了，拿去。”

“啊？”艾美又惊又喜，却一时间不敢接，看了父亲一眼。

“这个很贵重吧？”父亲也是忐忑，“你留着做研究用，给一个小丫头干吗？”

“没事，这也是别人送我的，你戴着说不定合适。”大伯笑着把古玉项链放到艾美手里，“多年没见小美啦，总要拿点儿什么见面礼，你可别拦我。”

“谢谢大伯！”艾美乖觉，不等父亲再啰唆，立刻开口甜甜道谢，蹦跳着走了出去。

“弟弟，你知道吗？那个送我古玉的神秘人说……”看着少女拿着项链欢欢喜喜地上楼，考古学家眼里却有了一种莫名的沉思，“要找到云荒，必须先要找到‘织梦者’。”

“织梦者？”父亲没有看女儿的背影，只是诧异地重复着这三个字。

八点整，也就是艾美磨磨蹭蹭吃完饭的时候，海城郊外入城高速公路上发生了一起车祸。

三辆从郊区进入城市、速度极快的轿车撞在了一起。然而奇怪的是这并不是普通的追尾相撞，而仿佛是一刹那被无形的力量所操纵，车头猛然扭转了方向，变成了一个首尾相接的三角形。轰然巨响中三辆车子全部扭曲变形，以奇特的姿势沦为一堆废铁。

“不好！她跑了！”车中有个黑衣人还有意识，大叫起来，挣扎着想从挤变形的车门内爬出去，“她跑了！快追！”

然而话音未落，无端觉得脚一软，仿佛凭空被人当头打了一棒，立刻瘫了下去。

交警聚拢过来之前，萧音已经伏在辟邪背上，穿梭在绿化林带的浓荫里。

“好痛！”揉着手腕上蹭破的皮，紫衣女子皱眉，不住吹气。然而刚经历这样惊险的劫持，她脸上却没有半点儿的惊惧和慌乱——这么多年来，只要有辟邪在她身旁，她就没有任何需要担心的。

“他们打你了？”辟邪的声音依然没有起伏，“等会儿我给你复原回去。”

“不要！我的手断了，脚也崴了，今天我不写了！”萧音忽然发起了脾气，用力踹了他一脚，“你不能逼迫我做苦力。你是神啊，不能这样欺负一个凡人是不是？”

“谁说神不能欺负凡人？”辟邪头也不回，将她的身子往上托了一下，警告性地拍了拍，“别乱动，我抓不住。人的身体真是不好用。”

“你！”萧音大怒，“你怎么可以打我屁股？流氓！”

“拜托你老实点儿行不行？”他实在是无可奈何，“虽然你十八岁开始就是个小太妹，可现在好歹是个美女作家。那个小姑娘如果看到你这副嘴脸，一定要梦想破灭。”

“切，我又没拿枪逼着她崇拜我。”萧音冷笑，撇了撇嘴，“她自己想了个女神形象强加给我，回头发现我是个女土匪却要怪我，你说这世上还有没有天理？啊，我忘了在有没有天理这一点上你比我有发言权。”

“别闹。”辟邪懒得听她喋喋不休，“刚才那些人有没有打你？”

“有。他们逼我说云荒到底在哪里，问我怎么知道那个秘密，还说如果不老实交代就要挑了我手筋、毁了我的容，先奸后杀……”显然又被警告了一次，萧音白了面前的人一眼，老实交代，“但是呢，对着本姑娘这样才貌兼具的妙人儿，他们哪舍得下手。先礼后兵，还没礼完，你就让那些车摆POSE去了。”

“是四海财团，”辟邪淡淡道，“他们买通了你那个帅哥编辑非天。这里是住不得了。”

“什么？”萧音一听发作了起来，“我刚准备收徒弟，你却要我搬家？不行，明天小美还要来找我，不许你瞬间转移掉我的房子！”

“可是四海财团不简单。”辟邪反对道，“我不想家里三天两头被闯入者弄乱。我更不想把你暴露在大众媒体的注目下，弄得鸡飞狗跳。”

“你不是神吗？”萧音想激他，“还要躲着凡人跑？”

“我住在人间。人间，有人间的规则。”辟邪丝毫没有火气，“我要保证你的安全，没有你就没有云荒。没有云荒，我就没有存在的意义。”

“咦，转了一圈回来，就是说……”作者对于文字游戏总是分外敏锐，萧音忽然往他脖子里吹了口气，笑道，“没有我，你就没有存在的意义，是不是？”

“别闹。”实在是没办法，在穿过绿化林后辟邪将不停折腾的女子放了下来，俯身查看她的脚腕。只是在被掳走的时候崴了一下，没有什么大伤，他只是微微使用了一下念力，就让一切恢复了正常。

“很痛啊！该死的，你怎么隔了那么久才追上来？”娇贵惯了的女子叫苦连天起来，抱怨道，“害得我丢脸！我趾高气扬地对那个老大说：‘数到十你不放了我，我就要你好看！’结果我数到了三百你才过来！”

“我在接非天的电话，一时疏忽，对不起。”辟邪将她的脚腕放下，示意她站起来。

“非天那个家伙……要稿子的时候说尽甜言蜜语。”萧音站了起来活动筋骨，余怒未歇，狠狠踢了一脚，“帅哥真是不可相信——所以我就要狠狠折腾那些长得好看的主角。哎哟！”

这一脚踢到了石头上，再度负伤的女子叫了起来。这回是真的脚趾骨折了。

“算了，先背你回家吧。”辟邪叹了口气，抬头看看中天的月色，“今天真的要来不及了。快上来，得快点儿回去。十二点的时候要开启窗口，把今天织的梦传给长老们。”

“变成大狗！变成大狗驮我回去！”痛得倒吸冷气，萧音却忽然开心地叫了起来。辟邪无奈地叹了口气。的确，人的身体实在不好用，也只有用本相了。

两行足迹延伸到绿化林边缘，赫然变成了四行。

冷寂无人的月光下，显出神兽本相的辟邪背着扭了脚腕的萧音行走在草地上，周围只有萧萧的风声，伴随着有一句没一句的胡扯：

“辟邪，我三个月后就要回家去了，你应该安排好了我的下半生吧？我都有五六年没见我父母了，你都是怎么和他们交代的？”

他低声回答：“我说你去美国念书了，专攻比较文学。读到博士回来正好二十八。"

她尖叫起来："什么？比较文学？那是什么东西？你不是要我回去死得很难看吗？"

辟邪摇头："别拉我……以你现在的水准，回去随便换个笔名一样可以技惊四座。到时候有谁管你到底是不是懂实证主义和伊维·谢弗雷尔？有个学位不是更好？"

她却不悦："好什么！女博士……你要我嫁不出啊？我本来就已经够老了！"

他沉默了一下，道："不用急，你会遇到好男人的。都安排好了。"

她完全不相信他的承诺，嗤之以鼻："好男人？你给我推荐男人的眼光实在让人难以相信。还说可以让我和世界上任何喜欢的帅哥约会！结果呢？每次约会回来我都忍不住要呕吐。"

"那是你自己的问题吧？"辟邪忍不住反驳，"哪有女人在约会的时候，听着对方的情话会忽然爆笑起来？"

"什么？你如果听到自己笔下重复写了无数遍的话，正儿八经地被当面说出来，你难道不觉得爆笑？"萧音一回想起那个捧着玫瑰、以十二万分的深情眼神说情话的帅哥，依然有大笑的冲动，"'我在你心里曾遗落了一滴眼泪'——真是让人喷饭。"

事实上，她的确在那家皇后餐厅里将饭笑喷了出来。

"人家又不知道你就是沉音。"辟邪无奈，"而且《遗失大陆》里面步郸将军和晶颜公主的对白，在年轻人中很风靡——他也是赶时尚。"

"我不跟没创意的男人约会。"萧音无聊地扒着神兽额头的毛，嘟哝，"有时候觉得好无聊啊——辟邪，是不是写得太多了？那些套路我一看开头就知结尾，只是冷眼旁观着看那些帅哥怎么连接一个个桥段，太无聊了……"

"不必抱怨，总会遇到适合你的人。"辟邪的眼睛是安静的，波澜不惊，"契约结束后，你以后可以有很好的生活，清闲富贵，安逸充实。哪怕不能享受'沉音'的荣耀和名利，却一样是别人梦寐以求的人生。"

"哼，说得轻松！"

"我说可以，就是可以——你别忘了我是神。"

“哦……倒是。我都忘了你是神。”萧音终于安静下来，忽然将手按在神兽的额头上，用难得的诚恳语气轻轻问，“那么，以后你会不会来看我？”

“会的。”沉默片刻，辟邪回答，然而不等萧音笑起来，又补充道，“只是你一定看不到我——就算看到了，也不会认识我。”

契约结束后，重新入世的她，就将失去这十年来所有的记忆。

那是一开始就写得明明白白的约定……

第七章

龙战

不知道是什么样的感触，她用手臂环着辟邪的脖子，将脸颊贴在他耳后，轻轻叹了口气。就在那一口气刚刚叹出的时候，她忽然感觉到辟邪停住了脚步，全身陡然绷紧。

“怎么了？”萧音诧异地脱口问道，然而那三个字来不及说完，她只觉身子一轻，陡然悬空而起！天地在旋转，激烈地变幻和交错。她在惊叫中只来得及用力抱紧了辟邪的脖子，免得自己从他背上落下去。耳边是可怖的嘶吼声，凌厉的风逼得她无法呼吸。

天翻地覆维持了大约十几秒钟，然后一切仿佛又静止了。

在刚才激烈的变动中，她已经一个跟斗越过辟邪头顶翻了出去，只是紧紧用双手箍住了他的脖子，才没有掉落。到底怎么了？地震了？十年来算是见惯了大场面的女子也抑制不住内心的惊骇，挂在神兽的脖子上，战战兢兢地睁开了眼睛。

寒风割面，眼前是一片空茫的夜空，一片一片浮过眼前的，是——云？

那个刹那她下意识地低头往下看，然后惊叫着松开了手。辟邪猛然伸出巨爪钩住了凌空坠落的女子，用爪子尖端把她吊到怀里，一把拉了回来。

“我有恐高症！”重新抱住了辟邪的脖子，萧音脸色苍白，闭起眼睛不去看脚下的情况，颤声大骂，“你抽什么风！快放我下去！这样作弄我，今晚真的别想我写东西了！回去看我怎么收拾你！”

“好啰唆的女人。”忽然间有个声音笑起来了，响起在冷风中，“难为六弟你还能忍受。既然她自己闹着要跳下去，你干脆一放手让她落地开花算了。”

什么人？居然在半空和辟邪说话？

萧音一怔，也顾不上什么，抱着辟邪的脖子，睁开眼睛看了过去。

“没你什么事，老三。”辟邪冷冷回答，眼睛里闪动着从未见过的煞气和警惕，瞬间恢复了人形。她觉得肩背和膝弯一沉，被横抱了起来。她依然勾着辟邪的脖子怕掉下去，然而眼睛却是睁得有葡萄大，看着眼前的景象——漆黑的夜空里星月无光，浮云如棉絮般被高空的冷风吹来扯去。

就在浮云移开的裂缝里，她看到一只雪白的、庞大的、风度优雅的……

“山……山羊？”看着足踏浮云、人首羊身长着卷曲双角的奇异怪物，如果不是辟邪抱着她，诧异的女作家真的会从半空中跌落。

“什么山羊？”应该是刚才那一轮搏斗没有得到什么好处，对面那只异兽说话微微有些喘息，却是恶狠狠地瞪着她，一咧嘴露出尖刀般锋利的牙齿，“啰唆的女人，再说我是山羊我就一口吃了你！”

“是啊……山羊没有长人脸的。”诧异过后，萧音怔怔看着，忽然脱口惊呼，“饕餮！”

不错，那是……那居然是传说中的饕餮！食人的魔兽饕餮！

“咦，果然不愧是织梦者，有点见识。”看到女子转眼认出了自己，饕餮心情大好，咧嘴一笑，抖了抖身子，转眼也变成了人的形貌，“多年不见，六弟，这些年我可找得你好苦。”

六弟？不错，龙生九子，第三便是饕餮。萧音愣了一下，看着转瞬站在虚空里的银发男子——同样的“非人”气息，却不同于辟邪的平和安静，他有着咄咄逼人的煞气和锋芒。宛如……呃，宛如她在《遗失大陆》里面设定的第二男主角。那个行走于暗夜的杀人傀儡师。

“找我干什么？”辟邪不动声色，眼睛却有冷光，“刚才那些人也是你派来的吧？”

“那些废物，不过是用来引出你的诱饵罢了。”银发的饕餮冷笑，薄薄的嘴唇里面是一排尖利整齐的牙齿，“如果不是你方才为了停住汽车而动用了念力，我怎么能确定真的是你？”

辟邪静默地看着云中的银发男子：“四海财团背后，归根到底是你在指使？”

饕餮发出了细微的笑声，听得萧音全身寒毛直竖。

“是啊，这一切都是我指使的。”银发的饕餮伸出右手在虚空里画了一个弧，优雅地鞠了一躬，脸上带着讥讽的笑意，一字一句地回答，“不仅四海财团，我也是这个世上‘一切罪恶的保护神’。”

辟邪的眼睛骤然变冷。

“好酷的台词！”然而辟邪怀中的萧音却发出了由衷的惊叹，打量着眼前这个浮在虚空中的银发食人魔，作者的本能让她完全忘了恐惧。辟邪在身边，又有什么可以恐惧的呢？似乎……让他来出演那个傀儡师，是天上地下再适合不过的人选呢。

四海财团的总裁，若是肯出任电影男主角，也是影视圈一大劲爆消息吧？

“没想到，身为龙神第三子，你居然堕落到成为邪魔的地步。”辟邪没有理睬怀里女子的惊呼，一瞬不瞬地看着自己的兄长，眼里露出不屑和厌恶的冷光。

饕餮尚未开口，萧音却叫了起来，为他辩护：“不对，饕餮本来就是食人魔兽！他哪有堕落？”

一刹那龙神的两子都愣了一下，同时把注意力转到了那个紫衣女子身上。银发饕餮嘴角忽然忍不住往上扯了一下，似笑非笑。

“这不过是流传至今的说法而已。事实并不是那样……”辟邪开口，慢慢复述，不知道是讲给她听，还是在提醒对面的兄弟，“在鸿蒙之初，天穹之下没有陆地，只有大海……那时候，龙神是唯一的主宰。后来天变地裂，浮凸九州。于是龙生出九子，成为各个大陆的保护神。”

“哦？”萧音对于这一类故事有天生的热情，立刻被吸引住，“不对，现在只有七大洲……不是九个啊！我知道其中遗失的一个是云荒，还有呢？”

“还有一个，叫作大西洲。”开口回答的却是饕餮，唇角浮动着奇异的微笑。

“大西洲？”搜索着脑中的资料，萧音诧然。

银发在黑夜中拂动，饕餮忽然间叹了口气：“就是你们现在所说的‘亚特兰蒂斯’——失落的帝国。”

“亚特兰蒂斯！”萧音脱口惊呼，忽然间就全明白过来了。

在古埃及的传说之中，据说有一片陆地叫作大西洲，如果用今天的标准来计算，面积大约在40万平方公里左右，上面居住着一个具有高度智慧而又血统高贵的种族，他们建立了一个庞大的帝国，名字叫作亚特兰蒂斯。大约在距今12000年之前，一场突如其来的山崩地裂，使这个神秘的帝国瞬间便消失在了大海里面，这个大海就是后来被人们称为大西洋的地方。

那就是“失落的帝国”。

和云荒一样，一夕间沉没海底消失的帝国。

原来，不但云荒的传说是真的，亚特兰蒂斯的传说也同样真实。而眼前这只饕餮，和辟邪一样曾是亚特兰蒂斯的守护神？

“天地无情啊。”千万年的巨变后，曾经守护那片大陆的神祇在风中笑了笑，摊开了双手，“大西洲已经沉入了水底，我还能如何？辟邪，我不像你那么死脑筋，非要守着那个其实已经死去的国度——我总要寻找什么可以让我觉得有‘存在’意义的东西吧？”

“所以你成了‘一切罪恶的守护神’？”萧音抢着问，忽然觉得这是一个大好的写作素材，“就是说，你现在和撒旦、波旬他们成为同类了？”

“我们只是不同位面的三种恶神。”饕餮眨眼，微笑道，“勤学好问的小姑娘。”

“切，我才不是小姑娘！我二十八了。”片刻前还在抱怨大龄的女子脱口怒斥。

饕餮冷笑：“切，辟邪都算是我弟弟，你那点年纪连我们打个喷嚏的时间都不够。”

“活得久很光荣吗？老不死的家伙。”萧音怒视着这只毒舌的山羊，低声咒骂。然后想起什么，立刻转头对辟邪解释：“不是说你。”

辟邪没有理睬她说什么，他时刻提防着饕餮的一举一动：“你找我，什么事？”

看出了兄弟眼中的戒备，饕餮漠然一笑：“只是寻找同伴。我孤单地活了很多年，有点儿倦了。你也该从那个云荒的遗梦里醒过来了——那片大陆早已经不存在，你虚耗了几千年的时间，现在还要继续做白日梦？”

“我不是你的同伴，”辟邪的态度依然僵硬，他抱紧了萧音，“请不要打扰我们的生活。”

“啧啧，‘我们’？”银发的饕餮冷笑起来，声音说不出的讽刺，“龙神之子堕落到和凡人并称‘我们’了吗？那些蝼蚁般的生命，朝生暮死的蜉蝣……你居然这么紧张地护着，半天不敢放下来？”

知道辟邪沉静，生怕他不是这头毒舌山羊的对手，萧音连忙抢白：“是我喜欢赖着他，又关你什么事？”

饕餮看着这个伶牙俐齿的紫衣女人，眼里忽然有了杀气：“织梦者，是吗？海底那些一夕间死去的凡人不相信自己已经死了也罢了，可你是神祇，居然也不肯面对这个事实，妄图借助织梦者的力量来延续云荒虚幻的存在？没有了她，你就不做云荒那个白日梦了吧？好，我就杀了她，让你彻底醒悟！”

说到最后一句话时，天空陡然风起云涌。

“抱紧我！”天崩地裂中，她只听到辟邪一声大喝，陡然回复到了原形，足踏翻涌的乌云，身侧萦绕着千万道电光霹雳。只是一眨眼，耳边风声大动，眼睛已经看不到任何东西。

天地在旋转，烈风割面而来，连空气的压力都时而轻时而重。她几乎无法呼吸，只是闭着眼睛牢牢抱住了辟邪的脖子。她知道这次不同以往，辟邪面对的不是一般的凡人大盗，而是和他同一级别的神魔！

眩晕的感觉在加强……她天生是个小脑不发达的人，有想呕吐的感觉。

然而，有什么东西滴落脸上的刹那，她的神志陡然清醒。然而就在这个刹那，天空倾覆了。她觉得自己一瞬间失去了重量。

“辟邪？辟邪？”感觉到了手下的肌肤一震，萧音心知不对，大声惊呼他的名字。

高空坠落的速度是惊人的，在接近地面的那一刹她几乎失去了知觉，下意识地紧抱着神兽的脖子，死活不肯放手：“辟邪！辟邪！”

落地的一瞬间，她觉得一股力量涌来，托着她往上一提，化解了巨大的下坠速度。然而同一时间，辟邪却从她身边蓦然消失了。

狂风在城郊呼啸，绿化林被吹得扭曲歪倒，如同水中的藻类。而两道影子如巨大的闪电纠缠交错，在天地间纵横，带起雷声隆隆。风起云涌，夜如泼墨，简直就像天地的尽头。萧音坐在草地上，下意识地抹了一把脸——手上湿热的……是什么？血？神也会流血吗？

她只看着两道电光穿梭在云间，翻翻滚滚。

这不是云荒神话，这不是她笔下的虚幻世界，这是真实的、惨烈的神魔厮杀！

“辟邪！”她在狂风中站起来，对着苍穹大声嘶喊，用尽了全部力气。然而仿佛回应着她的呼喊，天空蓦然洒落一阵细雨。温热的雨。

站在草地上仰望夜空的女子毫无办法，她腕上的金琉镯陡然发出了血一样的光。怎么办？怎么办？辟邪一定是因为带着自己行动不便，才被那只该死的山羊下手伤了！他打不过那只饕餮怎么办？那饕餮还是他的兄长！神也会死吗？

“辟邪！”那个瞬间，仿佛十年来每一夜被那种力量呼唤着，她觉得身体里的血一起涌上来，在身体里呼啸，她看到腕上的金琉镯发出了金光。萧音来不及想别的，抬起了手——沾着血雨，她的指尖在虚空里划过，急速书写着什么。然而手指划过的地方都闪出了淡金色的光，一个个字句浮凸在下着雨的夜空里，竟然凝成了一排排符咒！

“以九天众神之名”——她急速书写着所知的上古符咒——“云荒一切力量归我操纵！”

因为急速，字如狂草，随着她指尖连绵不断地书写而凝聚在虚空中，宛如织出了一片片金色的布帛。萧音脸色苍白，血雨在脸上纵横。虽然早就从辟邪那里得知云荒的一切，但她从来没有真正使用过这个上古流传的最高神咒。然而除了这个方法，九天之上那一场神魔之战，她又如何能插手半分？

临·兵·斗·者·皆·阵·列·在·前！

闪电映照着女子苍白的脸，手指沾着神魔之血，萧音用尽全力在虚空中书写下了九字大禁咒。书写这短短九个字，却似乎比十年来写作长篇巨著都更费心力，在手指划出最后一个字的刹那，胸臆间的不适再也无法忍受。

“啪”！用尽最后一丝力气，她的手拍击在虚空凝固的九个字上，腕上的金光大盛。一击之下，金色的字转瞬化为一道金色的闪电，直裂云霄而去！

一口血吐在了胸襟上，萧音向前踉跄跪倒，勉力抬头看着乌云翻涌的夜空。

第八章

神魔

仿佛是海天翻覆了，黑色的波浪在头顶汹涌起伏，墨海般漆黑可怕。海城上空已经看不到丝毫星月的光芒，只有风雨如磐，夜色如墨。天上的云剧烈地翻滚着，雷声隆隆震着人的耳朵。在地上仰头看去，只见那一道金色的闪电在云中穿梭，一声巨响后，瞬忽湮灭。

然后黑云更加激烈地翻涌起来，忽然嗑啦啦一声响，天幕坍塌了。

裂开的云里，有黑影遥遥坠落，风一样地落下大地。那个巨大的影子落入了绿化林中，一片树木如同芦苇般被压倒。狂风卷起了暴雨，溅到脸上，居然全是温热的！

那是血！那是九天上神魔大战后落下的满天血雨！

“辟邪！辟邪！”风雨中萧音惊慌失措地大声呼唤，顾不得头颅中开始发作的剧烈疼痛，只觉手足冰冷——辟邪死了？辟邪死了？那一瞬间的恐惧是灭顶而来的，顾不上抹掉满脸的血雨，紫衣女子手足并用地站起来，踉跄着扑向那片漆黑的树林。

在她刚要踏入那片在风中起伏不定的林子时，忽然有人拉住了她。

可那一瞬间她的力气大得惊人，想也不想地用力挣脱，大喊着继续扑向树林。那里，依稀可见黯淡下去的光，金色的电光还在人形上隐约笼罩。辟邪！辟邪！

在她再度拔足往那边扑去的时候，那只手从身后再次扳住了她的肩膀，制止她向前扑出的身形。然而力量不足之下，生怕她再度挣脱，另一只手随即紧紧抱住了她的腰，将她从那片树林边拉回：“别过去！你……你想去饕餮那儿送死吗？”

那样熟悉的声音！

“辟邪！”听出了身后的声音，萧音一声大叫，“辟邪！你在这里！”狂风暴雨中她回过头去，反身用力抱住了来人。

是的，是辟邪，是辟邪！那样熟悉的气息和声音，确确实实在她的身边。她欢喜得发抖，却不知道说什么才好，只是怔怔仰着脸，将他看了又看。那一个瞬间，她知道了语言文字的苍白和无力。

“你很厉害啊！”落地后回到了人形，辟邪平日话不多，此刻更加不知说什么好，只是道，“第一次使用禁咒，力量和准头都那么好。”

“是吧，我厉害吧？”她扯了一下嘴角，努力想笑起来，“我把神都打下来了！”

辟邪没有说话，只是注视着她的脸，忽然问：“你哭什么？”

“哭？”萧音一怔，下意识地摸向脸上，“没有啊。”

风雨中她的脸苍白如纸，上面纵横着温热的血雨，眼角却有泪水不知不觉地汹涌而出，滑过脸颊，和雨融为一体。不知道是什么样的情绪，她捂着脸，忽然在暴风中放声大哭——就如八年前，第一次因为无法控制云荒这个世界而精神崩溃之时。

她为什么哭？她在怕什么？她为什么感到如此欢跃和绝望？那一刹那排山倒海而来的强烈情绪，完全支配了女子的头脑，她无法控制地痛哭起来。

“沉音？沉音？”辟邪的手还环在她腰上，血顺着伤口一滴滴流到手指上，看着蓦然间失声痛哭的人，他眼含忧虑说道，“你不该动用那个禁咒的……透支太多灵力，我怕你的精神承担不起了。怎么了？为什么哭？”

那个瞬间她也怔了一下，不停抹着眼角滑落的泪水，想止住哭泣，却发现那一声声悲恸仿佛传自于深心，根本无法阻断。为什么哭？那一瞬间，她为什么无法抑制地哭？

“连自己都不明白吗？”风雨中，暗夜的密林里忽然传来了一个低微的声音。

九字禁咒的力量还在持续，金色的闪电在饕餮身上如锁链蔓延，将重伤的神祇困在原地。然而看着林外草地上诧然对望的二人，满身是血的银发男子反而笑起来了："笨蛋啊。理性的思维总是要慢于直觉？你之所以哭，是因为那一刹那，你已惊觉自己必将面对错乱、倒置的时空！以一个凡人的角度去对抗这整个宇宙未知的空茫，也违背了原先做出的选择——"

"什么？"同时脱口的是辟邪和萧音，无论是神祇还是凡人，都一脸莫名其妙。

饕餮从地上抓起一把泥土，按在被闪电贯穿的巨大伤口上，腐土就迅速地变成了身体上的血肉，融化无痕。他轻轻冷笑着，试图站起来："织梦者……连你也不明白吗？"

金色的闪电还在蔓延，剧痛让他再度跪倒在地上，饕餮抬起了冷笑的眼睛，看着萧音和她身边的神祇，薄唇下露出整齐的牙齿，吐出轻而利的声音："你是否爱上过虚幻的云荒？你悲悯着他们的生死，体味着他们的悲欢离合，知道他们的梦起和梦破——你，是否对你笔下的那个世界，投入了真实的感情？"

萧音怔住，看着面前这样冷锐发问的邪神，脱口回答："是……是的。你怎么知道？"

这个邪魔怎么会知道？那样微妙的情感，就连一直陪伴在她身边的辟邪都始终不曾知道吧？作为一个作者、一个创世者，对于笔下虚幻世界的真实感情，这样一个邪魔怎么会知道？

"呵呵……"饕餮笑起来了，眸子里是冷锐的光，"云荒上的人呢？他们是不是也爱着你这个织梦者？那些几千年前已经一夕间死去的人，一直不曾发觉他们已经死了。他们的魂魄不曾散去，一直沉睡在海底，生活在由你一手构筑的虚幻国度里，延续着历史——你是他们的神。他们一样爱着你吧？"

"怎么……怎么可能？"萧音震惊地脱口，"他们……他们不过是我笔下的……"

"我只是举一个例子。织梦者。"体力未复之前，饕餮不再做无谓的努力，干脆坐在地上，他冷笑着看着萧音，话语犹如锋利的刀子，"我只是想让一个凡人明白她为什么感到恐惧——怎么能不恐惧呢？如果凡人真的爱上了神祇？"

那样的话如闪电般击中了萧音的心，她脸色刹那苍白，看着银发饕餮说不出一句话。

“你之所以感到下意识的悲哀，是因为你是‘织梦者’，所以比其他凡人更明白时空的无情和限制。”然而饕餮的眼睛依然闪着冷笑的光，继续说道，“可你爱上了神。一般懵懂的凡人不曾窥探过天地奥义，反而不会感到那样强烈的悲哀和空茫吧？”

那样冷锐的话让萧音愣了一下，忽然间泪水决堤而出，不可控制。

那一刹那，她甚至可以为了辟邪去死！是的，她不愿看到他死，她也忘了人神之间力量的界限，她用尽全部力量只求能分担他所遭受到的一丝一毫伤害——那一个刹那起，她就知道自己陷入了什么样的境地！

“沉音，沉音。”显然兄弟的话同样也让他感到震惊，辟邪将她拉开，声音却有些颤抖，“别理他，我们回去。”

紫衣女子踉跄着捂脸后退，靠在他怀里，却怎么也说不出一句话。

宛如一个骤然仰头看到浩瀚无垠星空的孩童，她震惊于宇宙的空茫和自身的微不足道。那一刹那的错位和越位，在敏锐多思的女子看来，不啻是巨大而复杂的洪流。那种冲击是灭顶的，她忽然间无法思考，剧烈的疼痛让她的头脑一片空白。

“我们回去。”感觉到她不停地流泪，辟邪只能重复同一句话，转身。

“怎么，不谢谢我吗？六弟？”饕餮笑起来了，声音带着说不出的讥刺，“我帮你点破了这一层纸，让这个只知道编织虚幻的梦的女人明白了自己真实的感受——那不是你一直希望的吗？你想让这个凡人永远留在你身边，不是吗？”

辟邪蓦然回头，眼里有煞气：“你是恶意的，别以为我看不出！”

“呵呵……真是狗咬吕洞宾，难道我不是为你和这个凡人好？”九字禁咒的力量慢慢削弱，饕餮用手支撑着地面站起，看着辟邪怀里的紫衣女子，冷笑道，“居然能使用云荒圣女的九字大禁咒——不愧是织梦者。可是，你看看，她的精神力如今还剩下多少？”

辟邪霍然一惊，低头看着脸色茫然的萧音——眸子黯淡无光，所有灵气全部消失。靠在他怀里的紫衣女子忽然间仿佛倦了，用手指压住额角，皱眉。

怎么回事？契约尚未完成，萧音的精神力应该还可以支持三个月！

“本来她也已经快灯枯油尽了吧？替你支撑了十年的云荒，那份苦可是连我想想都要摇头的。”饕餮继续冷笑，转动着受伤的手腕，“如果不强行使用那个九字禁咒，她的精神力还可以支撑三个月，可如今……嘿嘿。其实我们兄弟半斤八两，谁又能真的杀了谁？都怪这个凡人瞎凑热闹，居然敢插手神魔之间的战斗！”

“住口！”辟邪忽然厉叱，不再理睬饕餮。

“你急着回去？回去干吗？恢复这个凡人的生命和精神，然后再让她延续你那个云荒的白日梦？”站在暗夜密林里，银发的邪魔冷笑着，眼神锐利，“辟邪，你知不知道你到底在做什么？你明明知道创世是我们都无法承担的事。对千万苍生的枯荣流转、生死离合负责，其间压力不是一个凡人的灵魂可以承受的！你一而再、再而三地，要这个织梦者用全部的生命和精神力编织历史。哪怕她精神崩溃，哪怕她精力枯竭——你在用这个可怜的蝼蚁的一切，换取那个已经死亡的国度的苟延残喘。”

“住口……住口！”那一瞬间仿佛被一刀刺中心口，辟邪的眼睛都变成了紫色。

“真是自私啊……亏得你还说‘爱’这个凡人。”然而同为神魔的饕餮并不惧怕兄弟的杀气，冷笑道，“你分明拿着她的血肉灵魂来换取那个死亡大陆的延续——辟邪，你逆了天意，漠视人命，试图打破天地平衡，连我这个邪魔都不如！”

“你知道什么！”再也无法忍受兄弟的冷笑，一直沉静的辟邪忽然厉声大叫起来，“我不能让云荒死去……我是他们的神！我答应了人们要守护这片土地，直到永远！即使天翻地覆，只要那里的人们想要活下去，我就要尽一切力量保护他们！”

“可那里的人，早在五千年前就已经死了。”从未见过这个兄弟如此失态，饕餮在辟邪的厉喝声里皱了皱眉头，却依然冷锐地回答，“五千年前东海巨啸，天变地裂，你的云荒早就一夕之间沉入了海底，连同上面所有在沉睡中的人类。他们早就死了！”

辟邪忽然怔住，有些苦痛似的按住了额头，喃喃道：“可他们……他们并不知道……自己已经死了。”

他的眼里，第一次出现了无法掩饰的痛苦和无力，抬起头，看着云开雨散的夜空，长长地叹息道："他们都以为自己还活着……我的子民们想活下去，天天祈祷着我的庇护。我是他们的神……我怎么能不竭尽全力满足他们的要求？"

"所以你结成了'幻界'，让那些已经在海底腐烂的骷髅一直做着醒不来的梦？"饕餮冷笑起来，"以前你可以凭着伽蓝神殿里圣女和神官的力量维持幻界，可那些神官圣女毕竟也是凡人，千年后他们的力量也消耗殆尽。所以你不得不从在世的凡人里，寻找有织梦者天赋的人，借助她的手来编织云荒虚幻的历史？"

辟邪脸色苍白而苦痛，显然这几千年来为了维持这个虚幻的国度，他也已经耗费了太多的心力："我答应过要守护云荒……哪怕天崩地裂。"

"为了水底那堆废墟和骷髅，你宁可牺牲在世之人的生命，是吧？"饕餮扯着嘴角，不屑地笑道，"多么伟大的守护神啊……为了不让那些海底骷髅惊觉自己已经'死了'，要花多少精力来编织完美无缺的历史？你这样死脑筋的神，我还是第一次看到。"

"你知道什么？"辟邪凌厉地看了兄弟一眼，"你早就沦入魔道了！"

"呵……我怎么不知道？"银发男子笑了起来，手指在虚空一划，止住了半空零星的雨点，"五千年前，我同样眼睁睁看着大西洲沉入海底！云荒只是一夕间沉没，而大西洲却是裂变了十多年，才逐步消失！我无能为力……我是神，却无能为力！那时候我的苦痛会比你少？"

辟邪抱着昏睡的萧音，忽然一震，抬头看着成为邪魔的兄长。饕餮……九兄弟中最骄傲的饕餮，屈身成为黑暗保护神，也是经历过无数波折的吧？

"但是，生死如昼夜更替，都是天道，连你我都必须顺应。"饕餮脸上那种玩世不恭和冷嘲热讽的表情消失了，手按在心口，脸色肃穆，"死去的人，会有他们新的去处；而消失的文明，也会有新的文明涌现代替。时间在流逝，历史也在继续，你我都无法阻挡。辟邪，你实在是太愚蠢。"

"愚蠢的是你……居然去做了邪魔！"辟邪抬起眼睛看着兄长，他的内心也在激烈地挣扎翻覆，黑眸居然变成了淡淡的金色，他忽然厉声道，"我抓着云荒不肯放手，至少从不阻碍这个世界的进程！你呢？不能守护大西洲，就不惜隐身于黑暗？大哥他们守护着如今的七大洲，居然没有杀了你？"

“呵，六弟，你原本个性就放不下，如今居然越发糊涂了。”银发的饕餮笑了起来，“神魔从来都是并存和相互转化，如昼夜流转不息，推动世间前行，何谓‘阻碍进程’？你这样试图延续残梦，才是一种阻碍！”

说到最后六个字，饕餮讥诮冷嘲的声音忽然变得沉厚，宛如惊雷下击。

辟邪抱着萧音站在林外，忽然间沉默下去，宛如一尊石像。

雨已经停止了，绿化林被方才狂风吹得倒了大片，酢浆草还未开花，就被神魔大战践踏成泥。暗夜里，银发飞舞的饕餮笑着，微微弯腰，对着一边沉默的兄弟伸出手去，邀请道：“醒来吧，辟邪！别再为那片死亡的大陆浪费精力，来这边，和我一起吧！”

辟邪虽然一直不动声色，然而刹那间被点破了梦境，心中的惊涛骇浪是几千年来所没有的。空茫和绝望如潮水般灭顶而来，辟邪的手臂都在微微颤抖，几乎抱不住怀中的萧音。

“来和我一起吧！我为了寻找同伴，已经费了几千年时间。”察觉到辟邪色变，银发男子薄唇上带了笑意，“辟邪，上天将我们的土地夺走，就是要我们寻找新的可以守护的东西。所以，我做了‘一切罪恶的守护神’。这个世界并存着阴阳两面，神魔之界其实并不重要。重要的是，你站到哪一边才不会再感到空茫和无措，可以抓住真实的‘存在’。”

“真实的存在？”喃喃地，辟邪重复了一句，依稀眉目一震。

“是的，真实的存在——不像云荒那个虚幻的死亡国度。”饕餮继续保持着伸手邀请的姿势，微笑道，“这个肮脏的浮世里，所有救赎、守护、谦让都是假的，唯有罪恶，才是最真实的存在。就让我们一起来守护这份真实吧！”

辟邪眉间依然有迷惘混乱的表情，然而兄弟的劝说慢慢起了效果，他看着意气飞扬的饕餮说道：“你找我就为这个啊……可这些年来，你过得很快乐？黑暗里也有可以快乐的东西吗？”

“当然，你不知道人心堕落在黑暗里的时候，可以产生怎样的扭曲和快乐——那种腐蚀般的快乐，就算你是神祇，只要舔尝一点点，都会觉得不得了呢。”饕餮嘴角浮出笑意，“你为那个破云荒已经苦行了多年吧？别拖身边这个女人下水了，再这样下去她的脑子就要毁了。干脆和我一起归于黑暗吧！”

他的手向前伸着，人还在林中，手指却伸出了树林边缘，在暗夜里微微发光。

这是来自黑夜里的邀请。

饕餮说得对。他一直只是在做一个一厢情愿的梦罢了，或许云荒上那些死灵魂也不愿如此被困在编排的梦里，宁可早日解脱。这个梦，是不是真的该醒了？他自己或许无所谓，可为了一己的梦想，却要葬送萧音十年的青春和灵气，以及艾美将来的人生和喜悦？那片死亡大陆上，已经有了太多的活死人了……云荒，是不是真的有苟延残喘的必要？

辟邪沉思着，却是不由自主地向着林中走去。

饕餮看着走向黑暗的兄弟，眼睛里有隐秘的喜悦，保持着伸手邀请的姿势。

“辟邪……辟邪！”在即将踏入那片绿化林的时候，怀里忽然有个声音叫住了他。萧音脸色苍白，睁开眼睛，忍住了脑中的剧痛，看着他，喃喃道：“不要去……不要跟他去……他不是好人。不要……不要走到暗影里去。”

“沉音！”在女子抓紧他衣衫的刹那，辟邪眼里的空茫混乱就消失了，他顿住了脚步。

饕餮的眼睛微微闪了一下，看着辟邪怀里醒来的女子：这个织梦者在精神力极度衰竭的时候，还能分辨出黑白正邪，阻止辟邪投身魔道？

这般厉害的女子，对于辟邪的影响力简直无可估量。有她在一日，辟邪只怕是不会断了对云荒和人世的念头吧？

然而，在邪魔恶念一动的时候，一边的紫衣女子却捂着额头重新倒入了辟邪怀中。方才只是稍微思考了一下，开口说了几句话，脑子里就痛苦得如同刀子在搅！她无法思考……脑子里一片空白。自从使用了云荒古老的咒术后，她的脑子就陷入了混乱和空茫，痛得仿佛要裂开。就像一台数据外溢的计算机，已经到了系统崩溃的边缘。

“辟邪……辟邪……我好难受。”再也无法忍受，平日好强的萧音用力掐着自己的头颅，断断续续地低呼，“脑子里……脑子里有刀子在搅！好痛……好痛……我什么都想不起来！我脑子里好像都空了！”

“别去想，什么都别去想！”辟邪大惊脱口，用力拉开了她捶打自己头颅的手。然而萧音的手指痉挛着，全身都在微微发抖，似乎头脑中真的有刀在搅动。

看到如此情形，饕餮笑起来了，依然是讥讽的语气：“是的，她以后再也不能用脑子思考什么了。十年的织梦者生涯，加上刚才勉强使用的那个九字大禁咒，她的脑子已经到了崩溃的极限……辟邪，你透支了这个可怜凡人的精神力，你将她毁掉了！”

“胡说！”辟邪反驳，却看到萧音痛苦地抱着额头，脸色苍白得如同死人。

饕餮看着思维接近崩溃的女子，眼含冷光说道：“跟你说过，蝼蚁是承不起‘创世者’这种工作的。你想引导一个凡人用神的思考方式去支配大陆？真是开玩笑……那不是这个世界的人应该知道的东西。就算是织梦者，迟早也要发疯！”

“辟邪，我的头……我的头要裂开了！”手腕虽然被扣住，然而剧痛让萧音不停地挣扎，将头抵在辟邪的胸口，声音因为疼痛而断续，“帮帮我……帮帮我！我受不了了……脑子里……脑子里那把刀子在搅！快救我！”

“沉音，沉音！”顾不上饕餮的冷嘲热讽，辟邪将手覆盖上了萧音的额头，试图平定她的挣扎——然而，刚一接触她的额头，他的手就被震了开去！

多么可怕的念力……在这个混乱苦痛的头颅里，往外涌动着多么巨大的念力！

一个凡人的小小头颅里，竟然积蓄了那么多的力量！

辟邪震惊地低下头，那一刹那，他看到了有淡淡的金色光芒从萧音的眼睛、眉心、额头透出来。不顾她痛苦的挣扎惊呼，一点点地透出，汹涌而去，仿佛头颅中有什么东西正在散逸、消失，带走女作家的思考和创造能力。

“很痛……救救我！救救我！”她脸色苍白得吓人，比以往任何一次通宵不睡的工作后更显憔悴。她的手指紧紧抓着他的衣服，仿佛想要用力抓住什么东西来对抗混乱的思想，然而看着他，她的眼睛却慢慢失去了神采，从苦痛混乱渐渐变成空洞茫然。

“沉音！沉音！”知道发生了什么样可怕的事情，辟邪一边叫着她的名字，凝聚她的神志，一边腾出一只手来凭空一划——夜里陡然闪出了幽蓝色的光，林外的空地上登时出现了一个结界，将他们笼罩在内。

那些从萧音身体里溃散出来的魂魄，也被结界所拦截，无法散逸。

辟邪单手制止了她的挣扎，将萧音靠在怀里，左手平伸出去——结界中那点点金色的光被无形的力量催动，竟然渐渐往他手心凝聚。

“做得挺熟练嘛。”在辟邪竖起手掌，将收集回来的神魂重新压入女子眉心时，身后忽然传来了饕餮冷嘲的声音，“她不是第一次精神崩溃了吧？如果不是靠着你这位‘助手’的强行恢复，大约几年前报纸上就会出现著名作家精神错乱的消息了吧？”

辟邪的手指点在萧音眉间，将溃散的神志压入她的脑中，用咒术平定着她再度溃散的精神世界——手下传来如巨浪汹涌般的反抗力，激烈混乱超过以往任何时候。沉音的脑子，真的是已经再也无法负担这样的负荷了。

紫衣女子终于在他怀中沉沉睡去，脸色却苍白如纸。有一个刹那辟邪屏声静气，不敢确认怀里的人是否真的平静下来，还是最终神志溃散。

虽然脑波散乱，心脏却还在微弱急促地跳动，证实着生命存在的迹象。

那个瞬间辟邪忽然长长叹了一口气，发现自己已经满身冷汗，按在萧音眉心的手指也在不停地发抖。他忽然俯下身，将那具苍白疲惫的凡人身体紧紧抱入了怀中，仿佛生怕一眨眼她就会如尘埃般消失不见。

“何苦。她虽然有织梦者的天赋，却终究是个凡人。”身后传来同胞兄弟的声音，饕餮的眼睛闪了一下，看着他，却收起了一贯的冷嘲热讽，“对我们来说，她生命短暂，如朝生暮死的蜉蝣。放她走吧。她是那样的痛苦，她该回到属于她的世界。”

“她是很辛苦……很辛苦……”辟邪茫然地喃喃道，想起这么多年来她的压力和痛苦，歇斯底里的发作和一次次的试图自杀，“不能再这样下去……下一次，我也救不了她。”

“下一次，她会变成毫无思考能力的白痴。”饕餮毫不留情地补充道，“如果你不及时放走她，她精神崩溃后便会成为疯子。你应该知道，织梦者的潜能，最多只能支撑十年。而眼前这个凡人已经透支了。”

“不用你说，我知道该怎么做。”辟邪忽然抬起头，看了银发的饕餮一眼，眼睛陡然变成了蓝色，“给我滚开！这里没有你什么事，也别想我会跟你走！”

“你在怨恨我，是吗？”面对着辟邪的杀气，饕餮却笑了起来，带着看穿人心的讥讽，“的确，如果不是我贸然造访，打扰了你们的二人世界，你至少还可以和这个凡人多待三个月——三个月。多么可笑……不死的神祇，居然为了一个眨眼都不够的时间而愤怒！”

“我为什么要怨恨一个已经死了的神。”辟邪忽然恢复了一贯的沉静，扬起一丝冷笑，看了兄弟一眼，“饕餮，你的眼睛里没有一丝生气，身上带着死亡和黑暗的味道——我从一开始就发觉了。是你自己一直不肯承认吧？”

辟邪默不作声地抱起了昏迷的萧音，蓦然腾空离去，消失在林后。

“饕餮，你其实已经死了很久很久了……”

伴随着依稀的风声，他给兄弟留下了最后一句话。

银发男子唇边的笑容忽然冻结，定定看着他消失的方向，一直温雅沉稳的辟邪那最后一句话仿佛刺穿了他的心脏——自己其实已经死了很久很久？是的，是的，在大西洲沉入海底的时候，他作为守护神祇曾用尽了所有方法对抗天地裂变，最后耗尽了所有力量，和那个沉没的大陆一起死在了深深的海底。

他在五千年前已经死去。只是和云荒上那些一夕死去的人一样，他不能接受自己已经死亡的真相，而一直试图延续着残梦吧？

所以他隐入了黑暗，不惜和腐烂、罪恶为伴，过着不见天日的生活。

他其实早已经死去……不会喜悦，也不会愤怒，没有期待，也没有失望。只是无穷无尽的寂寞和孤独，穿行在黑夜里，没有一个同伴。

所以他才会寻找辟邪。并不是如他宣称的那样，仅仅为了寻找同伴。从内心深处来说，他是嫉妒辟邪的——嫉妒他依然拥有梦想，依然有着相依为命的织梦者。他是尚未死去的一个，因为他的生命在守望中延续。

所以，他这次回来，就是要将辟邪所拥有的一切粉碎！

点破辟邪的梦境，击溃织梦者的神志，彻底地毁灭苟延残喘的云荒……他要将辟邪至今以来赖以生存的所有东西粉碎，让那个一直沉静孤独的兄弟和他一起沉沦到黑暗中来！他要看着辟邪和他一样挣扎在人心罪恶堕落的泥潭里，如何在毁灭中获得暂时的满足。

他们都曾是守护生灵的神祇，却不得不沦落在暗影里。

饕餮忽然冷笑起来，将手缓缓插入自己的身体——腐土般的身体居然是虚无的，银发的男子将手插入心口，挖出了一块心脏模样的东西。那只是冰冷的土石，不会跳跃，也没有温度。他这个身体，早已随着大西洲一起成为化石。

“不错。我早就已经死了……”嚓的一声，那颗石化的心脏在手里成为齑粉，饕餮冷笑着，眼睛里却有阴暗的光，“可是，为什么你还活着呢？辟邪？”

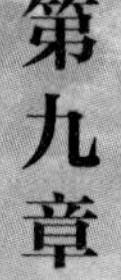

第九章

归家

“怎么忽然间外头风雨这么大？”九点半，艾美恼怒地抹开了泼到作业本上的雨水，站起来关上了窗，风吹得桌上的书哗哗乱飞，幸亏她一早就用萧音送的那块云荒石雕压住了。

关窗的刹那，她看到漆黑如墨的夜里，半空一道金色的电光掠过。

奇怪的是，那道金色的闪电，居然是自下而上腾起的！

有些莫名其妙地心惊，她站在窗前怔怔看着，不知道为何隐隐觉得有些不安——这样大的风雨，不知道何时能停。明天她还想去萧宅呢。

闪电掠过的时候，她没有发觉，自己颈间挂着的那块古玉微微发亮。

“小美。”在她站在窗边出神的时候，忽然听到有人招呼。一惊回头，看到的却是站在门边的大伯，正微笑着向她打招呼：“大伯今晚先回宾馆去了，改天再来看你。”

“啊？”她诧异地连忙过来，“外头这么大的雨，大伯还要回去？”

“就是啊，别回去了。”母亲跟着走上二楼来，手里拿着新的毛巾被褥，一起劝说道，“真的不如在这儿住一宿。反正也是自家，房子也大，外头忽然刮风下雨的，从郊区回市里也难。”

“是啊，大伯，九点半了，外头也没有公交车可以回城了。”艾美诚心诚意地挽留，对这个大伯很是敬慕，“你留这里住一晚，我还可以跟你聊聊关于云荒的事呢。是不是，老爸？”

最后一句，她是对着刚走上二楼的父亲说的。

然而父亲没有附和，只是看了看自己的兄弟。

“不行不行，我和人约好了要回去的。晚上我还有事，不能不回宾馆。”大伯笑着，拍拍艾美的肩膀说道，“小美好好念书，将来大伯送你去美国深造。”

“嗯。”艾美心花怒放地应了一声，握着脖子里挂的古玉，“谢谢大伯！”

大伯看了一眼她脖子上的挂件，忽然间眼里有了意味深长的光，却硬生生忍住了没有发问，只是笑着告辞：“该回去了，那边四海财团有车来接我。”

“哦，那有机会再来吧。”父亲居然也没有挽留，对这个久别重逢的亲兄弟如此淡然，“等到云荒的勘查有新进展，别忘了告诉我，一起探讨一下。”

“一定。”大伯笑着拍拍弟弟的肩膀，一起走下楼去。

果然已经有车来接了，静静泊在门外，大伯转身和兄弟一家寒暄了几句就开门坐了进去。艾美看着花园门口那辆银白色的轿车，以及车头上的纯金标志，不禁咋舌：“哇，四海财团！真的好有派头……就是他们出资考察云荒遗址？”

母亲瞪了她一眼，呵斥道：“快十点了，早点儿写完作业去睡觉。”

少女吐了吐舌头，握着胸前那块古玉跑上了楼。

窗子没有关紧，书本被吹了一地，她连忙过去关窗，却忽然愣了一下——只是片刻，外面那么大的风雨居然一下子平息了。

夜色静谧得有点儿反常。

“艾宓博士。”刚坐入司机旁边的副座，就听到后座上有人冷淡地招呼，“事情办好了？”

他不由得战栗了一下。又是这个可怕神秘的声音。

自从自己第一次挖掘失败，考古生涯即将结束的时候，这个声音就忽然响起在暗夜里，要求他以灵魂作为代价，换取事业上的飞黄腾达。走投无路的考古学博士答应了，从此，幸运之神就一直没有离开。

从挖掘出大西洋底的亚特兰蒂斯遗址，惊动国际考古学界开始，他每一个考古项目都有如神助，从未落空，十年后就成了世界考古界第一人。

那一切，其实只是因为暗夜里这个声音将所有遗落的历史真相都告诉了他。

那个暗夜里的声音，有着操控一切的冷意——而现实中，那个可怕的人有着另一重更显赫的身份：四海财团幕后最高的决策者，只手可以支配上万亿的资金和人力。

这个考察挖掘云荒的动议，就是这个神秘人提出的。那个人，居然有能力将被世人视为痴人说梦的项目，变成国家许可、政府参与的重大项目！

“主人，”博士镜片后的眼睛忽然变得凝重，不敢回头，只是恭谨地回答，“我已经如您吩咐，将那个古玉交给了小美。”

“呵……很好，有了这个打开异时空的‘钥匙’，新的织梦者看来马上要提前苏醒了。”黯淡的车内，一头银发闪着华丽的光，男子手按着肋骨，似乎有些不舒服，冷笑道，“该死去的就让它死去吧！辟邪，你还做什么白日梦……”

“主人……”艾宓博士顿了顿，终于鼓起勇气，询问这个神秘人，“小美……不会出什么事吧？她不过是个十几岁的孩子，该不会劳动您大驾吧？”

“艾宓博士，你担心了吗？”暗夜里那个银发人笑了，露出一口雪白的牙齿，“你的侄女儿可不是普通孩子，她是一个织梦者——看吧，拿到了云荒古玉，今夜她就要提前苏醒了。而提前的苏醒，将打破这个梦境。”

“辟邪啊辟邪，我看你怎么应付这种局面！”

时针指向夜里九点半的时候，辟邪抱着萧音回到了居所。

华丽的吊灯微微晃动，桌上摊着一尺多厚的稿纸，而三扇窗户一直都紧闭着。如此熟悉的房间布置，那是十年前他和萧音定下契约后，按照她的要求幻化出来的房间。十年内，她从十八岁的高中小太妹变成了风姿动人的女作家，随着年纪和阅历的增长，爱好和口味都有不小的变化，可这间房子的布置却始终未曾大动。

她说：这世上至少要有一个地方，要让自己闭起眼睛也能知道一切。

是的，他知道她需要安全感和稳定感。在每日都面对着一个虚幻无常的世界时，她却尽力在身边的事物上寻求可以稍微让她感到放松和安定的东西。凡人和创世者的错位，让她经常有混乱和空茫的感觉。

她真的已经太累了。

他让萧音躺回藤椅上，取过驼绒披肩盖在她身上，凝视着她苍白无血色的脸。这样脆弱的一个生命……最多只有一百年，而且时刻受到病痛、灾祸、感情的牵制和折磨。在凝望了这个世界上万年的神祇看来，这样的生命就像蜉蝣一样短暂。然而，这个蜉蝣般的生命，在一眨眼的时间里，竟能创造出如此瑰丽无比的世界。

就像方才那一道刹那割裂黑暗的闪电。

“辟邪……”在他用术法平定她神志的时候，她醒过来了。脸色依旧苍白，看着他，忽然吃惊地脱口：“刚才怎么了？我又昏过去了吗？怎么你肩上在流血？”

辟邪微微笑了笑，并不意外。他早就知道会是这样。这些年来，每次萧音出现精神崩溃现象后，随之而来的都是短暂的失忆。这，也是人类对自己的本能保护吧？如果不是及时遗忘掉一些无法承受的东西，萧音十年来根本无法支撑下来。所以现在的她，恐怕已经忘了片刻前和饕餮遭遇的那一幕，也忘了自己做过什么事。

“我……我的感觉很不好。”萧音用手指压着额角，喃喃说道。

“头还痛？”他将手掌覆在她额头。

萧音摇了摇头，闭上了眼睛：“不痛了。只是脑子里空荡荡的。我好像……忘记了什么重要的事？辟邪，刚才发生了什么？”

刚才发生了什么事？饕餮和他在九天之上战斗，四方风云涌动，海天龙战其血玄黄。而作为凡人的她情急之下居然使用了九字禁咒，重伤了神祇。她在那一刹那，为了他的安危，不顾一切地超越了人神界限。

那一刹那她是爱他的。而她爱他也只那一刹那——人的生命对神而言，不过一刹那。

可一刹那的光辉，却可以照亮亘古的时空。

然而她终归会将他遗忘。或许，忘记了，反而更好。他知道那一刹那她心绪紊乱头痛欲裂的痛苦——她无法面对这样错乱的时空，无法思考出逾越人神限制的方法，那样的重压让她原本快要枯竭的精神更加剧烈地波动起来。

“没什么。”辟邪看着她的脸，最终只是淡淡回答，“你送艾美出去的时候，忽然晕倒了。”

“又晕倒了？”萧音闭着眼睛笑了起来，“我是不是快要死了，或者发疯了？我觉得脑子快要不行了，里面乱成一团，一想东西就头痛——我好像撑不过三个月。看来我无法顺利完成和新织梦者的交接工作了。”

辟邪没有说话。很多时候，他不说话，就是默认。

“我要看看爸妈和弟弟……”萧音躺在藤椅中，忽然道。

“嗯。”他不忍拒绝，站起来走到了客厅那一排窗子前，伸手打开了居中一扇。

红木雕刻的窗子打开来，然而外面不是漆黑的夜色，居然是一个灯火通明的客厅——这个房间外面，还有另一个房间？

然而萧音丝毫没有惊讶，只是从躺椅内抬起头，静静凝视着窗子另一边的欢乐景象。

大厅里一对中年夫妇正在一边聊天一边看电视，一个少年晃晃荡荡地从卧室出来，拉开了冰箱的门寻找食物。一切都很平常、很温馨，如世上千万个普通家庭。

“今天去晚了半小时，结果就没买到明虾。”老妈一边看着三流言情剧，一边唠叨，“这些沼虾居然也要二十几块钱一斤，简直宰人！”

“明天买也一样。”继父拿着报纸看上面的体育版，随口应对。

“不行，小音刚写信回来，说她三个月后就要从国外念完书回来了。她最喜欢吃明虾，我得好好烧才行。”老妈一边嗑瓜子，一边认真道，“全家就她爱吃虾，结果她走了我好几年没烧，都忘光了。”

“老妈就只疼姐姐。”搜到了牛奶的弟弟满意地回头，吐舌头道，“每天都唠叨她。”

“一边写你的论文去！”老妈顺手抓起桌上报纸扔过去，笑骂道，“你姐姐都在国外念到了博士，你念个国内二流大学还要推迟毕业！你姐姐回来，看不骂死你？”

躲着母亲掷过来的报纸，弟弟抓着牛奶扭动身子，笑道：“哪里，姐姐最疼我……”

仿佛看着另一幕人生戏剧，泪水忽然从女作家眼里滑落。萧音静静看着窗子另一面的空间，看着十年未曾见面的亲人，忽然喃喃道："我要回家……辟邪，我要回家。"

辟邪的手一震，窗子重新关上。一切都消失了。

这三扇不能打开的窗子，连接着不同的时空：第一扇，也就是艾美曾经无意打开的那扇，直接连着外面的同一时空；而第二扇，则通往同一时间里的任何空间，地球的任何一个角落都能浮现在面前；而第三扇，则是能回溯和跳跃于任何一个宇宙时空的轮回之窗，连接着数千年前覆灭的云荒世界。

这么多年来，萧音就是从第一扇窗子里看外面的世界，从第二扇窗子里得知家人的音讯，也从第三扇窗子里看着云荒的一切，编织着梦幻的王朝。

十年了，她生活在这样一个扭曲诡异的时空裂缝之中。

"所有的我都可以不要——名望、利益、地位……'沉音'所拥有的一切我都不需要！我只要回家。"定定地看着那一扇关上的窗，萧音脸色苍白，梦呓般地喃喃说道，"辟邪，那时候我很蠢……十八岁的时候，被你摆到我面前唾手可得的名利财富迷住了眼睛。可现在，我要回家……我好累，我要回去吃明虾。"

辟邪没有说话，只是静默地看着她问道："你觉得，当初我骗了你？"

"没有。我从不指责你。那个契约的权利和代价，你一开始就说得很清楚。"萧音微微叹息，试图挣扎着坐起来，"那时我年幼无知，不清楚这世上什么东西才是真正重要的。事实上，如果回到十八岁，我还是会和你签这个契约……"

她忽然笑了起来，那个笑容在苍白的脸上一闪即逝："因为很高兴能遇到你，哪怕只是一眨眼的时间。"萧音从藤椅上坐起身来，转头看着辟邪，忽然再次问道："我是不是……忘记了什么很重要的事？"

"没有。"男子平静地看着她，回答道。

萧音的手指压着太阳穴，轻轻吐了口气，抬头看着客厅里的挂钟，吓了一跳——居然已经十一点多了？她记得送那个小姑娘艾美出门的时候，还不过六点吧？她一声大叫，转身拿起了笔，急急铺开了稿纸。

"辟邪，辟邪，快给我念昨天写到了哪里。"她一边胡乱把长发扎上去，一边对着助手叫嚷，"糟了，只剩下一个小时不到了！我今天还没写一个字——这回完蛋了，真的完蛋了，让非天那家伙抓狂去也罢了；可是伽蓝神庙里的长老们接不到我今天织的梦，云荒那些人新的一天怎么过？一过凌晨，昨日我编织的梦之卷就用完了！”

翻着大堆的稿纸，萧音的眼神转成了工作时间特有的狂热，完全忘了是对神祇说话，只是吆五喝六地支使辟邪：“泡咖啡，泡咖啡！把灯全打开啊，这么暗我都要睡着了！”

然而，辟邪只是站在窗边看着她，一动不动。

“怎么？”刚铺开稿纸的萧音诧异地看着助手，“你想罢工？你都罢工，那我真的不写了啊！我不管你的云荒了啊。”

“你写写看？”辟邪忽然叹了口气，轻轻摇头，“算了，别勉强。”

“怎么？你真以为我脑子坏掉写不出来了啊？”萧音白了他一眼，再看了一眼时钟，虽然没有写东西的感觉，依然强自按捺着心绪，低头看昨天写到的那一段。

“雨季过去后，帝都进入了干燥缺水的季节，潜渊水库中的水只剩下满水时期的三成。南方的敌国奸细在此时潜入帝都，经过周密的计划，六月七日深夜，帝都内六处同时起火。水龙队无法扑灭那样大而密集的火，火势直到四日之后才被遏制住……”

奇怪，这一段的笔迹，明显不是自己写的。翻着最后一页，萧音陡然明白过来：哦，这是那个叫作艾美的小姑娘，下午在纸上留下的涂鸦。

“哦，写得还不错的样子嘛。”她笑了一下，拿起笔在稀疏的行间插入一些句子，修改着那个女中学生写的段落，一边沉吟着如何在保持大的架构不变的同时，丰富和细化人物的言行举止。

然而刚一开始思考，脑子就裂开一样地痛起来！

那种刺痛是激烈而迅速的，仿佛一根长长的钢针一下子从太阳穴贯穿了整个脑颅，将她刚刚浮凸的所有宏伟蓝图全部凝固成一片空白。萧音刚写了几个字，手中的笔啪地掉落，忽然痛得抱着头弯下腰去，将额头撞向书桌。

“沉音！沉音！”显然料到了会出现这样的情景，辟邪早已走到她身边，立刻从身后伸出手紧紧抱住了她，同时一只手迅速摊开在桌上，挡住了她额头撞落的方向。

“沉音，沉音，镇定一点儿！没事的！”萧音的额头重重撞在辟邪手背上，然而他根本不觉得疼痛，只是抓紧了怀里挣扎的女子，将她苍白的脸埋在自己胸口，同时一把合上了案头的草稿本，不让她再看到那些与云荒有关的文字。

萧音的挣扎渐渐减弱，伏在他怀里不动了，然而肩背依然有细微却激烈的颤抖。辟邪叹了口气，将手放在她额头上，平定着她脑海中沸腾翻覆的思绪。

“辟邪……辟邪，怎么回事？”萧音伏在他怀中，声音闷闷的，隐约带着恐惧和痛楚，“我的脑子……我的脑子真的不行了！我没办法想事情……一用力想，脑子就……”

“别想了。”辟邪站在她身后，将萧音的头抱在怀里，轻轻叹息。

萧音在他怀里才感觉舒服了一些，只是依然诧异：“怎么回事？我怎么忽然间就不能思考了？白天还好好的！送艾美出去的时候是六点多，我怎么会昏过去了五个小时？辟邪，到底……到底出了什么事情？”

辟邪不语。许久，他才蹲下去，平视着萧音的眼睛，轻声回答：“你再也不能写东西了。”

“什么？”女子的眼睛陡然睁大，抓紧了他的肩膀。

“你的脑力透支得太多了。”辟邪看着她惊恐的眼睛，声音保持着平静，“我想你以后最好少思考，更不要再试图写和云荒相关的东西。你最好把一切都忘记。”

“什么？契约上明明说，十年后，能让我身心完整地回到这个世界里去！”萧音紧紧抓着助手的肩膀，指甲几乎掐入他的肌肤，“现在十年快到了，你却对我说，我的脑子不能用了？我要变成一个不能思考的白痴？”

“按原来的打算，十年期满，你剩余的精神力还足以回到这个世界，去过一个普通人的生活。”辟邪一动不动，任她掐着自己的肩，“如果没有饕餮那家伙打岔，原本你可以平安回到你的世界里去。”

“什么饕餮！”一个巴掌清脆地落到辟邪脸上，“骗子！”

或许因为精神力的衰竭，萧音不能自控地暴怒，捂着自己剧痛的额头说道：“你骗我……你骗我！竟然要毁掉我的脑子……辟邪，你为什么要夺去我思考的能力？你难道怕我契约完成后再插手你的云荒？你怕我再使用织梦者的精神力，是不是？你……你已经找到了新的织梦者，所以你要毁掉我！”

“根本不是这样。”那一掌下去，辟邪眼神稍微起了一些波动，他分辩道。

“不是你还有谁！”萧音气得浑身发抖，“你是神！除了你谁还有这样的能力，能夺去一个人的思考能力！”

她回头看着桌上堆积如山的稿纸，只是一瞟，念头一动，脑中又是一阵剧痛。绝望和愤怒笼罩住了女作家，想也不想，她随手抓起一沓稿纸，用力撕了个粉碎！

“还你！还你！都还你！”厚达一寸的稿子根本无法撕碎，萧音徒劳地撕扯着自己多少个日夜写出来的文章，将残篇扔到神祇脸上，“你的云荒、你的子民、你那个沉睡在水底的大陆！不过是些废纸架构起来的梦，都还给你！”

华丽无匹的房间内，碎纸如雪般纷飞，辟邪一直不动声色的脸也变了，然而他依然控制着自己的声音，冷冷看着失态的女子：“沉音，你这个样子，活像个发疯的泼妇。”

那样的语气让萧音惊了一下，她看着脸色铁青的辟邪，忽然纵声大笑起来：“不错，你吃惊了？这些年来你要我看天文地理古今中外，要我沉下心来进入另外一个时空——可我本来就是个小太妹！我忍受了十年，你以为你真的改造了我，买断了我的灵魂？”

“我从来没有想过要买断你的灵魂。我只是要借助你的天赋。”辟邪脸色慢慢苍白，看着纵声狂笑的女子说道，“不过，既然你一直在压抑自己，那么，我可以告诉你——契约可以提前结束，你不必再忍受这一切。我送你回去。”

萧音忽然怔住，然后斩钉截铁地回答：“对，送我回去，在我没有发疯之前！”

厚厚的稿纸散落一地，那些梦的碎片在灯下泛出淡淡的冷光，仿佛十年的时光不过是一地残雪。辟邪就站在这个破裂的梦里，对着因为失去记忆和思维能力而绝望愤怒的萧音——十年飘忽如一梦，在神一眨眼的时间里，凡人便已经衰老？

他想说什么，然而墙上的挂钟陡然敲响了十二下。

第十章

梦之卷

一声连着一声，钟声绵长清冷，仿佛回荡在看不到底的时空中，预示着新一天昼与夜交接的来临。在最后一声钟声响过之后，客厅的第三扇窗子忽然透出了淡金色的光！

这是非常奇异的景象：外面分明是漆黑的夜，可窗子居然透进了光！光线由弱而强，慢慢变幻。

金光中，第三扇窗子忽然消融了。

辟邪的眼睛注视着那扇在零点钟声里悄然打开的窗子，神色严肃。萧音也不闹了，安静了下来，慢慢坐回了椅子上，手撑着隐隐作痛的额头，纤细的腕上金色镯子叮当脆响，回应出了淡淡的金色光芒。

金光忽然大盛，湮没了室内的一切。

那一瞬间萧音习惯性地闭了闭眼睛，避开那轰然盛放的金光。等睁开眼睛的时候，窗子已经消融了——窗外浮现出一个绚丽崭新的世界：

这里的凌晨，正是那一个时空的黎明前夕。

太阳还没有升起，但是晨曦的微光已经笼罩了大地。神秘的新大陆在黎明中露出真容，呈现出奇异而美丽的色彩：白色、青色、蓝色、紫色、黑色、砂色交错着，宛如一张纵横编织成的巨大毯子，铺向天的尽头。大陆的中心有巨大的湖泊，绵延万里，在晨曦里，宛如被天神撒上了零散的珍珠，发出璀璨的光芒。

那便是她用心力描绘了无数遍的云荒大陆。这般宏伟宽广，看不到尽头……萧音看着窗外的那片黎明前的大地，忽然间有一种激情和自豪涌上心头，让她的眼睛都微微湿润了：那便是云荒！她一手创造的云荒！十年来，她以个人之力支撑着这片广袤的土地，延续着这个世界，用尽了所有的心血浇灌着这个本已死亡的国度，让一切在虚拟中延续。

那里的一切，每个国家和民族，都仿佛是她身体里孕育出的婴儿。

那个瞬间，创世的自豪感和成就感冲淡了一切，她忘了片刻前云荒给她带来的伤害。

窗子里的景象不停变幻，镜头由远而近，向着大陆中间凝聚。云荒的中部，是连绵万顷的镜湖。黎明前的湖面宛如一面巨大的镜子，倒映着黑沉沉的夜幕，以及湖中的城市。湖中心那座孤城拔地而起，气势磅礴，夜色中看来，竟然一直堆到了九重。

那，便是云荒中最大宗主国“空桑”的帝都伽蓝城。

城市正中，一座庞大的白塔高耸入云，壁立千仞，飞鸟难上。白塔底层的基座占地已有十顷，塔身一路上来有柔和的收分，但即使如此，到了塔顶上依旧有两顷的广大面积。

窗外的景象继续变幻，镜头越来越集中、越来越集中……最后按照一贯的规律，沿着伽蓝白塔旋转了一周后，定格在白塔顶端的神庙上，然后，一切都慢慢拉近了——神庙的门早已打开，圣女带着神官们匍匐在九重门之后，恭谨地等待着什么。

金光湮灭的刹那，圣女抬起了头，将双手按在额心，恭恭敬敬地睁开了双眼，看着另一个时空里的一对男女，用吟唱的方式吐出了字句：“长夜已尽，黎明将至，好梦未醒。伟大的神祇啊，请赐予云荒新的一天！莫让一切，消失在太阳升起之前！”

圣女抬起空洞洞的眼睛时，萧音只觉心里一窒。

明明也是死去了多年的冥灵，可这位伽蓝神庙里最高贵圣女的眼里，依然透出无边无尽的渴望和虔诚：那是对生命延续的渴望，以及对神祇无比的虔诚。那是一群完完全全的殉道者，将身心都奉献给了神。

而他们的眼神，每夜每夜地出现在零点的窗中，透过时空注视着她和辟邪，让萧音不自禁地微微颤抖——她不过是一个凡人，无法如辟邪那样，安之若素地承受这样的目光。

“圣女，”辟邪站在窗前，用俯视的角度开口说话。那一刻，他的眼神和语气，完全区别于平日和她在一起的时候，而完完全全是神祇的口吻，只手翻覆着生死，“请伸出你们的手来，承接新一日的‘梦之卷’，守护新的云荒。”

“多谢神的恩赐！”神庙里所有神官齐齐跪拜，重复着这每日的仪式。

萧音忽然间有些惶惑起来：新一日的梦之卷？今天她根本没写一个字，哪里有新编织的幻梦可以给那些云荒上的神官？辟邪又不是织梦者，如何能如此轻许承诺？

然而，她正自惊讶，辟邪却声色不动地扬起手来，唰唰的轻响，几页稿纸从他手心被无形的力量托起、浮上了半空。

萧音忽然呆住了：是那几页！那个小姑娘艾美下午涂抹的几页稿子！

织梦者还在惊讶，神祇的双手展开，已经开始了“化梦”的程序——用他凌驾于万物之上的力量，将凝聚了织梦者精神力的文字缓缓化为梦之卷！

薄薄的稿纸浮在辟邪手上，仿佛被奇异的力量所摧动，A4大小的纸张居然慢慢延展开来。变大、变薄……最后仿佛变成了一卷无边无尽的长卷，如同云一样流向打开的窗子。辟邪的手托着那片云，手指却急速地画出了一个复杂的符咒。随着他手指划过的方向，流云般的长卷忽然一震！

梦幻般的奇迹出现了。稿纸上的字发出了淡淡的光芒，然后一个接着一个，那些字从长卷上浮凸出来，立在虚空中。神祇的手指间操纵着翻覆天地、幻化万物的力量，那些字在半空渐渐改变、活动，竟然变成了一幕幕活生生的景象！

干旱、流民、火灾、奸细、祈祷……仿佛被灌注了生命力，所有一切都活过来了，演绎着那薄薄几页纸上所书写的一切悲欢离合——那上面的一切，都是综合了书写者和神祇之手所编织出来的幻梦！

长卷从辟邪手中如云般流入了另一个时空，附带着足够支撑云荒一日的生命力。

织出的金色的梦，从开启的天眼里流下来，落入伽蓝白塔顶端。伽蓝神殿里的圣女虔诚地伸出手，去接虚空里传来的梦之卷轴，她身后黑压压地跪了一地的神官——为了维持这个死亡大陆的虚幻生存迹象，需要更多的神官来处理和分派这些梦之卷，将这些梦洒落四野，融入云荒尚在沉睡中的子民心里，编织出新一日的虚幻生活。

“多谢神的恩赐。云荒因您的庇佑而延续。”

圣女雪白的双手捧着从苍穹绵延而下的金色卷轴，用虔诚的声音感谢着神的恩典。从伽蓝白塔顶端的神庙仰视上去，黎明前深蓝色的天穹风云涌动，流云仿佛被巨大的力量操纵着，向着神殿顶上的某一点凝聚、旋转、吸入，消失在一个漆黑莫测的洞中。

而那个黑洞的另一面，浮现的是神祇的脸：英俊、沉静、威严而高不可攀。

然而，俯视着白塔和茫茫大地，天穹中神祇的脸上忽然露出了一丝茫然和悲悯，开口道：“你们……觉得过着这样的日子，真的算是‘活着’吗？”

“神？”第一次听到神祇在化梦之外开口说话，圣女震惊地抬头，她身后的神官也一起抬起了头，惊骇莫名——神也会问出这样的话？神也动摇了吗？千年前，那一场灭顶之灾来得太突然，刹那间无数的生灵死亡。那一瞬间爆发出的绝望、哀求和祈祷的力量是惊动天地的，作为云荒最后一任圣女的她也冲入了神庙，对着神像一刀刺入心脏，用圣洁的血液向守护神提出了最虔诚的祈祷：请守护云荒……保佑子民……请神延续这片大陆的存在。

那一刹那，垂死的圣女抬起头，看到高高在上的神像眼里，陡然滑落血红色的泪水。

那一刻，神祇被那样铺天盖地而来的绝望和祈祷打动了，不惜逆了天地轮回，伸出手庇佑了这块本该死亡的土地。

此后的几千年里，伽蓝神庙的圣女和神官协助着天神辟邪，在深海之中这片沉没的大陆上造出了结界，编织着幻梦，用所有力量延续着沉没的云荒大地上一切已死的生命。

然而，几千年的苟延残喘后，面对着筋疲力尽的圣女和神官，云端上的神祇第一次出现了动摇和迷惘，注视着黎明前沉睡的大陆。

“神，这片土地上的每一只蝼蚁，都希望能活下去！”圣女抬起眼睛，庄重而虔诚地望着云端之上的神说道，“我们仰赖您的庇佑而生存——如今，您竟然要舍弃我们了吗？”

神祇黑色的眸中，陡然闪过了一阵茫然和苦痛。那，竟是凡人才有的脆弱。

“神？”圣女震惊于云端之中那双眼睛里的变幻，脱口惊呼。

然而，只是一眨眼，天幕风云涌动，天眼闭合，神祇的脸已经消失无踪。

窗子合起的时候，数张稿子从半空颓然坠地——化梦已经完成。

萧音诧异地看着辟邪，看着他第一次对窗外的异世界提出那样的诘问。

在窗户关上的一瞬间，她清楚地看到有血红的泪水，从这个神祇的眼中滑落。她充斥着愤怒烦乱的心里，陡然便是一惊，然后奇迹般地平静了下来。她坐在一地的碎纸中，怔怔看着这个落泪的神祇，眼里闪过了复杂的情绪。

天意从来高难问，现在她知道了：辟邪……原来也是会痛苦和迷惘的。

她扶着自己混乱空白的头，发出了低低的苦笑声。

“辟邪，不用担心。你已经找到了新的织梦者……她比我更有天赋，定然能给你一个更好的云荒。”她走过去，捡起了那几张稿纸，平静地轻声道，“你尽可像当年引导我一样，引导她成为合格的织梦者。《遗失大陆》可以由她来续写——你的云荒，必将延续下去。”

她忽然不再恨他，将手轻轻搭在他肩上，低声安慰，感觉到辟邪忽然震了一下。

他转过头看着萧音，眼神复杂。片刻之前，这个织梦者还在暴跳如雷，为了思维能力的丧失而对着他咆哮叫骂。可此刻，萧音的眼睛完全平静了，从容而温暖，带着悲悯和包容一切的光亮。十年的织梦者生涯，竟然让这个凡人的心达到了接近于神的空明纯净。

十年中，自己就是被这样的一颗心所吸引吧？

一个时陷迷惘的神祇，居然需要一个凡人的安慰和扶助。

然而他的所作所为，却最终将这样的心和脑毁掉……她已经无法负担。一个生命脆弱的凡人，终究不能长时间地接近神域，超越人神的力量限制。

“我爱你。”他忽然忍不住抬起手，将这个苍白憔悴的女子紧紧拥入怀中，叹息道，“沉音，我真的是爱你啊……可是，我怎么才能够在保有云荒的同时不毁掉你？”

“我必须要送你回去了……在你彻底毁掉之前，我要送你回去。”

第十一章 苏醒

异时空之门打开，神祇化梦的同时，另一边的艾美却刚写完作业进入了梦乡。

案头摆放着下午萧音送的云荒石雕地图，脖子上挂着大伯送的古玉挂件，她心满意足地入睡了，嘴角噙着一丝笑意，手里还握着那块温良的辟邪古玉——刚进入梦乡的少女，丝毫不知道自己下午的涂鸦，刚刚通过神祇的手，被织成了幻梦，流入了异时空的云荒。

长夜漫漫，她睡得香甜。不知道过了多久，忽然间隐约听到了楼下客厅里的钟敲响了——一下，两下，三下。

午夜三点？

虽然睡得迷糊了，可是刹那间她心里仿佛有一条冰冷的小蛇滑过，陡然全身绷紧。三点！又是那个时间！心里模模糊糊有什么声音喊了一声，将熟睡的少女惊醒。

“嗒、嗒、嗒……”黑暗中，门外的楼梯间里又传来了轻微的脚步声。由远及近，似乎有人从遥远的某个地方一直走了过来，停止在她卧室的门外。

艾美悚然惊醒了，满身渗出微微的冷汗。楼下的挂钟早已在她的强烈要求之下换成了电子钟，她今天上楼前还特意安心地看了看。可到了半夜，这个该死的脚步声又响起来了！

又是那个人！又是那个半夜来的人！到底是什么人，这样莫名其妙地天天来到门外？

那个脚步声照旧停在门外，然而，与以往不同的是，暗夜里传来了轻微的扭转声。卧室的门把手转动着，门静静地打开了。漆黑的夜里，什么也看不见。那一道黑黝黝的门缝和黑暗融为一体，艾美躺在床上瞪大了眼睛，只看到门外一双狭长冷锐的眼睛，闪着非人世所有的光。这双眼睛……隐约有一丝熟悉。

她想大喊，想坐起来，可是身体一点都不能动，冷汗流过她的额头。

门慢慢完全打开了，她依然只能看到浮在暗夜里的那一双眼睛。那般冷锐、深邃、漠然，那一瞬间她有了一个奇怪的直觉——那不是人类的眼睛！

“织梦者，我惊醒了你的梦吗？”然而，暗夜里的那个人悄然吐出了人的声音，在她床边停下，看着睁大眼睛僵卧的少女，轻轻微笑。他的手在漆黑的夜里覆盖上了少女的肌肤，轻轻摩挲着，从手到脸。

织梦者？什么织梦者？艾美莫名其妙，只觉不自禁地恐惧。

“多么漂亮的双手……多么瑰丽的头脑……”来人在黑夜里喃喃惊叹。那只冰冷的手四处游弋，却并不轻浮，仿佛恋恋不舍地在试探着她内心的某一个角落，最后停留在少女光洁的额头上。狭长而冷锐的眼睛凑上来，轻轻赞叹，“一个凡人……内心竟然能有这样瑰丽的世界……织梦者啊，辟邪就是被具有这样天赋的凡人吸引吧？”

辟邪？这个人说辟邪？他是谁，居然认识辟邪吗？

她忽然明白过来了这双眼睛哪一点看起来熟悉——这双眼睛里的冷光，和辟邪的眼睛居然有三分相似！只是，比起辟邪的沉静高洁来，多了几分阴郁莫测。

艾美心里一震，手下意识地握紧了一下，赫然发觉自己手心攥着挂件：辟邪古玉？她身体忽然从梦魇般的状态里动了一下，奋力挣扎着想从这个人的手底下逃脱。

“想逃？是不是？你逃不掉的。你想叫救命？没用，你父母都已经睡死了……”然而那双闪着冷光的眼睛却有奇异的魔力，一直看到她的灵魂里，轻轻冷笑，说出她脑海中转过的每一个念头，“你想抓起桌上这个镇纸砸我，是不是？”

随着每一句话的吐出，艾美就觉得心里的惧怕又多了一分。她所有的动作，在没有发出之前就被钉在了空气里。

这个人……这个说着话的人……到底是什么东西？

然而，不等她去想这个问题，那个人又抢先开口了：“我叫饕餮……是辟邪的哥哥。”

辟邪的哥哥？这一段时间来，天天半夜来到她卧室门外的，就是这个叫作饕餮的家伙？辟邪的哥哥为什么要做这种奇怪的事情？

“我在等你力量苏醒的时刻……等着你变得具有足够的创造力，能接替沉音成为织梦者那一刻的到来。”黑暗中，那只冰冷的手一直覆在她额上，轻轻微笑着说道，“我甚至比辟邪他们更早就找到了你，注视着成长中的你，已经等了好久、好久了……”

那么……这么多年的幻觉，都是真实的吗？每夜每夜有人停在身边注视她的幻觉！

这个奇怪的人，到底想要做什么？

“不用怕，不要你做什么，”冰冷的手捧起她的额头，暗夜里那一双眼睛更加贴近了，注视着少女愤怒却恐惧的眸子，带着些微的冷笑，“只要你……帮我做一个梦就好了。”

她隐约觉得那个奇怪的人拉起了她的双手，将那个古玉挂件放入她手心，合紧。冰冷的手指停留在艾美的眉心，那种冷意让少女陡然全身一振，精神涣散下去。

那是什么地方呢？白色的河滩……清浅的水静静地流……酢浆草尚未开花，簇拥着白色的别墅。咦，那不是……沉音姐姐的家？她被人拉着身不由己地走着，却无法看到身侧拉着她的是谁。那只手拉着她，穿过了树林，穿过了草地，甚至穿过了紧闭的别墅的门——所有有形有质的屏障，对他们来说居然起不了丝毫的阻碍。

她又一次站在了这个古雅华贵的房间里。萧音和辟邪都不在客厅，不知去了何处。仿佛经历过什么争吵，满地都是撕碎的手稿，其中她看到仅有几张完整地散落在地上——一眼瞥去，竟然是自己下午涂鸦的字句。少女惊呼了一声，想弯下腰去捡起来，却被人阻止了。

青铜吊灯微微晃荡，暗淡的室内，有三扇美丽的红色雕花窗……然后她看到身侧那只苍白的手抬了起来，似乎在默数着那一排窗子：

第一扇。

第二扇。

第三扇。

那只手推开了第三扇窗，她霍然惊叫了一声！那不是不能打开的窗子吗？窗后是……

那扇窗里透出金色的光陡然湮没了她。少女骇然低下头，看到胸口挂着的辟邪古玉居然也发出了淡淡的金光，就仿佛在呼应着异时空里发出的光芒一样！

她看到自己的身体在光芒中慢慢融化。

“走吧。”身侧，那只手微微推了她一把，艾美身不由己地跌了出去。

跌入那片璀璨夺目、无始无终的金色漩涡中去。

别墅的二楼，辟邪靠在门上，静默地看着萧音收拾东西。

其实，至少也要等明天那个小姑娘艾美来了，交代了一切才走吧？作为上一任织梦者，总要对继任者有个交代和传承才好。

然而，看着紫衣女子苍白的脸，他忽然不想说任何再加重她负担的话。

“这些，其实回去都有备着的。”看着女子收拾出的衣物书籍，满满一箱子，辟邪忽然安静地开口，“这里的一切，你回去也能照样拥有。你要什么，我都会给你送来。”

“你以为我还稀罕这些吗？”萧音冷笑起来，挥手打落一个缠丝玛瑙香炉——那些她少女时期迷恋过的唯美华丽的小东西。人一生有很多个阶段，而有些事物只在某一个阶段里才存在着意义。比如这只她曾磨了辟邪一个月，他才从异时空的伽蓝神庙里替她取来的香炉。当初是何等的珍爱，如今心境变幻，她已能挥之而弃。

既然她要离开“沉音”的生活，那么所有相关的一切，当然都不再重要。

除了……辟邪。

缠丝玛瑙香炉掉落在地上，却没有发出丝毫声响，在落地的刹那变成了淡淡的金光，随即湮灭。异世界带来的东西，在这个世界里一旦毁灭便毫无踪影。

“你回去也不要做任何与文字相关的职业了，我怕影响你的脑子。”然而对于她的怒气，辟邪却丝毫不动容，安静地叙述，“我会给你安排另外的人生，你只管放心，回到那个世界后，你的人生必然会繁花似锦，美满安宁。”

“美满安宁？”萧音重重盖上了箱子，冷笑道，“是啊，你是神，要你亲自看顾一个凡人的一生，真是浪费了精力呢，是不是？”

“希望你的脑子经过重整和净化后，不会再有这样乖僻的脾气。”对于她的冷嘲热讽，辟邪似是习惯了，“不然会吓坏身边的人，怎么也嫁不出去了。”

萧音果然安静了下来，俯下身，手指轻轻扣着箱子边缘的锁扣，长发垂落，掩住了脸。那一刻的寂静，让别墅里有了一种微微的离愁别绪。那一个瞬间，辟邪忽然觉得空气中涌动着什么不对的东西。然而，不等他察觉，忽然听到萧音开口问了一个问题：“辟邪，我是不是忘了什么很重要的事情？在今晚六点到十一点之间？”

这个第二度提出的问题，让他微微一震。

沉音……一直在念念不忘地追溯着这段记忆的残片吗？

“没有什么。”他却是依然安定，淡淡回答，“你不过是太疲劳，昏过去了。”

萧音扣好了手提箱的锁扣，直起了身子，定定看着他，忽然笑了一笑，用手将垂落的发丝掠往耳后：“也好……我也不去想了。还是节省一下脑力吧。”

最后填入她携带的行李箱的，是一套精装版的《遗失大陆》，簇新的一套，里面没有任何标记——证明她是这卷赫赫有名的著作的作者的标记。她带了十年来的心血结晶回到原来的世界，却不愿再记起她就是作者。她也已经负担不起记忆的重量。

“连夜走？还是明天见了艾美再走？”看着她提起箱子，辟邪终于开口。

萧音不答，只是道：“先帮我把箱子提到客厅里去。”

收拾好东西已经是凌晨两点多，然而习惯了夜晚工作的她没有丝毫的倦意，跟着提着箱子的辟邪走下楼去。

看着前面走着的助手，萧音忽然若有所思地笑了一下。原来，这么多年来，她有时候也不知不觉把这个高高在上的神祇当普通人支使呢。她有点苦痛地用手捂住了额角，感觉那里面有什么东西刺痛着颅骨：她到底……忘记了什么？忘记了什么呢？

她忽然忍不住有一种要流泪的感觉……那是什么感觉？好像忽然间就刺入了内心深处？

前面的人忽然停住了脚步，站在了楼梯口。

“怎么？”萧音有些诧异地问，抓着辟邪的胳膊。然后，她忽然愣住了——有人！有一个银发的男子，站在一楼客厅的窗前！

已经凌晨三点了，这个人是怎么进入他们别墅的？门依旧锁着，报警器没有响，甚至辟邪设下的结界都没有丝毫的破坏，这个银发男子就凭空出现在了客厅的窗前！

萧音抓紧了辟邪的手臂，才没有脱口惊呼。

这个银发的英俊男子，有着天生的诡异气息，绝非善类。

辟邪只是怔了一下，便不作声地伸过手来揽住了她肩头，轻轻拍了拍，示意她平静。然后，他带着她走下楼梯，将手里的提箱放在客厅的地板上，直起身来看着这位不速之客：“三哥，你倒是好兴致，半夜来访？”

三哥？萧音怔了一下，再度打量面前这个银发男子——那般眼熟，似是哪里见过？

“六弟，你何必故作镇静。其实你恨不得杀了我吧？刚才我让她思维崩溃，现在又跑到你家里打扰你们的二人世界——按你以往的脾气，心里早该气坏了。”银发男子笑了起来，看看他身边的萧音，“怎么，你的女人这么快就要走了？你倒是爱惜她呀，舍得让她在没发疯前回去。”

什么？这个家伙说，刚才是他让自己的思维崩溃？

“你？你的意思是说，刚才我脑子是你弄坏的？”萧音大吃一惊，“你这个家伙，到底对我做了什么！”

然而不等她进一步追问，辟邪却截住了银发陌生人的话头，冷冷道：“饕餮，你半夜来这里，到底是要干吗？我说过我是不会跟你去做什么罪恶守护神的。”

“你在岔开话题……”银发男子却是饶有趣味地看了看他，微笑道：“怎么？难道是她忘记了刚才发生的事情？呵呵，对人类这种脆弱的生命来说，在大脑无法承受时及时失忆，也算一种自我保护吧？”

“我到底忘记了什么？”萧音脱口道，感觉额头隐隐作痛，“很重要的事吗？”

“当然很重要……”饕餮唇角露出了讥讽的笑意，“不然你自己也不会苦苦追忆吧？可惜，那么重要的事情，你只记得一瞬。”

“饕餮，你到底来这里干什么！”辟邪的怒喝声忽然响彻了整个别墅，挥手便是一击，“给我滚出去！”

萧音从未见过温和沉静的辟邪如此震怒，脱口惊呼。在闪电落到肩头之前，饕餮右手张开，掌心中六芒星的光芒扩张而出，宛如盾牌般挡住了辟邪的攻击，往后退开两步。黑衣银发的闯入者张开右手挡在身前，嘴角却露出了一丝笑意：“几千年了……第一次看见你如此暴怒呢，辟邪。你居然这样怕我告诉这女人她忘记了什么？你不希望她记起那一段时间发生的事情？不可思议，多么伟大的神啊……你是真的完蛋了……”

辟邪手指间凝聚着闪电，眼睛因为盛怒而变成了血红色：“给我滚出去！别妄想我会和你成为一路人！”

“别生气……别生气，你不想让这个凡人记起她经历过什么，我不说就是了，”饕餮却是毫不在意地微微鞠了一躬，嘴角却浮出了讥刺的深笑，“不过，六弟你不做我的同伴，你还能做什么呢？你还想守着那个死去的云荒吗？要知道过了今夜，你的那个白日梦就要结束了。”

辟邪和萧音齐齐一惊。然而不等他们发问，忽然觉得整幢房子微微颤了一下。

是幻觉？萧音感觉身侧如心跳般微微一震的时候，低头就看到手腕上的金琉镯发出了淡淡的金光！自从戴上这只代表织梦者身份的金琉镯以来，她就和那个异世界气脉相连，只有每当云荒大难来临的时候，金琉镯才会如此不安！

“辟邪！辟邪！云荒那边出事了！”她脱口低呼，感觉到腕上的镯子不停颤动。

饕餮的眼里瞬地闪过利剑般的冷光，抬眼看了看客厅里的挂钟，忽然大笑起来。不等辟邪冲到第三扇窗子前，邪魔身子一闪，抢先站在了窗前，大笑着看着兄弟说道：“怎么？还想救云荒？来不及了！我把你那个小织梦者送进去了……送进云荒去了！你知道现在是什么时候了？”

饕餮忽然轻轻冷笑起来，吐出几个字：“是‘惊梦’的时候了。”

萧音和辟邪被饕餮脸上那种恶毒和痛快的笑容惊住了，双双停住了脚步。

“不可能！”辟邪脱口惊呼，“艾美还没成为真的织梦者！金琉镯还在萧音手上，她没有法子接通异世界——除非她有供奉在伽蓝神庙的最高神器，不然无法去到云荒！”

“辟邪古玉，是不是？别人拿不到，我难道还拿不到那个东西？”饕餮大笑起来，露出一口雪亮尖利的牙齿，“不错，我把云荒古玉从伽蓝神庙里带出了海面，给了她——所以她通过异世界之窗，回到了千年前的云荒去了！”

这样惊人的话语，让织梦者和神祇都呆住了。

艾美尚未得知云荒的真相——让这样一个没有觉醒的织梦者，贸然进入虚拟的云荒世界，会带来什么样的后果？

腕上的金琉镯再度震动，仿佛有了极大的苦痛，也暗喻着云荒此刻的灾难！

“辟邪！”萧音此刻再也没去想回家之类的事，低头握着自己的手腕惊叫，“金琉镯裂了！金琉镯……在裂开！”

“来吧！看着吧！神祇和织梦者！”银发的邪魔大笑，忽然回过身，一把拉开了第三扇窗子，张开了双臂，“来亲眼看着云荒灭亡吧！”

第十二章

惊梦

艾美觉得自己从一个梦坠入了另外一个梦。

那个银发的男子带着她来到萧音的别墅，推开了萧音姐姐叮嘱过绝不可打开的那扇窗，在她还没有提出抗议之前，一把将她推出了窗外。

她尖叫着向深不见底的时空中坠落。一刹那间，刺眼的金光陡然淹没了她。那个瞬间，她下意识地伸出手，握紧了颈中挂着的辟邪古玉。

自己是在做梦吧？是在做一个噩梦吧？

那么这一惊，噩梦也该醒了吧？

意识恢复的时候，少女霍然坐起了身。然而一抬头，看到的就是屋顶上古老的图腾和神殿里巨大的雕塑！不是在家里……根本不是在她所熟悉的任何一个地方！这是在哪里？她躺在一座白玉雕成的神坛上，醒来的时候周围有无数双眼睛围观她。

“去禀告圣女，她醒来了……”她听到有人在低声宣告，一层层传到外围。她莫名其妙地坐了起来，左看右看。然而，在看到周围簇拥着她的那些人时，她陡然发出了一声尖叫：“鬼，鬼啊！”

周围那些人都穿着上古衣饰，宛如古装剧里的演员。然而，最可怕且怪异的是：厚重古朴的衣物下，所有人都是白森森的骷髅！

没有脸，没有眼珠，不知道已经死去了多少年，那些骨架子簇拥在她周围，对着刚醒来的她议论纷纷。这些骷髅仿佛根本不知道自己的样貌有多骇人，个个从容自若地站在那里，穿着奇特的服装，早已化成白骨的手里握着一串串灵珠，簇拥着在莲花台上的女孩。

艾美在这样诡异的氛围内吓得几乎呆掉：这是在哪里？这是在哪里？

她尖叫着从莲台上跳下来，踉跄着往外奔逃。她要回家去……她要回到家里去！那个饕餮……那个自称是辟邪兄弟的家伙，到底把她带到了什么地方？

她在空旷的大殿里奔逃，那些骷髅吓了一跳，纷纷出手阻拦。

然而她项间挂着的辟邪古玉闪现出了淡淡的金光，保护着逃跑的少女。那些骷髅伸过来的手在光芒中如同冰雪般消融，骷髅神官们纷纷惊呼着退后，用空洞的黑色眼眶看着逃离的少女。艾美一口气奔出了九重门，双手一用力，终于推开了大门。

她看到了日光。

然而，她却在日光里陡然目眩神迷。

她居然站在云端。神殿门外是一片广场，装饰着白玉栏杆。然而，这个广场上，却有白云弥漫！高空的风凛冽而寒冷，浮云涌入了高台。她现在，是在某个非常高的地方吗？艾美一时间恍如再度坠入梦幻，反而不敢拔足乱跑了，小心翼翼地穿过广场上的白云，走到了栏杆边上，远眺。

俯身远眺的那一瞬间，她霍然知道自己身处何方！

“云荒，云荒大陆！遗失大陆！”少女脱口惊呼，看着万丈高塔底下那片陌生而又熟悉的大地：太阳还没有升起，但是晨曦的微光已经笼罩了大地。站在万仞绝顶之上，俯瞰脚下的土地，神秘的新大陆在黎明中露出真容，呈现出奇异而美丽的色彩：白色、青色、蓝色、紫色、黑色、砂色交错着，宛如一张纵横编织成的巨大毯子，铺向天的尽头。大陆的中心有巨大的湖泊，绵延万里，在晨曦里，宛如被天神撒上了零散的珍珠，发出璀璨的光芒。

西方的砂之国、东方的泽之国、北方的九嶷和南方的碧落海叶城——而那片广阔的湖泊，该是云荒中心那个著名的镜湖了。

一切，都和书上写的分毫不差！

那便是……那赫然便是她在《遗失大陆》里阅读过、心里幻想过无数遍的云荒大地！

艾美忽然间从肺腑里发出了目眩神迷的叹息，欣喜地伸开了手臂，想要去拥抱眼前瑰丽的景象——云荒！那便是她心中的云荒！她终于看到了这片大地。

她一定是在做梦了。一定是做梦。都怪她平日太沉迷于萧音姐姐写的那套书了。

她一时间不知所措，只觉眼睛用不过来，站在六万四千尺高的白塔顶端俯瞰着这片神秘的大陆，生怕这个梦境转瞬就会醒来。所有一切都和书上描写的一模一样，只是底下的一切都是没有生气的：大地上没有绿意，天空中没有飞鸟，那些街道和房屋都有烈火焚烧破坏的迹象，仿佛经历了一场空前的劫难。

奇怪……这个云荒，仿佛是一片死去的大陆。

她俯视着白塔底下的帝都伽蓝城，发现城中有几处似乎正在起火燃烧，街道里一片混乱，金柝声响彻全城，隐约还听到有人叫着“抓奸细”。一切都那样莫名地熟悉。

奇怪……太奇怪了……这些，怎么都和她昨天编的那个故事一模一样？

然而，正在艾美攀在栏杆上左顾右盼时，身后忽然传来了一个女子的问话，冷漠而高贵：“你是谁？你是怎么穿过结界，进入云荒的？”

艾美诧然回头，转瞬惊叫起来——又一个活骷髅！

一个穿着洁白圣衣、配满璎珞的长发骷髅向她走了过来，身后跟随着方才神庙里那一群黑压压的骷髅神官。她一眼就看到了当先那个女骷髅佩戴的红色十字星状的项链——那是云荒伽蓝神殿里，侍奉辟邪的圣女啊！可是，这些人……这些人应该已经死了吧？为什么还能像活人一样地走动说话？她到底是来到了哪个时空？

艾美惊叫着，沿着栏杆后退，不知道该怎么办。

“原来是你？你偷走了辟邪古玉，破开结界闯入了云荒吗？”看到少女颈中挂着的玉石，圣女冷笑起来，骷髅露出白森森的牙齿，忽然抢身过来，一把摘走了艾美的项链——方才那些神官畏惧的保护力，居然对她来说丝毫不起作用。

看了看古玉，又端详了她片刻，圣女忽然间恍然道：“你应该是神选中的织梦者，是不是？所以你才能佩戴着辟邪古玉来到这里？”

艾美一时间神志混乱，只惊惧地看着那个洁白的骷髅圣女开合着嘴，不停对她发问：“可是，即使你是织梦者，你现在来云荒干什么？神知道你穿越了时空和结界，来到这里吗？神为什么不和你一起来？上一任织梦者已经卸任了吗？”

织梦者？织梦者……这个骷髅又提起了方才饕餮说过的那三个字！

织梦者到底是什么？然而，不等她理出一个头绪，神殿底下陡然一阵骚乱。仿佛有无数声音合在一起，穿过了重重白云，一直传到六万四千尺高的神殿上来！

“怎么了？”骷髅圣女诧然询问。

旁边的一个神官俯身禀告：“圣女大人，昨夜有南方来的敌国奸细潜入帝都，放火烧了大片街区，天干物燥，水龙队无法控制火势，火甚至蔓延到了白塔前。百姓人心惶惶，聚集在白塔底下祈祷，请求神的庇佑。皇上和大臣们都上来了，请圣女出面安抚百姓情绪。”

“好大的胆子，居然敢在神殿前放火！”圣女霍然回头，握紧了那块辟邪古玉，“是趁着神物失窃，想动摇神的权威吗？我要让天下人看看神的无上力量！”

披着圣女衣服的骷髅疾步走到了神坛上，举起了手中的辟邪古玉。底下，匍匐了黑压压的一大片：君王、贵族和民众。全都是披了衣服的骷髅。

艾美只看得目瞪口呆——这一切……这一切是怎么搞的？

现在，眼前发生的一切事情，和她昨天下午在萧宅随手写在萧音姐姐稿子上的故事，居然一模一样！

“雨季过去后，帝都进入了干燥缺水的季节，潜渊水库中的水只剩下满水时期的三成。南方的敌国奸细在此时潜入帝都，经过周密的计划，六月七日深夜，帝都内六处同时起火。水龙队无法扑灭那样大而密集的火，火势直到四日之后才被遏制住。而此时，帝都接近一半的街区已经被焚毁。大火甚至烧到了伽蓝神庙，虽然被神官们合力逼退，却已经焚毁了神庙的门楣……第五日，前来祷告的民众聚集在神殿前，接受神官和圣女的安抚。然而看到被火舌舔过的神殿，个个在绝望中对神的存在感到了怀疑。为了安抚民众的情绪，圣女在神坛上举起了‘神之古玉’……”

这些骷髅……这些骷髅在干什么？

他们……他们在按照剧本排演戏剧吗？看他们的样子，都仿佛不知道自己是死人一样，个个坦然自若得很。就是演戏，也没有演得那么投入的吧？

“你们在干吗？”少女终于忍不住，很小声很小声地问了一句，“拍戏吗？”

然而，那样小声地问话恍如惊雷，让所有骷髅一震。无数黑洞洞的眼眶一刹那都转了过来，盯住她看。骷髅本该是没有表情的，然而不知是不是错觉、在说出那一句问话的刹那，艾美居然觉得那些惨白的骷髅脸上，都闪过了绝望和恐惧的表情，仿佛她脱口而出的这句话触犯了天意。

那样无声的压力是巨大的，艾美忽然间就糊涂了，不知道自己身处何时何地。

“织梦者……你怎么能说出这样的话？”圣女的脸上也有绝望恐惧，黑洞洞的眼眶望向不知所措的少女，忽然间疯狂地大叫起来，“住口！你要‘惊梦’吗？你到底要做什么！大家快给我把她的嘴堵上！”

骷髅得令，争先恐后向她扑去。无数惨白的手骨向她伸过来。

艾美骇然后退，慌不择路间，居然从栏杆上翻身掉了下去！

六万四千尺高的白塔顶端，她如同一片羽毛般轻飘飘坠落。

“一定是在做梦！”头脑中一片混乱，少女绝望地惊叫，“不是我在做梦，就是你们在做梦！云荒……云荒早就沉入了海底！”

咔啦啦！

随着她那一声惊呼，黑沉沉的天宇里陡然凭空起了一声霹雳！刹那间风云涌动，天崩地裂。艾美从半空坠落，世界在她眼中是颠倒的。她隐约看到地上无数骷髅人抬起了头看着她，黑洞洞的眼眶里带着惊惧绝望的神色。

“不是我在做梦，就是你们在做梦！——你们看看自己的样子！你们应该是早就死了很多年了！云荒……云荒早就沉入了海底！”她用尽所有力气惊呼。

她最后的那一句惊呼，居然被放大到无数倍，回荡在天地之间，如隆隆雷声般连绵不绝，仿佛宣告着一切的终结。地上无数骷髅人被惊醒般仰头，看着半空坠落的异族少女，黑洞洞的眼睛里弥漫出了可怕的恐惧和绝望。一语出，天地崩；白骨成灰，沧海翻涌！

这个世界，居然在她一言之下倾覆了。

天地忽然间黑了下来，暴雨狂风，山呼海啸，仿佛末日劫难陡然到来。无数骷髅在地上奔逃，然而更多的骷髅在听到“你们早就死了很多年了”那句话后，立刻无声无息地瘫倒在地面，悄然消失。

“神！神啊！”末日的景象笼罩了虚幻的大地，圣女在神坛上对着乌云翻涌的苍穹大声呼喊，伸出了白骨支离的双臂，“惊梦了！救救云荒！救救云荒！”

这一切……究竟是怎么回事……艾美只觉得身体失去了重量，不停地下坠、下坠，仿佛坠往另一个时空。

然而摇晃凌乱的视野中，她同时看到了云荒大陆的覆亡。

她看到无数骷髅人倒地，化为乌有；无数房子轰然倒塌，成为废墟；无数人在奔走呼号，悲惨的声音直冲云霄。她看到苍穹降下了闪电和天火，燃烧着这个大陆；她看到四周海水滔天，直立而起，扑向这片土地！

这是怎么了？这一切究竟是怎么了？

惊人的末日惨景让少女心胆俱裂，她在半空中翻翻滚滚地坠落，眼角却真真切切地看到了这可怕的一幕。她脱口惊呼。难道、难道这一切，只是因为她方才不自觉地脱口问了那一句话？她说了什么不该说的话，惊破了什么不该打破的东西？

在坠落中，艾美觉得自己失去了重量。一切仿佛都变得不真实。

她仰起头，眼睛里映出了布满闪电和天火的苍穹——漆黑的天幕里风云翻涌，回荡着隆隆的雷声，混合着大地上的种种惨叫。忽然间，天眼开了。乌云翻滚着向四周退让，露出了一个深不见底的漩涡。

忽然间，她看到辟邪的脸出现在乌云中间！依然是昨日见过的那样沉静、从容而深不见底。宝蓝色的天幕上，他的脸色苍白，静默地俯瞰着这片毁灭中的大地。那样空茫的表情：没有绝望、没有惊讶，也没有悲哀……漆黑的眼里，陡然有血一样的泪水滑落。

“神，神啊！您看到了？请救救云荒！”艾美听到了圣女的声音回荡在天际，尖利而绝望——她忽然一惊：辟邪是神？辟邪就是云荒的守护神？

天……她一定是在做梦了……一定是在做一个光怪陆离的梦。

她在不停地下坠。

意识慢慢混乱起来。恍惚中，她看到苍穹再度起了变幻：一张女子苍白的脸取代了辟邪的面容，出现在漆黑的天幕上。带着一种绝望、激烈的情绪，俯视着这片毁灭中的大陆。

萧音！那、那是萧音姐姐的脸！

萧音姐姐，救我！救我！艾美在不停的坠落中，用尽了全力大喊。不知道天穹另一边的女子是否能听到。

“云荒！云荒！”她听到萧音惊呼着，声音苦痛而激烈，“不要毁掉我的云荒！”

天穹里女子的脸苍白得可怕，眼神涣散，脸上有痛楚的表情。那些人，那些早已死去的云荒人，如果一旦“惊梦”，就会魂飞魄散、从这个宇宙中彻底消失！

作为神祇的辟邪，已经对云荒是否有存在的必要产生了怀疑，陷入了思维悖逆。而她，十年来一直维持着云荒的织梦者，又怎能眼睁睁看着自己的孩子们死去！

“别再插手云荒！你的精神力已经枯竭了，谁也救不了！”隐约地，苍穹里有另一个冰冷的声音，仿佛有人在阻拦着她。可乌云翻涌的天穹里，萧音却不顾一切地对着这片大陆伸出手来。从云荒大地上仰头看去，那双手越来越近、越来越大……最后遮盖了整个天眼。

艾美惊骇地看着。看着那双苍白的、写了无数著作的手从另一个时空伸向这个天宇，仿佛要竭尽全力挽救着什么——然而，在那双巨大的手从天眼里伸入的时候，手腕上陡然发出了刺眼的金光！

那只金琉镯……萧音姐姐手腕上戴着的那只金琉镯碎裂了！

万道金光笼罩了云荒大地，无数的流星从天宇坠落，射向大地上尚自挣扎奔逃的骷髅人儿。每一片金色的琉璃射入那些消失的骷髅，都带走了一点灵光——那是这些云荒上早已死去的人们尚自不灭的神魂。

“此生已矣，请去彼岸转生！”她听到萧音的声音响起在天宇，呼唤着那些将要湮灭的魂魄，“神谕：云荒将灭，所有的灵魂去往彼岸转生！”

粉碎的金琉镯化为千万亿碎片，射入云荒大陆，带走了那些骷髅的魂魄。化为一道瑰丽的金色旋风，消失在漆黑的天眼中。那些云荒上的人……刹那间被送入了轮回？

艾美仰面坠落，看着那样变幻莫测的一幕。

忽然，有一片金色的琉璃如同箭一样刺来、射中了她心口！

“啊——”她脱口惊呼出来，满身冷汗。

“小美，小美！怎么了？昨夜那么大的风雨吓到你了吗？”母亲关切的声音响起在耳侧。她从床上霍然坐起，神志恍惚，外头已经是天亮。母亲听到了女儿的惊叫，开门走了进来，将满身冷汗不停哆嗦的艾美抱在怀里。

艾美的神志却一时间依然模糊。对了……她想起来了，昨天晚上那个饕餮说“我只要你帮我做一个梦”——所以，她就做了这个噩梦。梦见了云荒的覆灭。

可是……那真的仅仅只是一个梦吗？

她的手下意识地攀向颈中——没了！大伯送她的那块辟邪古玉没有了！

“云荒沉没了……云荒沉没了！”晨曦中醒来的少女忽然发疯般惊呼了一声，跳下地来，甚至顾不上换睡衣，一把推开呆若木鸡的母亲和震惊的父亲，踉跄着冲出了门。

萧音姐姐……萧音姐姐！这一切到底是怎么了？

第十三章 陌路

海城郊外的绿化林也被飓风吹得东倒西歪，林后的别墅在暴雨中显得孤单而脆弱。

然而那样小小的房子里，却有两名操纵天地的神祇沉默对峙。

第三扇窗子在萧音不顾一切伸手的刹那粉碎，和金琉镯一起化为片片飞灰。通往云荒的路，从此不复存在。破碎的窗口失去了以往的超自然能力，从房里看出去，只能看到外头黑沉沉的风雨之夜。

萧音躺在辟邪怀中，已经没有了知觉。双臂手肘以下已经化为支离的白骨！

方才“惊梦”的刹那，她不顾一切地俯身出去，伸臂进入那个时空，用尽全部力量呼唤云荒所有生灵的彼岸转生——在金琉镯碎裂的刹那，这个力量枯竭的织梦者竟然不顾一切地扑出去，想拯救那个她笔下虚幻的世界！完全不顾及自己此刻连提笔的力量都已失去，如何能进入崩溃中的异世界？

金琉镯化为流星陨落，这个女子穿过时空的双臂也在转瞬消失了血肉。

如果不是辟邪和饕餮双双抢身过去、将失去知觉的她拖回，萧音的身体和灵魂便要被时空之窗吸入，一起湮灭在那个崩溃的云荒里！

“真是强啊……这个织梦者。竟然还有这么大的潜能？”看着萧音化为白骨的双手，饕餮仿佛镇住了，喃喃——方才，在天地巨变到来的时候，在辟邪这样的神祇都犹豫不决的时刻，这个凡人女子居然有勇气不顾一切地穿透了时空，对那片虚幻土地上早已死去的枯骨们伸出了救赎之手！

明明已经力量衰竭，那一刻这个女子爆发出的念力却是惊人的。居然能够传声于天地之间，呼唤带领着那些骷髅在惊梦那一刹转生！如果不是织梦者的力量，在惊觉云荒早已死去千年的真相时，这些骷髅就会魂飞魄散。

这个凡人，竟然有能力将千万的灵魂在瞬间转移往彼岸！

原来，她也极爱云荒……虽然十年来每时每刻都在抱怨着那个世界带给她的压力，可织梦者心里，其实早就将那个世界融化在自己的血液中了吧？就像一个母亲亲手哺育着自己的孩子，虽然有抱怨，却终是爱如生命。

所以在云荒“惊梦”的那一瞬间，这个凡人女子爆发出了如此惊人的念力。

“沉音、沉音……”辟邪叫着她的名字，搜寻着她脑中的念力波动迹象。云荒崩溃在刹那，然而他一时间居然没有来得及去为那个延续了千年的国度悲哀，只是急切地看着死去一般的萧音。躺在辟邪怀里的女子脸色苍白，对神祇的呼唤丝毫没有反应。金琉镯已经粉碎，她的手臂变成了森森白骨，那双曾经写出那样惊人著作的手已经再也不存在了。

饕餮站在这两人身边，开口：“她的精神已经完全垮了——你也不是看不出来。再叫一万声她也不会答应你的。”

辟邪霍然抬头，看着这个引发一切的罪魁祸首，眼眸里有杀气。

“嘿，别这样看着我……赶快把她的身体恢复才是正事。”饕餮看到兄弟这样的眼神，心里也是腾地跳了一下，却摊开了手，催促道，“不然时间久了，要白骨复生，就算是能力如你我，也要费一点折腾吧？”

辟邪原本就是个话不多的人，此刻更加沉默，只是默不作声俯下身去，握起了萧音化为白骨的右手，轻轻放在自己手心。血肉在他手中重新复生，掩盖了白骨，一寸寸生长起来。

然而，他心里却是空无的一片。

他知道，萧音是永远不会再回来了。这个渐渐恢复原貌的躯体里，“沉音”的灵魂和思想已经荡然无存——在她伸出手用了最后一丝精神力呼唤着异世界的人彼岸转生的时候，织梦者的灵魂已然枯竭。

她所有的精神力，随着金琉镯一起粉碎迸裂，散落在异时空中。

他可以让她复生，让她回到以前的环境里，让她再度成为海城一名海归的女博士“萧音”；可是，他的沉音——那个书写《遗失大陆》，伴随着他编织了十年幻梦的女子，已经再也不能回来了。他所爱的沉音，已经随着他守望的那片大陆消失在那一场时空的裂变中。

女子的双手在神祇的力量下渐渐复原，辟邪注视着那张熟悉却空白的脸，忽然间觉得心中空茫和无助的感觉铺天盖地而来——甚至比片刻前亲眼目睹云荒覆灭之时，更加令他惊慌而无措。

以后又该如何……在这无始无终的洪荒里？

“六弟，原来你真的很爱这个凡人啊？”感觉到了兄弟情绪的波动，饕餮有些惊讶地说出口来，顿了顿，他恍然大悟，“所以你宁可她错怪了是你令她思维崩溃，也不愿告诉她那段时间发生了什么？——你不愿告诉她，那段时间里，她也曾爱过你！你竟然宁愿她忘记也不愿让她继续受苦，你果然是真的爱这个凡人啊。”

辟邪眉头皱了一下，看了饕餮一眼，却没有回答。

“多么伟大的神啊……”银发的邪魔有些夸张地感叹，看着没有生气的女子身体，耸肩，“可这个凡人女子不会领情吧？她怎么会明白你的想法。一个凡人，怎么会了解神祇的爱情？直到最后，她都不明白你的真正苦衷吧？”

“给我闭嘴。”辟邪的声音忽然响起，四个字如同四把利刃，将饕餮滔滔不绝的演讲拦腰截断。墙上的挂钟敲响，凌晨五点。

他抱着萧音起身，走向那一扇紧闭的窗——第二扇窗。

“干吗那么大火气？”饕餮耸了耸肩，撇嘴，“反正按照契约，你最后不也要消除她这十年的记忆，送她回到原来的生活中去？”

第二扇窗在风雨中打开。然而显示的却不是外头风雨如磐的景象，而是显示出了另外不同空间的一个个场面！金字塔上的冷月、恒河上初露的朝霞、高加索绵密的雪和东瀛如火的红叶……这一扇窗，通向的是这个世界里的任何一个空间。

窗外的景象不停变幻。最后定格在一个繁华的城市里，穿过了林立的摩天楼，锁定了一个小小的尚未熄灯的单元。扩大，再扩大……看到了门牌：朝晖花园B座一单元403室。

那正是萧音家人所在的地方。他必须要将她送回到属于她的地方去。

拉开窗子的时候，辟邪感觉自己的手有些微的颤抖。怀里的人平静地沉睡，尚未从昏迷中醒来——竟然是连告别的话都无法说上一句？那一瞬间，他觉得内心有什么在撕裂开来，那种痛深入骨髓，却是无声。那是一种龙哭千里的喑哑的痛。以后要怎么办……把沉音，不，萧音，送回了她家里后，接着他自己该怎么办？

“磨蹭什么？”看着兄弟抱着萧音在窗前犹豫，饕餮冷笑起来，“我说，要么你就把她永远留在身边，陪着她直到死——要么，就乖乖地让这个蝼蚁回到属于她的地方去！一个神，做这种决定都要磨蹭，真是不能再衰了！”

“啰唆。”辟邪扫了饕餮一眼，忽然双臂一震，将昏睡的女子送入了窗外，然后霍然回身拎起地上早已收拾好的行李箱，一并扔了出去！

所有的动作干脆利落，眨眼间女子的身影就消失在时空另一边。

饕餮击掌，还来不及叫好，眼前一黑，领口忽然被揪住。一拳狠狠打在他腹部，打得他双脚离地！妈的……好重的出手。这小子发飙了啊。银发的邪魔苦笑。

“滚出来！现在是我们算账的时候了！”辟邪将他甩到墙上，劈手砸碎了第一扇窗，跳入了虚空，回身暴怒地大喝，“给我滚出来，好好打一架！我要拆了你的骨头，饕餮！”

“打就打。这次没那个女人帮你，你可别输了才好。”抹去了嘴角的血丝，饕餮浅笑着看这个大失常态的兄弟，也跳上了半空，“我们打个赌吧！这次如果你输了，就要来和我一路；相反，如果我输了，我就洗手做好人——如何？”

黎明前的夜色黑如泼墨，海风呼啸，乌云乱卷，海面剧烈波动着，电闪雷鸣。

斜斜的雨穿过了两个神魔的身体，织成了密密的天网。云层之上，脚踩着电光和乌云，现出了本相的龙神两子恶狠狠地相互注视着，忽然之间一声怒吼，扑过去撕咬在一起，在九天之上翻翻滚滚地剧斗起来。

门外风雨如晦，海城在飓风的呼啸中战栗。

已经是凌晨四点，谁也不知道为什么忽然间有这样剧烈的暴风雨来袭，这一场剧烈的风暴仿佛比1997年那场百年不遇的台风更猛烈，几乎要连根拔起这座滨海小城。

东海在呼啸，雷电隆隆，长风凄厉如割，黑色的巨浪在暗无星月的天幕下翻涌。地底下传来隆隆的声音，仿佛有什么东西在海面下裂开了。海水翻涌得越来越厉害，似乎海床上发生了巨大的裂变，海面上渐渐形成了巨大的漩涡。

监控海潮的工作人员大惊失色，立刻扑到无线电台前，对着上级部门紧急呼号："海啸！海啸来了！赶快通知沿海渔船回港避险！"

凌晨六点的时候，一夜的风暴尚未平息，披头散发的艾美从梦中惊醒，穿着睡衣趿拉着拖鞋，踉跄着穿过了绿化林。然而刚踉跄跑来，少女却猛然呆住了——没有了！那幢坐落在林后的白色小屋，如同蒸发般一夜消失了！

横河的水在雨后汹涌地流着，绿化林在狂风中折断了不少，地上的酢浆草尚未开花，被雨冲得伏贴在地上……一切都是和昨日的景象连续得上的。

唯一忽然间断裂掉的，就是那一幢凭空消失的萧宅！

"天……天啊……这是怎么回事？"少女震惊地捧着头，看着原本是别墅的那一块草地，四处寻找着哪怕一点点的迹象，"萧音姐姐！萧音姐姐！"

然而，没有人回答她。无论她在空地上四处呼唤，还是回到家里和学校，将此事告诉父母朋友。可竟然没有一个人相信她——甚至唯一和她一起见过萧音的周露儿，也忽然失忆似的忘记了曾在绿化林外看过萧宅里的紫衣女子。

所有一切可以证明那个女作家曾出现过的东西都凭空消失了，唯一不曾消失的，只有十八岁少女脑海中的记忆——那短短半日的和那个神秘女作家的邂逅。

此刻，在离海城几千公里的都市中，某一个密闭的小空间内。

萧音感觉自己在不停地上升、上升，有一种恍惚感。

是的，就要回家了……我从美国×××大学获得了比较文学的博士学位，终于回到了阔别将近十年的家里了。一个声音在她内心低语。指示灯一层层地变换着，最后停在16这个数字上。叮咚一声，高层住宅的电梯门打开，走出一个提着大行李箱的紫衣女子。

"小音！"

“姐姐！”

外面等电梯的一家人陡然惊叫起来，扑向她。紫衣女子下意识地退了一步，不由自主地退缩。

“那是你的父母和弟弟，那是你的家人……你应该和他们在一起好好生活。”脑子里，那个声音再度低语。哦，对，那是她的家人啊……十年未见，朝思暮想着要团聚的亲人，她为什么要感到陌生想退缩呢？

“小音，你不是说下午的飞机吗？怎么中午就到了？”胖胖的母亲一脸惊喜，父亲则在一边安静地笑着搓手：“我们正要出门去接你，你就自己回来了！”

英俊的少年跑上来，帮她提起箱子，嚷嚷着：“好重！姐姐，你给我带了礼物吧？”

一切都是那么熟悉，却熟悉到显得陌生而遥远。

萧音总觉得隐隐间有什么不对，却不知道哪里有缺失，只好任凭愉快的天伦之情包围了她。她微笑着和父母弟弟并肩走着，絮絮说着别离后的一切。

一切都记忆在脑子里，不曾忘记多少。虽然离家久了，可很多事情她一提起来都清晰准确，仿佛发生在昨天。比如母亲最喜欢看三流连续剧，父亲不吸烟却有烧烟的习惯，弟弟今年该本科毕业了……所有一切她都记得。

可是，到底有什么地方不对……她感觉某种巨大的缺失藏在胸臆中，挥之不去。

“哇！精装版的全套《遗失大陆》！”恍惚中，帮她整理行李的弟弟惊喜地叫起来，“姐姐，原来你也喜欢看《遗失大陆》？同好呀！这个版本现在已经很难买到了，作为礼物送给我吧！”

遗失大陆？遗失大陆……

萧音忽然便是一阵没来由的恍惚。

“这个呀，我也喜欢看！”母亲下厨开始烧满汉全席了，闻声探出头凑热闹，“不过我还是更喜欢看这个改编的连续剧，看书太累啦！对了，快开电视，看看午间娱乐台有没有重播《长歌》？”

“嘁，老妈就是没品位。”弟弟咕哝着摁下了遥控器，“电视剧比书差远了。沉音的文笔不是盖的，这群破演员能演出几分味道来？”

电视台在迅速地切换，画面闪过。忽然间萧音脱口叫了出来：“停！”

弟弟吓了一跳，手指停在了午间新闻报道上。全家人诧然回首，她却盯着电视的画面，一脸的茫然。屏幕上是普通的小城景象，时而切换入蔚蓝汹涌的大海，播音员旁白——

“本台报道：昨夜凌晨两点左右，东海沿海发生强烈地震，震中达到十级，并伴有海啸和十二级狂风。风暴中心边缘的海城遭到了百年不遇的天灾，共倒塌房屋三百多间，海上没有进港的二十多条渔船及船上两百多名渔民均下落不明。政府已组织群众全力投入了抗灾抢救当中，已出动海军投入海上搜寻和打捞。”

萧音呆呆地看着，忽然间觉得脑子里空洞洞的。

搜寻和打捞……隐约间，她看着屏幕上的蓝天碧海，却打了个冷战：那一片深不见底的碧海之下，到底埋藏了什么？The world is not enough……那一瞬间，她盯着那片碧蓝，只觉自己的呼吸都被夺走了。

接过父亲削好的梨，她摇了摇头，把恍惚闪现的思维甩掉。

她啃着梨，走到阳台上。朝晖花园B座位于小区中心，临着中心的绿地和公园，景色不错。萧音站在阳台上，忽然觉得有什么东西在看她。眼神沉静而温柔。

她悚然一惊，四顾。然而午后的公园里没有一个人。

树林间有什么东西穿行而过，依稀是一只大狗。

第十四章 红尘

日子就是这样流水一般地过去了。

她的运气一直好得出奇。这个年代里，海归已经如海龟般不稀奇，她虽然是美国名牌大学的博士，可比较文学这个冷僻的专业在现今的职场上是打入冷宫的那一类。然而，她只是第一批投出了十份简历，一个星期内就接到了十个面试电话。

于是，她按对方公司的名望、开出的薪水以及离家的远近，由优到劣排了个表。

结果，一周后，她被最优秀的那一家广告策划公司录用，职位为文案创意部副经理，月入万元，那样优厚的条件，足以让和她同时毕业归国的同专业师兄们惊叹。然而，她内心最想应征的，其实是一家著名游戏公司提供的文案脚本策划部门经理的职位。

不知为何，她在看到那家游戏公司正在做的《遗失大陆》的3D游戏时，心中涌现出奇怪的渴望——她居然对这一切有着莫名的熟稔亲切感，仿佛她天生就该在那个位置上，亲手监管负责这个模拟游戏。

然而事与愿违，那天她鬼使神差地看错了表，错过了面试时间。好容易说动人事部门经理单独给她一次面试机会，而总经理却改口说他已经在前面那一批面试者中，决定好了文案脚本的负责人。

冥冥中，这个职位居然没有给她半分的机会。

垂头丧气地回去，路上她拐进一个酒吧喝了半醉，踉跄着回到家。穿过那个公园，她又看到了那只灰色的大狗，那只奇怪的、有着温柔沉静眼神的大狗在远处静静跟了她一路。然而在她停下来看它的一瞬，它无声无息地消失了。

萧音就这样成了这个大都市中的一个普通白领，出入于摩天大楼中，和上司、同事一起兢兢业业地过着日子，每日和文案打交道。幸亏工作很容易就上手了，一连几个单子都做得很出色，很快她在这一行内就有了不错的口碑。

一切似乎都顺利得有些出奇。

她每日奔波，渐渐习惯了都市朝九晚五的忙碌生活。她少女时是个叛逆的女儿，十年读书归来后却成了个不折不扣的孝女，下班了也不多和同事泡吧K歌，而是拿着手提电脑直奔家里，吃完饭后开始工作，周末时间也都用在加班上，或者陪着父母出去散步，连逛街购物都不多。

父母对女儿归国后的发展很是满意，然而很快满足感淡了，又开始操心起来——这次他们操心的是她的终身大事：女儿已经二十八岁，眼看要奔三，虽然是高学历、高收入、高素质，身边却一直没有合适的男士出现。

退休的父母便有了新的职业：安排女儿相亲。

萧音的日子从此过得更加“充实”。

每天工作十个小时，十个小时之外，还要拖着疲惫的身子和满脑子的设计方案去和所谓的“青年才俊”们喝茶。人到了奔三十这个年纪，便少了很多年少时的旖旎浪漫，都是职场上搏杀的主儿，如果不是双方都有解决下半辈子和谁合伙问题的诚意，谁愿意坐在这儿浪费时间？

半年内萧音阅人无数，颇有斩获，却无一正果。

“哪有女的在约会的时候，听着对方情话会忽然爆笑起来？”弟弟都看不下去了。

“不知道……我真的是觉得好好笑：‘我在你心里曾遗落了一滴眼泪’——这种话都说得出口？”萧音回想起那个捧着玫瑰，以十二万分的郑重神色说情话的会计师，依然有大笑的冲动，“真是让人喷饭。不行，我真的忍不住。”

“那有什么好笑的？这是《遗失大陆》里的经典对白啊！”弟弟反而奇怪，“如今在年轻人中很风靡，拿这当作情话虽然有偷懒的嫌疑，也算是赶时尚。老姐你怎么那么大反应？你又不是没看过《遗失大陆》！”

“我不跟没创意的男人约会。”萧音一时哑然，然而这一段对话说下来，连自己都说不出为什么心里感到不对劲儿，只是随便找了个借口，嘟哝道，“有时候觉得好无聊啊，都不是我想要的。老弟，你说为什么我就非要把自己打发出去？我觉得一个人过挺好。”

“老姐，拜托，你如果不结婚，我和薇安怎么办？”弟弟一脸无奈地抱怨。

“嘁，你要结就结，要生就生，关我什么事！”萧音从鼻子里冷哼一声，翻看瑞丽上的广告，“别叽叽歪歪的。”

“长幼有序！你又不是不知道爹妈的死脑子，说姐都没嫁，做弟的就不能结婚。”弟弟哀叫，“拜托老姐，你别压在我前头了，快把自己打发出去吧！我也好见天日啊。”

“得了得了……”萧音头大如斗，胡乱挥着手说道，“下一个我会好好考虑，行了吧？”

而下一个，竟然是个白头翁。

四海财团的少东家，陶少泽，三十二岁，美国南加州大学哲学博士——这样显赫的身份让萧音一看就直摇头：真不知道老妈还如此手眼通天，能找来这般货色……她虽然轻易不会低就，可也从未想过要高攀这样的世家公子。她只想在自己相同的level上，寻找合适自己的伴侣罢了。

而且，这样的公子哥儿，身边的女伴难道会少？哪里用得着托人相亲那么老土。

然而在父母的大力怂恿下，她兑现了对弟弟的诺言，老老实实地跑到了上岛咖啡。一眼看到那个一头银发的陶姓男子时，萧音吓了一跳，不知为何立刻觉得有某种下意识的恐惧……这个人，仿佛哪里见过？

“怎么？”对方却是很细心地注意到了她的神色变化，微笑着摇了摇头发，“染得很吓人？是不是像白发魔女？”

“白发魔男才是。”萧音定了定神，笑着入座。

“萧小姐喝什么？摩卡还是蓝山？”男子殷勤地问。

“一杯热牛奶。谢谢。”萧音却是看也不看地点了，“我不喝咖啡。”

“在咖啡馆点牛奶喝？”那位陶先生笑起来了，露出一口雪白的牙齿，饶有兴趣地看着她问道，“萧小姐不喝咖啡？以前不是喝得很凶吗？”

“嗯？”萧音刹那怔了一下，脱口问道，“你怎么知道我在国外留学时候喜欢喝浓咖啡？”

“国外留学时候？”银发的陶大少眼睛闪了一下，微笑起来，“哦，我当然知道，要追萧小姐，自然要先下一番苦功。”

萧音微微一窘，幸亏职场生涯已经把她打磨到脸皮够厚：“哦？那么陶先生除了咖啡之外，对本人还有何研究心得？”

“多了去了，”银发的男子笑起来很好看，一口整齐尖利的牙齿，“比如你喜欢看《遗失大陆》，比如你喜欢去人少小资的地方旅游，比如你……呃，偶尔会有偏头痛的现象。而且，你经常觉得心里空落，是吧？总觉得The world is not enough，是不是？”

说一句，萧音的脸色就变一分，说到最后，那张职场上练出来的面具也戴不住了，“啪”的一声掉到了地上，露出她一脸惊讶的真容。那位四海财团的大少就在她这样诧异的目光里纵声大笑，引得所有客人回头怒视。

“这位陶大少不简单。”回到家后，她对父母兄弟如是说。

“哇，好呀！老姐你终于棋逢对手了。”弟弟为她第一次如此重视某男而欢呼。

萧音却有点儿筋疲力尽的感觉，倒入沙发，喃喃道：“我直觉……有阴谋。”

那以后陶少泽就经常来找她，不是去她公司，就是直接来她家，而且故意张扬行事，一周不到就闹得沸沸扬扬，连公司的清洁女工都知道她在和四海财团的少东家约会。她每天出入都被一干同事的眼光看得浑身难受。原来现代版的灰姑娘是不好当的，用后妈和姐姐的态度盯着她的人，绝对不止一打。

而且，不知道为什么，尽管她纠正了多次，他却一直坚持叫她“沉音”——那个写《遗失大陆》的著名女作家的名字。原来这个公子哥儿也是《遗失大陆》的书迷？她在内心冷笑。不知为何，虽然不喜欢这个陶大少，她却不敢有丝毫怠慢。甚或，在内心深处，她是有点儿怕他的？

“你经常觉得心里空落，是吧？The world is not enough，是不是？”

那个嚣张地染了一头银发的陶大少，居然连她内心这样隐秘的想法都能察觉？

没有情人之间的贴心感，萧音反而觉得脊背冷飕飕。

又是周末傍晚。

高薪不是好拿的，周末还要照样工作。工作间隙里，偷眼看电视。一些杂七杂八的消息：巴以还在闹冲突、台湾大选、某一家迪厅新开业、银泰商厦这个周末ELLE和ESPRIT打七折……都市里到处都涌动着讯息的大潮，稍微看一眼就觉得自己要被这些资讯淹没。

“近日《遗失大陆》推出了最后一卷《大荒》，戛然而止的收尾引起读者的强烈不满，杂志刊出当日便有书迷云集编辑部门口，表示强烈抗议，引发了混乱。”

一眼瞥过，这一条消息让她胡乱摁着遥控器的手忽然顿住了。

画面上是国内最大的文学类刊物《幻想》总部，门口云集了众多的读者，个个手里拿着新出的一本杂志，抗议着什么。编辑部的人都躲到了后面，警察已经赶来维持秩序。

镜头一晃而过，她看到了一个长得不错的年轻编辑——镜头拉近了那个戴着金丝眼镜的男人，记者介绍道：“这位便是著名奇幻作品《遗失人陆》的责任编辑非天。请问非天编辑，你对沉音小姐忽然结束连载长达十年的《遗失大陆》有什么看法？”

清秀的编辑推了推鼻子上的眼镜，对着镜头开口道：“非常意外……我只能说非常意外。沉音小姐先是有半年之久没有提供新稿件，后来传了《大荒》第十九章后，就忽然单方面宣布《遗失大陆》系列结束。这对我们编辑部来说也是一个很大的困扰，相信有更多的读者会为那个突然的结尾而伤心。所以我很谅解此刻门外读者们的心情，可是，我们不得不尊重作者的意见，按原计划连载此文并结集出版。”

记者又问：“沉音小姐一向是神秘人物，我行我素。可是所有追看《遗失大陆》十年的读者，都无法接受‘云荒在一夕之间沉入海底’的结局吧？而且，据说最后半章的文笔，也和沉音小姐原来的迥异。难怪读者会怀疑是枪手代笔，草草收尾。”

非天编辑咳嗽了几声，也是一脸失落：“是。我们原本估计，依照架构，《遗失大陆》至少可以再写五卷三百万字。我也不曾料到那一日沉音小姐传来了《大荒》的第十九章，就这样急促地收住了尾，宣布整个系列结束。”

萧音怔怔地看着这个和自己的生活风马牛不相及的新闻，心里莫名又是一空。

“就是！简直是不负责任！居然一章之内就把整个《遗失大陆》系列终结了！”这一次说话的却是弟弟，那个铁杆书迷听到了客厅的新闻，从房间内直蹦出来，手里握着新一期的《幻想》，暴跳如雷道，“居然用‘天灾’这种借口，一夕之间就把整个大陆终结了！晶颜公主也好，步蝉将军也好，鲛人王子也好，所有一切还没了结，一下子全都沉到水底去了！简直是乱写，不负责任！”

“呃……”萧音看着弟弟额头的青筋，忽然脱口道，“可那就是事实啊。”

“什么？”弟弟奇怪地看着姐姐，“你不觉得那个沉音根本是草草收尾，糊弄大家？难道你对这个结局很满意？”

“我是很满意啊……还能如何呢。”萧音茫然地回答，目光忽然空了，“你怒什么？是怪那个作者，太早惊醒了你的云荒梦吗？”

弟弟不可理解地看了她一眼，目光又回到了电视上。

那里的采访已经结束，新闻主持人很熟练地转换着话题：“且说这边纸上的‘云荒大陆’刚结束，东海边的小城海城里，新的重大考古发现却让另一个‘遗失大陆’浮出了海面——一场剧烈的地震和海啸后，搜寻渔民的政府队伍意外地发现了海底遗址的迹象，经过国际著名考古学家艾宓博士半年的发掘，这个惊动国内外的海底遗址，终于开始浮出水面与世人见面。根据政府有关部门消息，海城将兴建国内一流的博物馆，来收藏这些珍宝……”

镜头切换。碧海，蓝天，巨大的海轮，浮在海上的工作平台，打捞上来的石雕和金银器皿，白发萧萧的博士和他的考古队伍。

萧音空无的眼神忽然凝聚了——云荒！那是真的云荒！

“喊，你看，《遗失大陆》这本书一热门，什么东西都和云荒扯在一起，”弟弟看着那个新闻，不屑地冷笑道，“炒作，纯粹的炒作！”

“那是真的云荒，”萧音手里的咖啡杯子磕到了桌上，失神地喃喃道，“我想去看看……我想去那儿看看！”

“发神经。”弟弟白了她一眼，“今天你约了陶大少，人家都到了楼下了！”

汽车的喇叭声从楼下传来，老妈兴冲冲地跑进来当传令兵：“小音快下楼！陶先生来接你了，快穿上昨天新买的裙子和人家出去！”

“老妈……你烦不烦啊？”萧音嘟哝着起身，抱着靠枕走到阳台上，看到那一只白头翁正在克莱斯勒敞篷车里对自己挥手，夕阳下银发和牙齿闪闪发光：“沉音，下来！我带你去一个好地方！”

她忽然觉得莫名的抗拒和恼怒，气冲冲地将靠枕从阳台上狠狠砸了下去。

“哎哟！”陶少泽在底下叫了一声。萧音径自款款进去，也不换衣服，拎了个手提包下楼去。是啊，也该到和这个家伙说清楚的时候了。

走的时候她眼睛扫了一下电视，那里已经在播报另一个消息——方才那片碧海蓝天，古城遗址，已经转瞬即逝。

“难得你肯出来。对了，我有礼物要送给你，拿着。”看到她下楼来，那个白头翁面色慎重地拿出一只小盒子。萧音吓了一跳，盯着那只首饰盒：这么快就拿出戒指？也……太夸张了一点吧？她往后跳了一步：“我不要！”

陶少泽看了她一眼，收起首饰盒，拉开车门说道：“那好，我先带你去个地方。”

萧音没有坐进车里去，只是站在那里定定地看着这个银发的男子——那般奇怪，分明是没见过的，可这个人闪亮而阴郁的眼睛、似笑非笑的表情，居然是似曾相识，令她感到下意识的恐惧和反叛。

“陶少泽先生，”她连名带姓地叫这只白头翁，加强自己说话的气势，“我想还是今天就说个清楚吧——虽然我不知道为什么你要花这么多精力在我身上，可我现在明确地告诉你：还是省省吧，我对你根本一点儿都不来电。你如果有天天兜风的空儿，不如好好去你的公司里上班。”

“哦？”陶大少保持着拉开车门的姿势，却是饶有兴趣地听着她的最后宣言，居然面不改色，“你怎么知道我没去上班？每天该做的工作我一点儿没耽误。”

“嘁，”萧音冷笑，“那倒是看不出了。不过，我还是很乐意为你再节省一点儿时间的。”

她根本无意坐他的车，自顾自说完了话就要转身走。

“喂，喂！”陶少泽开着车跟在了后面，居然有点儿沉不住气，“你说我到底有什么不好？论家世、论财富、论长相，这个世上的所有男人里，难道有比我更好的？真不懂你这个女人心里想什么！你到底在坚持什么？等着白马王子从天而降？”

萧音白了他一眼，却是微微一愣——的确，这只白头翁到底哪点不好呢？自己居然一眼看上去就觉得不喜欢。其实细细分析下来，无论从外貌到家世，也当真是个绝品了。可是……她就是不喜欢。

“我不喜欢你的白毛。”想不出理由，她习惯性地随口胡扯，反正不能落了下风。

开车的陶大少愣了一下，显然没想到她会扔出这么一个理由，不由条件反射地摸了摸自己额前一绺银白色的头发，喃喃道：“原来就算记不得了，还是一样下意识地排斥？”那么一愣，萧音已经向着小区外疾步走了出去。

“喂，去哪里？”很快背后那个白头翁又阴魂不散地缠了上来，“上来吧，我送你。”

“去浙江海城！”萧音没好气地甩出了一个千里之外的地名，想象着这个大少爷目瞪口呆的样子，嗤笑道，“怎么，你打算开车送我三千里啊？”

“唰”的一声，克莱斯勒猛然一个前冲，急转，拦在了她前面。

“正好！我今天来约你，就是要带你去海城！”在她怒斥前，那个银发少爷跳下了车，一把拉开车门，眼神雪亮，“要去就快去！我立刻带你去那里。”

“什么！”萧音一下子张大了嘴巴。

“我真的不明白你到底想做什么。”舒适的车内，萧音烦躁地看着旁边专心开车的银发男子，“就算我发疯说要去海城，你难道也陪我一起疯？我明天还要上班呢，怎么可能真的去海城？”

陶少泽没有回答，打开了车载音响，音乐立刻弥漫了出来：“古巴比伦王颁布了汉谟拉比法典/ 刻在黑色的玄武岩/ 距今已经三千七百多年/ 你在橱窗前 / 凝视碑文的字眼/ 我却在旁静静欣赏你那张我深爱的脸……”

萧音怔了怔，问道：“这是什么歌？”

“喜欢吗？”银发的男子笑起来了，露出一口雪白的牙齿，隐约有某种危险的气息，“Jay的《爱在西元前》。是不是觉得有点熟悉？”

“这算是‘唱’歌吗？”萧音本来想拉下脸来说不喜欢，可不知道为何，听到那般歌词，心中陡然隐隐一动，便沉默下来。车子在高速公路上以惊人的速度向东方疾驰，车子里一时间陷入了静谧诡异的气氛，只有那首歌反复不停地播放……

祭司 神殿 征战 弓箭 / 是谁的从前?
喜欢在人潮中你只属于我的那画面
经过苏美女神身边 / 我以女神之名许愿
思念像底格里斯河般的漫延
我对你的爱写在西元前 / 深埋在美索不达米亚平原
几十个世纪后出土发现 / 泥版上的字迹依然清晰可见
我对你的爱写在西元前 / 深埋在美索不达米亚平原
用楔形文字刻下了永远 / 那已风化千年的誓言……

萧音忽然间觉得有点儿恍惚，似是心中那一点“空”里有什么东西涌出来了，慢慢地填满她的胸臆。她的眼睛茫然盯着华灯初上的繁华城市，脱口喃喃道：“歌词写得真好……”

“是吗？”陶少泽笑起来了，“等一下我带你去看更好的。”

“别开玩笑了，明天我还要上班。”萧音只觉头痛欲裂，弯下腰去将额头抵在手心里，闷闷道，“送我回去。我不舒服。”

陶少泽却是意味深长地看了她一眼：“我送你去了云荒，你就不会不舒服了。”

“云荒？”那两个字，不期地让萧音乍然一惊。

“是，云荒。海城里的云荒。你不是总是觉得这个世界缺了什么吗？我带你去看梦的碎片，帮你把缺掉的那块补回去。”银发的男子忽然间刹车，眼睛盯着前方，唇角泛起了一丝微笑，“不过，先要把这家伙摆平才好。”

“谁？”被急刹车弄得差点儿撞上挡风玻璃，萧音诧然。已经到了郊外的僻静地段，外头一片漆黑，她心里陡然一惊。不知不觉已经被带到这种荒郊野外了？这个陶大少如果是个歹人那就糟糕了，这鬼地方谁都不会来救她了。

车灯只是照出了前方一片路，雪亮雪亮的，刺眼得让她的头痛愈发剧烈。

陶少泽拉开车门走了下去，却没有熄掉引擎。他在车灯能照到的范围之外站住，忽地扬头，对着某处夜空冷笑：“是你吗？你终于出现了……想阻拦我带她去海城，是吧？好狗不挡道，走开！”

他和谁说话？萧音惊惧地望着外头黑漆漆的夜，暗自揣测着。

狂风暴雨是忽然之间席卷而来的，天地间猛然没有了其他的声音！

她躲在克莱斯勒轿车里，听到铁壳之外雨点如敲重锤，车灯里大雨如注，仿佛这个世界猛然间陷入了风雨飘摇，岌岌可危。萧音惊诧地坐在位置上，耳边已经听不见那一首歌，只余下暴烈的雨声，以及激烈地纵横在天地间的闪电。

而陶少泽的身影，也已经没入了黑暗的雨夜里，被雷鸣电闪所湮没。

暗夜如巨大的魔影般投下来，包围了一切，坐在旷野的克莱斯勒轿车里，萧音觉得自己就如滔滔沧海中的一叶小舟，时刻会被无所不在的自然力量所吞噬。电闪雷鸣，在闪电划破长空的一刹那，她陡然间看到半空中仿佛有巨大的影子在厮杀，翻翻滚滚，周身缠绕着电光霹雳——那是……那是什么怪物？

头痛欲裂，她居然不觉得害怕，怔怔地盯着重新恢复黑暗的夜空。

“你到底想做什么？为什么你还不放过她！”

“离开她！让她好好安心地生活！”

不知道是不是错觉，震耳的隆隆雷声里，隐约听到几句破碎的话语。

不是白头翁的声音。是谁？为何传入耳中，居然有莫名的心悸？

“快走！”忽然间恒温的车厢内卷起了一阵冷风，雨点打到她脸上，萧音一惊，回头看到银发的陶少泽以快得惊人的速度掠了过来，一把拉开车门坐进来，迅速发动了车子，“暂时把他的力量封住了，我们赶快走。”

“怎么了？”她惊讶地问，“是遇到了劫匪？”

一向嘻嘻哈哈的陶大少脸色苍白而肃穆，根本没有回答她的问题，汽车如同一道银色的闪电一样穿行在雨幕中，向着东方飞驰。

那是真的“飞驰”——快到简直超出了一辆汽车该有的速度！萧音坐在车中，外头也是一片漆黑，因此她没有注意到此刻克莱斯勒的速度有多快。

车轮甚至离开了地面，滑行在空气中！

第十五章

新生

早上六点，新任博物馆馆长艾瑟从床上起来，巡视着他的领土。

庞大、崭新的博物馆里陈列着那些刚刚从海底打捞上来的文物：弓箭、长矛、甲胄、玉石雕像、金银器皿、残碑和断裂的布帛……琳琅满目，高高低低地放置在各自最适合的位置上，无声地叙述着一个辉煌的远古文明。

虽然已经看了大半年了，可每次巡行于其间，文化馆小职员出身的艾瑟还是不自禁地感到兴奋和战栗——云荒……那真的是梦中的云荒？他居然真的能够近在咫尺地接触到那个多年的梦想。

自从半年前那一场大规模的海啸，让海底遗址重见天日开始，他就在兄长艾宓博士的带领下，积极参与了考古挖掘工作。因为规模的庞大，以及和《遗失大陆》的惊人巧合，东海遗址一挖掘出来就震惊了世界，赢得了各方的关注。挖掘出第一批文物后，借着艾宓在国际考古界的名望和背后四海财团的支持，很快就有资金到位，在海城建起了世界一流的博物馆。而艾宓博士知道兄弟对于云荒遗址的热忱，将大部分功绩推到了艾瑟身上，让这个小职员站到了镜头前，接受了发现云荒的荣誉。

挖掘工作结束后，原本是个海城文化馆小职员的艾瑟，居然在考古学家的力荐下当上了新博物馆的馆长。全家都搬到了博物馆里居住。

一切……真的都像做梦一样。

年过四十的艾瑟馆长，隔着玻璃凝视着一尊打捞上来的精美雕塑出神。这是从神庙遗址里挖掘出的神祇塑像，底下是一整块黑色玄武岩的台基，台基上雕刻着斑驳的象形文字。台上的神兽塑像是白玉雕琢的，有点儿像老虎，腹部两侧却刻有双翼。昂首挺胸，神态威猛庄严，四足前后交错，利爪毕现，纵步若飞，似能令人听到其行走的脚步声。

辟邪神像啊……馆长喃喃叹息了一声。

以辟邪为图腾的民族，会锻造软银和提炼珂，城市中心有万丈高塔，供奉着神灵——这一切和流行于世的《遗失大陆》描述的完全相同啊！

那个神秘的女作者沉音……到底是怎样才知道这个失落文明的真相的？

为什么当云荒遗址惊动世界的时候，这位深藏不露的女作家却匆匆结束了《遗失大陆》这部书，并从此在这个人世间蒸发了。她带走了所有的秘密，只留下这些不会说话的千年遗物，等待着考古学家们的探究。

可是，连神庙神像底下刻着的最重要的铭文，都无人能破解。

“爸，你巡视完了没啊？”在馆长出神的时候，背后传来了女儿轻快的问话，“又在这里对着神像出神？妈做好早饭了，要我来叫你去吃。我都吃完啦。”

“小美……你说这上面，究竟写了些什么？”馆长没有回头，将女儿揽到了身侧，指着神像底座上无人可破译的那一行行神秘文字说道，“云荒遗址里留下的文字记载无数，神庙神像下的碑刻，应该是所有文字里最重要的了。可是，居然连艾宓都无法破译这一段文字。”

“可能辟邪和萧音姐姐看得懂？”艾美看着上面的象形文字，脱口回答。

等看到父亲惊诧的眼光，她才知道自己说漏了嘴——自己见过《遗失大陆》原作者的事，已经闹得人尽皆知，可是偏偏没有任何证据留下来。于是所有的人都笑她，说她一定是看《遗失大陆》看得走火入魔了。

“吃饭吃饭。”她推着父亲往后走，把这个文物痴打发走。

空荡荡的博物馆里，剩下了她一个人。快要高考了，这段日子她天天六点起床，吃完饭后就找安静的地方背诵复习资料。这个空旷静谧的博物馆，自然成了她复习的最好选择。

女孩子在无数林立的远古文物之中，仰头微闭着眼睛，背诵着政治和生物。

然而，她心里总是忍不住地想，想那个紫衣的萧音姐姐，想那个死臭脸的助手辟邪，还有那个光怪陆离的梦境……她相信自己是真的和另一个时空有过交集的。虽然谁都不相信她，可她看着那些从海底打捞出来的文物，便更加确信自己的判断。

可是，萧音姐姐和辟邪到底去了哪里？他们知道云荒遗址浮出海面，一定会回来这里看的吧？他们一定不会就这样扔下了云荒。

于是，快满十八岁的少女，一天天地在神像前等待着。

六点半。外面天色已经蒙蒙亮了，依稀映出了大门外的两个人影。

还没开馆呢，这些游客就那么急吗？艾美把讲义卷起来，叹了口气，都是《遗失大陆》太火热，才让这个新开的博物馆涌来了太多的参观者，简直就是没有一刻清静。

“八点钟开馆，你们先回去吧。”她走到门口，好心地对玻璃旋转门外的一对男女说。

忽然，她目瞪口呆。

“萧音姐姐！”艾美脱口叫起来了，一跳三尺，不敢相信地看着门外的那位白领女子，额头抵上了玻璃幕墙，“萧音姐姐，你终于来了？”

“陶少泽，你到底拉我来这里干什么？！”那个女子正在和身边的人拉拉扯扯，听到她在门内的欢呼，陡然便是一呆，抬起头来打量着艾美，迟疑道，“你怎么知道我的名字？你是？”

“萧音姐姐，我是小美呀！”艾美又是欢喜又是诧异，“你不记得了？半年前你住在海城郊外别墅里的时候，还教过我写作呢！”

“小美……”萧音喃喃重复，然而眼神却是茫然的，摇头道，“我不认得你。我也没有来过海城……我半年前刚刚从美国回来啊。”

“啊？”艾美陡然怔住，讷讷不知所措。

“磨蹭什么，快进去。”说话的是和萧音姐姐一起来的银发男子，一边说一边回头望了望半空，隐约焦急地说道，“辟邪就要追上来了！”

“辟邪？”萧音只觉头痛，茫然重复。

“啊？辟邪也来了？”艾美却不自禁地欢呼起来，立刻转身道，“你们去后门等着，我去找老爸拿钥匙开门。”

“不用了。”银发男子淡淡说了一句，伸出手按在玻璃墙上——一瞬间，艾美忽然有一种错觉：这些大片的坚硬的防弹玻璃幕墙，居然变成了柔软透明的水墙！

然而，仿佛为了印证那并不是错觉，下一刹那银发男子便拉着萧音一步穿透了墙壁。

艾美目瞪口呆。

“陶少泽！你到底要干什么？”一步穿墙而过，萧音也是呆住了，只觉头痛得愈发剧烈，她忽然间歇斯底里地咆哮起来，“你把我当傻子耍！这究竟是怎么一回事！一夜之间你居然真的飙车三千里来到了海城？你居然穿过了墙壁！你……你到底是什么人？”

“嘘，安静，安静。”银发的英俊男子半扶半抱着激烈反抗的萧音，把她拖到了大厅的正中间，忽然放低了语气，“织梦者，你快来看看这些。我把过去的记忆还给你，让你把心中丢失了的另一个世界找回来吧。”

“什么织梦者？”萧音用力推他，“疯子，我要回去了，九点我要上班！”

“你就算坐飞机回去也赶不上了。”银发男子冷笑，仿佛耐心用尽，一下子用力扳起了萧音的头，让她仰视着博物馆大厅正中陈列的巨人雕像，“只记得什么上班、打卡、相亲、结婚——你来看看这个！愚蠢的凡人，你还记得他吗？”

激烈的挣扎中，视线还是不自觉地往上移——黑色的玄武岩，刻着的象形文字。然后，在这块巨大的黑色玄武岩之上，是……

萧音忽然间怔住。

“辟邪？”看着那巨大的白玉雕塑，她陡然脱口惊呼，“辟邪！”

仿佛心中某个地方被撬开了，真空中瞬间涌入了无数激流。萧音脸色苍白地在博物馆林立的展品中茫然四顾。似曾相识……似曾相识！这些残砖断瓦、书简石刻，这些兵器甲胄、珠宝玉器，乃至那些躺倒在锦缎中的枯骨化石，都仿佛在哪里见过！

在她自己未惊觉之前，她已经泪流满面。

为什么要哭泣？为什么要流泪？她不知道，只是那一刹的悲哀是如潮水灭顶而来的，她仰望着那尊神祇的雕塑哭了出来。

“这……这是在哪里？”脑子仿佛要裂开，萧音捂住额头，“这是哪里？”

“这是云荒啊，这就是云荒。”银发男子的声音却缓和了下去，松开了手，任凭她挣扎，“你看着我，我不是陶少泽——我是饕餮。他是辟邪，你不认识我们了吗？织梦者？这里所有的一切，都是你的残梦啊。”

“辟邪……辟邪。”萧音极力想要回忆起什么，然而只觉头脑完全被清空了。

“看来真的自己想不起来了啊，辟邪那小子清除得真是彻底……非要借助神器的力量吧？”饕餮叹了口气，有点儿不甘地探手入怀中，拿出了那个首饰盒，打开，里面却不是戒指，而是一个玉坠。他将项链套在萧音的脖子上，嘱咐道：“喏，送给你——看来这东西就是该你戴着，我想私吞都不行。”

“啊？那是我丢的古玉！”艾美在一边看得目瞪口呆，这时才脱口叫了起来。

“小丫头，那是我托你大伯之手借给你的，现在事情完毕，我当然拿回来了。”那个自称饕餮的银发男子终于看了她一眼，冷笑着回答，“金琉镯和辟邪古玉，并称云荒两大神器——怎么能留在你这个小丫头身上？惊梦那一刻我就将它收回来了。”

“嘁！”艾美被那样轻视的语气惹恼，威胁道，“我去叫我爸过来，你乱闯博物馆！”

然而这时候的萧音和饕餮，都已经不再注意她。

古玉戴到萧音颈中的刹那，情绪激烈的女子忽然间奇迹般地安静了下来。辟邪古玉是云荒的“匙”，戴上它，即便是凡人也可穿越时空看到过去未来。刹那间，她的眼睛穿透了时空，仰头看着四面的文物，萧音的眼眸里渐渐蒙上了一层光，清澈而梦幻——

她看见了白塔高耸入云，圣女神官匍匐祈祷；

她看见云荒大地上耕种正忙，镜湖闪光如开天镜；

她也看到了一朝风起云涌，天崩地裂，白骨成灰，大陆沉海！

那就是她所遗失的一切……她曾经为之付出了十年青春和爱恋的一切。最后，她的目光重新投在大厅最中间入口处的巨大神像上，静静凝望玉石雕刻的神祇。曾经多么熟悉……那是她的守护神。她曾经用了十年光阴去相守的神。

然而此刻重来回首，已是三生。一步之隔，天人有别。

萧音只觉自己脑中山呼海啸，无数激烈的情绪涌动，直欲喷薄而出。她的手重重按在玻璃护罩外，隔着玻璃看着黑色玄武岩上那几排刻着的文字，忽然间泪如雨下。

“萧音姐姐？”艾美本来怒气冲冲要去叫父亲过来，此刻却吓得怔住了，不知道为何这个神秘的女作家会对着那块谁都不认识的玄武岩上的刻文痛哭，只好小心翼翼地问，“萧音姐姐？你哭什么？别哭了……你认识上面写的字？”

萧音隔着玻璃橱窗，凝视着碑文的字，脸色苍白。一时间似乎神思都涣散了。

“嘘……别吵，让她好好看。”饕餮拉开艾美，远远走了开去，绕过巨大的神像，直到大门旁，才对着旁边十八岁的少女龇牙一笑，“那是辟邪那小子写的。那小子本以为没人会看懂吧？才敢把情书写在大庭广众之下。平日里可真是杀了他都不会说出半个字的。嘿嘿，没想到我把织梦者带回到这里来，并让她觉醒了。”

“辟邪的……情书？”艾美差点儿咬到自己的舌头，“刻在神庙的神像底下？”

“稀奇吗？”饕餮却是不以为意，“对我们神祇来说，神庙就像自己的老家一样随便。乱涂乱写算什么？最多让那些自以为聪明的考古学家发愁去，我打赌他们打破头都想不出那居然是一首情诗。嘿嘿……是不是啊，辟邪？”

最后一句话，却是穿过了艾美的肩膀，说给大门口的另一个人听的。

朝阳已经跃出了地平线，绚丽璀璨的光透过博物馆大片的玻璃幕墙投了进来，映得光滑的大理石地面一片晶莹如水。在那样虚幻的光与影中，宛如烟雾缓缓凝聚一样，一个人形出现在水面上。

“呀，辟邪？！”艾美认出了来人，脱口惊呼起来。

的确是辟邪——萧音姐姐的那个大脾气的助手。然而半年不见，这个人却似憔悴了许多，脸颊瘦削，眉间有了一道深深的刻痕，连以前那样沉静从容的眼睛里都满是烦躁不安。不过是半年的时间……怎么萧音姐姐和他都有了那么大的变化？

“饕餮，原来是你私藏了古玉？！”那个凝聚起来的人对着饕餮厉声说道，表情古怪，不知道是悲是喜，“为什么一直不告诉我？我以为古玉和金琉镯一样，在惊梦那一刹湮灭了！”

“啊，你终于不再问我‘到底想要干什么’了？你知道我最终想做什么了吧？”银发的邪魔却是微笑起来，深深弯腰一礼，“谁叫我那一次打架输给了你呢？没办法，我只好做一个好人了——这就是我做的第一件‘好事’。怎么，还不谢谢我？”

“为什么不告诉我？”辟邪却是执意追问，隐约有怒意。

饕餮耸肩，冷笑道：“为什么要告诉你？就算我把古玉还你，以你那种隐忍沉默的脾气，会下决心拿它来恢复织梦者的记忆？我一不做二不休，先下手了。喊，这段日子来，你还一而再、再而三地阻止我接近她……啧啧，不做不知道，做件好事可真是不容易啊……”

猛然眼前一花，一拳打在他脸上，将喋喋不休的尖刻话语打断。

“呀，别打架！”艾美惊叫起来，看到两个男子剑拔弩张地对视着，眼神如同电光火石交错，几乎随时就要大打出手的样子，“要打出去打！这里是博物馆。”

“六弟，什么时候你变得这么暴力……”冷哼了一声，饕餮甩头道，“说不过就打？”

第二拳打在他肩头，饕餮正想避开，忽然发觉那一拳却是毫无力道的。

“三哥，”一拳擂在饕餮肩上，辟邪侧头看着那个邪魔兄弟，忽然间轻声吐出两个字，“多谢。”

银发的饕餮怔了一下，抬眼看看辟邪，忽地笑了：“就为了你千万年来都不曾开口说的‘多谢’两字，做点好事似乎也值得。不过……你以后打算怎么办？”

然而说到一半他呆了一下：辟邪早已不在面前了。

擂了他一拳，说了声“多谢”后，云荒的守护神祇便再度云烟般地消失。

“喊，果然还是只重色轻友的狗。”饕餮摇头冷笑，看见了旁边眼睛越瞪越大的艾美，“怎么？看得发呆了吧？惊讶了？要不要我帮你把这些记忆都消掉，免得影响你？或者，你和我签一个契约，把灵魂卖给我吧。”

银发的邪魔带着讥讽的笑意，对着少女弯下腰来，威胁似的抬起手。

“啊，我明白了！”艾美忽然叫了起来，仿佛终于确定了什么，雀跃地说道，“辟邪真的是云荒上的神！你是他兄弟，那么你也是神，是不是？”

“我不是神，我是魔。”饕餮认真地纠正。

艾美却是兴致勃勃，兴奋地拉着他左看右看：“饕餮……饕餮的话，你应该长得像一只山羊啊！给我看真身！给我看真身！不然我就跑去告诉爸爸，你乱闯博物馆，还想在博物馆里打架！”

“天啊，你好烦。”真是没见过看到邪魔还这样兴奋的人类，是不是具有织梦者天赋的人，都是神魔的克星？饕餮无奈地摇头，转头看了看大厅另一边的景象。

“嗯，怎么了？”艾美跟着他一起伸长脖子往那边看，忽然被捂住了眼睛。

“少儿不宜。”饕餮冷冷道，一把拉着好奇的少女，急速穿过了玻璃墙，将空旷静谧的环境留给了那一对天人重逢的情侣。

“呸，我下个月十五就满十八了！”艾美拼命挣扎，抗议道。

下个月十五……五月十五日。不错，这一日出生的人，在星象学上对应的定义便是“织梦者”吧？和萧音一模一样。

饕餮忽然沉默下来，在门外的草坪上松开那个乱跳的少女，饶有兴趣地笑了起来：眼前这个小丫头也是织梦者吧？那么……

他笑了，忽地再度提议：“你有什么愿望？考上一流大学？有钱？有地位？我可以帮你实现任何愿望……如果你和我签订契约，把灵魂卖给我的话。”

邪魔的声音是优雅而富有诱惑力的，少女却诧然道：“可你要了我的灵魂有什么用呢？”

“这个……”饕餮一时哑然，作为代价他勾去无数人的灵魂，却从未想过这些死魂灵究竟有什么用途，“拿来当奴仆吧。”

“萧音姐姐以前也和辟邪签订过这样的契约，是不是？”艾美却是叫了起来，仿佛明白了什么，叹息道，“所以她能写出《遗失大陆》来？多么奇妙的事情呀……山羊，如果你能让我像萧音姐姐那样写出这样的东西来，如果你能给我看你的世界——我就和你签契约！”

“我的世界……”饕餮反而怔了一下，喃喃自语，“亚特兰蒂斯？”

那个同样沉没于海下的大陆……已经和他一样死去的大陆。

“你要看我的世界吗？”看着少女因为兴奋而涨红的脸，饕餮轻轻叹了口气，“织梦者啊……身为一个凡人，却对宇宙洪荒有着不相称的好奇心。你真的愿意知道我的世界？知道神魔和凡世的边界，知道那些梦碎和梦醒？”

“嗯。”艾美用力点头，将手中的复习资料扔到了一边，看着银发的邪魔说道，“我想知道！你告诉我吧！”

饕餮微笑着说道：“那么，你跟我来吧。”

萧音隐约听到大门旁有人在说话，然而她的眼里却只有玄武岩上辟邪留下的那些字句。她的手掌抵着冰冷的玻璃护罩，吃力地辨认着云荒上古的象形文字。那样的……那样的句子，辟邪，你从未曾对我说过。

在戴上古玉的刹那，所有尘封的记忆全部苏醒了——包括她在过去十年中因为精神崩溃而失忆的那些片断。

她终于记起了最后一夜，六点到十一点中间，她忘记掉的是什么。她忘记了自己曾爱过神……在生死交错的那一瞬间，她无法逆转自己的感情。

因为对于刹那间涌现的超越界限的感情感到恐惧，她的大脑自动地将那一段记忆遗忘。而辟邪也没有再告诉她，她就这样穿过了时空，带着崭新的不真实的记忆，在人世里重生。她“生前”曾多次对他说：她不要逆了天意，她要过平静安稳的生活。哪怕凡人生命在神祇看来不过一眨眼，她也要平静安稳地过完那个眨眼的工夫。

所以，他就如她所愿，永远从她生命里消失，给了她最平静安逸的生活。

再也没有云荒，再也没有神祇，再也没有辟邪……她也不再是那一纸能惊天下，以个人之力延续整个大陆的沉音。织出的梦之华衣已经破碎，她跌落在尘世里，安逸地生活，安静地开花结果。一切，都如了她的意。

然而，命运不是那样的。我们不曾认识的命运，隐藏在水面以下，像深海中的鱼。那样怯懦苟安的要求，真的是她心里所希望的吗？

如果真是这样希望的，她为何时刻心中有着一种“缺失”的感觉？如果能回到十年前，她一定会满足于目前这样事事顺利的环境；可是，不行。曾经是织梦者的她，即使忘记了中间的过程，可现在那一颗心，已经再也回不去了。

十年来，她看过多少世事变迁、兴亡成败……她再也不能回到十年前十八岁的时候，为了一只香奈尔的包包就愉快地出卖了十年的青春和创造力。

这个世界是不完整的，因为梦的另一半被遗失了。多少次曾在午夜惊醒，她觉得自己生活的这个城市和摩天大楼，才是另一个醒不来的噩梦。她的渴望、她的梦想、她曾经自由飞翔的天空和羽翼，心灵的舒展和自由，都无法在这个灰沉冰冷的现实里继续。

她想她是错了。

如果时光可以倒流，她将对那个深爱她的神祇说："我的生命不过一瞬，那么，我就只爱你那一瞬。"她必不再恐惧什么时空和力量的界限。

多少往事就如同潮水一样在心中汹涌来去，她只觉一种刺心的长痛，却喑哑无声。

"沉音，沉音，不要哭啊……"忽然间，隐约听到有人在耳边轻声叹息，"我曾答应你，要让你回到人世后的人生永远安逸平静。可以我之力，竟依然不能让你一生欢愉。"

是谁？是谁在说话？……这般熟悉的声音。

萧音震惊地抬起头，看向声音传来的方向——头顶上神祇的白玉雕像忽然睁开了眼睛，就这样凝视着她，带着熟悉莫名的沉静温和，开口安慰她。

那一刻，她猛然惊呼出来："辟邪！"

不顾旁边那一块"珍贵文物，请勿触摸"的标牌，她纵身扑过去抱住了石雕。

旭日初升的时候，萧音急匆匆地赶在上班的路上。

朝阳照在身上，温暖和煦，她在五色天光中眯起了眼睛，因为佩戴着古玉，她看到了无数以前看不到的神奇景象：天地之间，流荡着晶莹的光芒——那是无数小小的圆形东西在翻腾、飘荡。那些小东西有着人的眼睛和嘴，却没有手脚，吞吐着云雾。她觉得可爱，伸出手去，然而光线微微一转，那些小人忽然如气泡般一个个迸裂、消失。

“辟邪，那是什么？”萧音诧异地问。

“那些也是神灵。”现出真身赶路的神祇静静地回答，“是最低一级的精灵，它们充斥在整个天地之间，吞入浊气，吐出新的生命力，维持着天地的平衡。”

“啊？我以为神都是你和饕餮那样子的。”萧音看着一个个飘荡的小人儿，诧异地说，“它们……它们一眨眼就死了？”

“它们生命短暂，即使在人类看来，也只是一眨眼。”风在耳边掠过，辟邪回答着她的疑问，“可短暂和永恒之间，也没有什么差别。”

那么，在辟邪眼里的她，是否和她眼里的那些蜉蝣精灵一样？萧音微微一笑，伸出手抱住了那只大狗的脖子，轻轻叹了口气。那是从未有过的安宁和幸福。

“快些，快些！”伏在辟邪背上，看着脚下浮云不断掠过，萧音却是在抓狂，“我上班要迟到了！啊，完了，我还穿着昨天的衣服，要被同事嘲笑的。你先送我回家！”

她抓着辟邪的耳朵，将下颌抵在神兽顶心上，催促着他。辟邪加快了脚步，一纵千里，脚下浮云散开，繁华的大都市已经在眼前。

摩天楼里，生活着蝼蚁般的忙忙碌碌的人类。或许，以后他就要寄居在这个钢筋水泥的丛林里，湮没这样的尘世。或者当一个小贩，或者当一个公务员，或者当一个花匠。不过，这样也好……虽然没有了云荒，他还有沉音，还有沉音心中的梦和欢乐。

一花一世界，一沙一天国。原本，守护着云荒，还是守护着一个凡人女子，并没有多少差别吧？只要他能感到充实和愉悦。

“该死的丫头，怎么转头人影就不见了？”吃完早饭的馆长在林立的文物展品中寻找了大半天，却看不到女儿的影子，纳闷道，“难道一声不响就跑去上课了？也没见那个丫头这么用功呀！”

忽然，馆长的眼睛被一件东西所吸引……

不知道是不是幻觉，一眼看去，展厅中心的云荒神祇雕塑台基上，那一排排象形文字悄然改变了，隐约间他忽然看懂了上面镌刻着的奇形怪状的文字，长短纵横，那神祇塑像高台上刻着的，竟然是一首远古的诗歌：

噫吁嚱！
谁设纪元？
宇宙洪荒几千年？
蚕丛鱼凫可能诠？
拂拭残碑当怆然！
长路浩浩兮泪湲湲！

水滴石穿玄武岩，
枯草长风猛悄然。
时光恒透体，
思如水绵延。

万古云荒兮老平原，
煮干沧海兮种桑田。
黄沙漫漫生我侧，
积毁劫灰没汝肩。

重来回首三生外，
伶仃驻足旧梦前。
光阴似箭一飓然。
永远当自远……
一步之隔别人天！

彼有荒漠寂且寒，
曾有激越癫且痫，
更有静女慧且娈。
别后相思一水间，

寻石问梦玄武岩，

是谁风化老誓言？

变曰：

时光恒透体，

梦起梦破任变迁！

【云荒·完】

2002.7.2—2004.5.8

镜

海的女儿

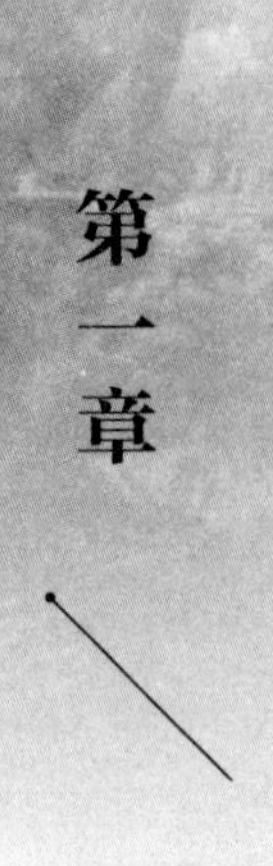

第一章

雨城

站在摩天大楼的顶上，隔着玻璃窗，外面密集的白雨，下得无声无响，宛如千万条银色的丝线坠向脚下的大地。

背后的门里传出阵阵热闹喧嚣，那是四海财团一年一度的开春酒会。中国大区经理会邀请总部高层光临，同时宣布新一年的计划和人事任命。听说四海国际的总裁陶少泽是个三十刚出头的钻石王老五，至今单身。人还没到，公司里那些同事早已将此当成了头等大事。办公室里一个月之前就为此开始钩心斗角，特别是稍有些姿色的女同事，更是不愿错过丝毫麻雀变凤凰的可能性。

唯独她在酒会一开始就悄悄溜了出来，独自走到了外面偏僻的廊上。

年轻的女郎穿着一袭酒红色的晚礼服，悄然站在金瑞大厦三十七层的旋转餐厅外，静静将手贴在落地玻璃上，看着脚下的城市。

雨水落满了整个云泽市，这个东海沿岸最繁华的大都市如同浸没在一片海洋里：行人的伞上滴落一串串的水珠，轿车的轮胎带起一道道水龙……四月的这个城市，到处是一片湿漉漉的水汽。

如今是早春时节，行道树上刚刚新抽出无数嫩芽。雨水洗出了一片一片明亮的绿色，衬托在经冬后枯涩苍劲的幽黑树干上，越发显得鲜亮如同绿色的波浪。那些树和人，从高空看下去，似乎在一片幽碧的水中摇曳。

这一切……太像水下沉睡着的那个世界了……她痴痴地望着，将手贴在玻璃上，下意识地写着什么，渐渐地额头也抵上了玻璃，眼神恍惚而迷离，似乎看到了另一个世界。

淅沥的雨声里，忽然传来奇异的音乐——不是从背后那个热闹的酒会里传出，也不是大楼里的任何一处。清冷而美妙，宛如天籁一样在耳畔响起，仿佛这个充满了雨水的世界里有无数的精灵浮出水面，旋转飞翔，在月下歌唱。

那歌声是如此纤尘不染，完全不像是这个尘世里能有的声音！

“来啊……来啊！来和我们一起。”

是她的族人……是她的族人来迎接她了吗？召唤着她回到故国去……回到那一片看也看不到底的蔚蓝中去……恍惚中，她感觉到身体里那个一直沉睡的精灵醒来了，它歌唱着，应和着漫天的歌声，挣扎着从血肉之躯里脱离出来，要回到那个充满了水的世界中去。

漫天空灵缥缈的歌声里，她猛地拉开玻璃隔扇。外头带着雨的风瞬间倒卷进来，将她包围。她深深吸了口气，对着外面充满了雨水的天空张开了双臂。

是的，我来了！

“咦？”一个喝得醉醉醺醺的人从酒会里出来，穿过走廊去洗手间，眼角忽然看到红影一闪，似是什么东西一掠而过，“什……什么东西？”

一只红色的蝶，从摩天大楼顶端坠向了早春碧绿的大地。

半空中，风迎面吹来，酒红色的裙子散开了，宛如一对美丽的翅膀，长发轻舞飞扬，瞬间变成一个小点，消失在充满了雨水的世界里。

看清楚了半空坠落的是什么，酒醉的人刹那醒了，发出了惊骇的叫声：“Oh，my god！Lydia？！快来人啊，Lydia跳楼了！”

门里依然是靡靡的音乐，衣香鬓影觥筹交错，根本没有人听到他的话。

等到那个吓坏了的人回过神，踉跄着推开门去告知，等众人惊慌奔至时，一切都已经在悄然中结束了——落地玻璃被打开了一扇，冷雨和风卷了进来，打湿了光洁的大理石地面。

那里，遗落了一双酒红色的Belle细跟女式鞋。

“呵，女人啊……在跳下去之前，居然还记得先脱掉鞋子。”在所有人都因为震惊而无语的时候，忽然一个声音调侃了一句。在这种时候，居然毫无惊讶更毫无怜惜。

诧然的目光中，年轻男子站在走廊那一端，挽着身旁女伴冷睨现场。高楼外的风掠进来，他的一头银发飞了起来。身侧，那个才十八九岁的女孩子拉紧了他的袖子，有点儿惧怕地望着那扇大开的窗，仿佛在空气中看到了什么。

“总、总裁……”大区经理这才回过神来，看着随后来到的四海财团总裁，结结巴巴地说道，“让您受惊了……那个Lydia八成是因为前两天被Johnson甩了，一时想不开就……发生这种事情，真是丢脸啊……”

看着战战兢兢的下属，陶少泽的嘴角微微扬起了一个讥诮的弧度：一个年轻的生命瞬间消失了，而这个下属只是为在他面前出糗而感到丢脸吗？愚蠢而自私的人类啊……

他没有看那个诚惶诚恐的经理，而是将目光投注到了玻璃上。

“海市”“碧落海”“璇玑列岛”……摩天大楼的落地玻璃上，雨水纵横，结了一层雾气，上面凌乱地叠着一层层的字，显然是刚刚被人用手指写上去的。

“海市？”银发在风雨中翻飞，陶少泽的眼睛忽然微微变了一下，叹息道。

是那些鲛人又回来了吗？那个沉睡在海底的国度。

“饕餮，你快看！”手臂忽然被轻轻拉了一下，他身侧的那个女孩指着前方虚空里的某一处，声音微颤，“那里！”

“怎么了，艾美？”总裁顺着少女的手指看过去，忽然笑了起来，“真好看。”

外面的雨中，飞舞着无数的精灵。那些虚无的精灵没有翅膀，却有着深蓝色的长发和鱼一样的尾巴，仿佛传说中的美人鱼。

大雨将这个世界湮没，而这些海的精灵仿佛苏醒了一样，从深蓝色的海底浮出，升上天空，在繁华的城市上空成群结队地舞蹈。它们手牵着手，一起唱着普通人听不见的美妙歌曲，宛如天籁。

在歌声中，一个透明的灵魂从万丈高楼下浮起——赫然是刚才从楼上一跃而下的年轻女子的脸。那个灵魂仿佛挣脱了凡俗的躯体，升腾到高空，被簇拥着一起舞蹈。

然后和那些精灵一起，去向远方。

那个叫作艾美的少女急了，用力拉着他问道：“那是什么？饕餮，你也不管管？”

“别在外人面前叫我饕餮！”陶少泽微笑起来，摸着艾美的头发，低头咬着她耳朵，“管什么？这个事情不归我管啊。反正也没人看得见，是不是？”

“可是……它们勾走了活人的魂！”艾美跳了起来，却被陶少泽不动声色地制止，他说道：“嘘，别闹了。小心被人听见。”

旁边所有女职员看着总裁和一个黄毛丫头如此亲密，个个暗地里咬牙切齿：这样一个丫头片子，姿色平平，身段都尚未长成，毫无女人的风韵。难不成总裁是个萝莉控，就爱这种青涩少女？

“Lydia！Lydia！”人群忽然散开，一个青年踉跄冲过来，扑到窗口看下去，原本英俊的脸因为震惊而变得惨白。

“Johnson，你怎么才来？”经理皱眉，相当不满地说道，“Lydia都跳楼了，你去了哪里？报警了吗？”

想来这个Johnson平日里人缘也不怎么样，此刻周围所有人纷纷附和，七嘴八舌地讨伐这个负心人。特别是女同事，个个眼里都带着鄙夷和痛恨，言辞尤其尖刻。本来已受重击的人，几乎在众口一词的讨伐里崩溃。

“我……”那个人想说什么，然而一低头看到万丈高楼下那一点依稀的红色，瞬间仿佛被击倒，再也说不出话，膝盖一软，扶着墙缓缓跪倒。

半空里那些飞翔着远去的精灵，仿佛感觉到了这个人的到来，一齐回过头来。

领头的精灵看着百丈高楼上的那些人，碧色的眼睛里陡然有光芒一闪。

“你看到了吗？”旁边有同伴低低惊呼，从虚空里指着大楼顶上的那一行人，“织梦者！那里竟然有一个织梦者？”

那个领头的精灵凝视着远方，叹了口气说道：“是啊……可惜，身边却有一只饕餮。如果没看错的话，那个就是‘一切罪恶的守护神’。现在还惹不起。”

“还是先回去吧。”领头的精灵转身说道，“回去问问王，该怎么办。”

Lydia的脸在雨中变得透明而模糊，微微一动，张了张口，似乎想对生前的恋人说什么，然而那些精灵手牵着手围着她，片刻不停地将她带向远方。

Johnson眼里陡然有痛楚的神色，不知不觉将身子向外更倾斜了一些，看着百米楼下恋人的尸体，神情恍惚地伸出手去。

“小心！”旁边的人没发现异常，而陶少泽则是发现了异常也没兴趣管，只有那个叫艾美的女孩直跳了出来，一把揪住了Johnson的领带，将上半身已经全然探出去的人用力拉了回来。

“好险啊！”艾美惊魂未定地说道。

虽然被一下勒得脸色苍白，然而那人的脸却是木然的，显然被突如其来的悲哀击溃，完全没有感觉到刹那间已经从鬼门关走了一趟。

楼底下，已经有警车呼啸而来。

“走吧走吧，大家继续Party。”对着这种人间惨事，陶少泽却一直是兴致缺缺的样子，拉着艾美转过身去，对着大区经理一点头，下巴一扬，又对着Johnson，“你，还有他，先留下和警方交涉——把这件事尽快搞定。我不想公司今年一开春就遇到警察。真是触霉头。”

经理在旁边脸色煞白地唯唯诺诺。

“警察来了，那个人会不会有麻烦？”艾美犹自不放心，看着失魂落魄的Johnson，“他不是坏人，我看得出来。这不关他的事啊！”

“Who cares？”银发男子耸耸肩，根本懒得理睬，只是自顾自地返身握起了酒杯，殷红的液体荡漾着，“让他们去乱好了，别管。我们玩我们的，小美。”

“哼。”艾美恼怒起来，甩开他的手，“你这只死山羊！”

陶少泽白了她一眼，干脆施施然走开，和旁边凑上来的年轻美女搭起话来，半开玩笑地安慰着这些受了惊吓、如梨花带雨一样的下属。然而眼里带着一丝隐秘的恶意，看着那些年轻的女孩子是如何受宠若惊地在他面前邀宠献媚——这些丑陋的人类啊……

艾美再度从大厅里溜了出去，去走廊那一头看热闹。

警察已经来了，在一旁拉起了警戒线，询问着那个目击者，以及大区经理和Johnson的口供。旁边围了好些看热闹的，原来，号称国际顶尖机构的四海财团里，也有这么多无聊的人啊。

她感叹着，吸着奶昔在一边游荡，支起耳朵听。

“我怎么会甩她？是她先提出的分手！”应该是镇定下来了，Johnson终于把话说得连贯，脸色依旧苍白，“她的态度很奇怪，也很坚决……说什么和我不是一类人，她要回到故国去找她的同……”

旁边有熟识的同事插嘴：“可她分明是本地人啊，回什么故国？”

警察皱起了眉头，记录着：“这么说来，她的精神出了一点儿问题，是不是？”

如果这样，倒是很容易就结案了。

然而Johnson却坚决地摇头：“不，她思路清晰，说话也有条理。完全不像精神异常的样子。我觉得她忽然就这样跳下去……有点儿奇怪。”

那个目击者立刻叫了起来：“可我明明看到她自己跳下去的！周围没一个人！”

警察摇了摇头，看来事情复杂，是要把这几位请回局里去做个口供了。

“你看，她分明很清醒，跳下去之前还脱了鞋子，喏——”警察低下头去，指着那双细跟的红色鞋子，忽然一怔，“这是什么？”

直起腰，警察的手指上夹着一枝细小的白色花朵。

那种奇异的花介于海草和灌木之间，确切地说，比较像某种藤萝。每一片叶子都如鸾鸟的羽毛般美丽，在枝干上每个分出叶子的腋窝里，都开着一朵白玉般的花朵。

“这是她在格子间里养的那瓶花，我可从没看到别的地方有过！”旁边有个女同事终于忍不住插嘴，“这几天，我经常看到Lydia对着窗外发呆，还时不时对着桌上那盆花自言自语……哎，回想起来，我觉得她是有问题！”

接着又有一些同事附和，七嘴八舌地举例说明Lydia这段日子的不正常。

艾美听得有点儿不耐烦，绕过警戒线，走到了窗户旁边，将脸贴在玻璃上看出去。外面的雨已经转小了，太阳从云层背后透出光来，洒向这片湿漉漉的大地。

从百米高楼上看下去，脚下的大地露出崭新的容颜：远处依然是湛蓝的大海，而城市里，嫩绿的树叶上滴着雨水，行人收起了伞，车辆关上雨刷——这个繁华的城市，仿佛一瞬间又重新从雨水的海洋里浮了上来，沐浴着金色的阳光。

那个瞬间，艾美有些恍惚。

怎么回事？明明是繁华的大都市景象、东海沿岸的商业中心，为什么她一眼看上去，却看到有什么影子浮在这些繁华景象之上？

影影绰绰，每一件东西上都附着一个奇异的影子：一眼看过去，树木变成了一片片的海藻，汽车仿佛一群群游弋的鱼类，一切都似乎沉到了最深的海底——宛如海市蜃楼。

她心里陡然掠过一丝不祥的感觉，霍然抬头看着天尽头。

那里，浮出了一道雨后的彩虹，悬挂在天和海的交界处，美丽夺目。

然而艾美的眼睛却看到了常人所看不到的一切：一群美丽的精灵手牵着手飞翔在空中，人首鱼尾，婉转歌唱，沿着彩虹一直飞了上去。而彩虹的那一端，也有一群精灵飞下来，迎接新来的同伴。

两群精灵在彩虹上相遇，然后一起手牵着手，迎着日光飞升了上去，消失在虹的尽端。

怔怔趴在玻璃上，看着海天交界处的那道彩虹，艾美的嘴巴不知不觉张大成了O形。

“是鲛人！”她陡然明白过来，低呼出来，“天啦……那些东西，是鲛人啊！”

第二章

鲛人

郊外的别墅里，夜色沉沉。

窝在软厚的沙发里，贪婪地品尝着那些美食，四海财团的总裁现出了本相——脱掉了人类的外皮，这副尊容大约会让再恋慕虚荣的女子都尖叫退却吧。

雪白优雅的饕餮顶着一对巨大的羊角，悠闲地喝着咖啡，吃着法国甜点，一边跷着二郎腿翻看最新的《花花公子》杂志，一边啧啧赞叹：“你看这腿，这胸，可真是美啊……其实你们人类还是不错的。肢体长得匀称，符合黄金比例，赏心悦目。”

艾美一瞟那个封面，脸就红了，一个靠垫扔过去：“色山羊！人家和你说话呢。”

“噢？你说什么？”被靠垫压住脸，饕餮闷闷地问。

“今天勾了那个女孩的魂的，是不是传说中的鲛人？”艾美小脸上有难得一见的严肃，一边翻看着手头厚厚的书，一边对着这个混迹于人世的恶魔发问——她的手上，是《遗失大陆》的第一卷《海天》。

那幅精美的插页上，画着一个人首鱼尾的女子。她有着蓝色的长发和碧色的眼睛，美丽而忧伤，在月光下的波浪中歌唱，身侧开满了雪白的花。

图下的注释是这样的：海国，去云荒十万里，散作大小岛屿三千。海四面绕岛，水色皆青碧，鲛人名之碧落海也。国中有鲛人，人首鱼尾，貌美善歌，织水为绡，坠泪成珠，性情柔顺温和，以蛟龙为守护之神。

关于云荒的传说，自从沉音写下那一卷《遗失大陆》后，十几年来一直有如不息的风一样流传在民间，被越来越多的人相信，甚至在考古界都有诸多专家相信那是真实存在过的一种文明。

而海国，则是云荒大陆历史上的重要一笔。

云荒外有七海，而南方碧落海的深处，有一个被称为海市的岛屿。碧落海是鲛人们海国的领地，海市则是海国的首都。有些胆大的中原商人根据旅人的记述，一度打通了去往云荒的贸易商道，用中原的产物跟云荒的居民交换奇珍异宝。而鲛人在那时经常充任这些远洋船队的向导，带着中州的商人穿过急流暗礁，去往云荒。

从中州穿过碧落海抵达叶城的这段航道，被中州人称为“海上丝绸之路”。

但是有关云荒和海国的传说都是戛然而止的。

一年前，沉音的忽然搁笔，将这远古宏大的史诗顿时拦腰截断。在草草结束的末章里，作者将云荒描绘成在一次巨大的海啸中陆沉，而海国，则和云荒的传说一起湮没无闻。

“不错，那的确是鲛人。我一眼就看出来了。”饕餮甩开了脸上的靠枕，露出一对弯曲的羊角，满不在乎地回答，继续享用他的点心。

四海财团老总的胃口一直是出奇地好，在世界各地的别墅里都配备着一流的厨师。因为他的味蕾是如此出众，再加上他显赫的声名地位，一些著名的时尚杂志都纷纷邀请他兼职做品菜师。

饕餮顿了顿，补充道：“不过，那是已经死去的鲛人……我可不知道怎么称呼。”

“女萝？”艾美迅速地反问，翻到了另外一页，“还是郎藤？”

对于那个遥远的云荒世界，她懂得的似乎比神祇更多。

按照沉音在《遗失大陆》里的描述，所有鲛人死去后，都被装入革囊沉入海底水葬。他们的魂魄会回归于那一片无尽的蔚蓝之中，变成大海里升腾的水汽，在日光里向着天界升上去，一直升到闪耀的星星上；如果碰到了云，就在瞬间化成雨，落回到地面和大海。

而有些含着怨气死去的鲛人，躯体却不会在最深的海底融化，而一直会凭借那点儿执念以异形的方式存在。死去的鲛人中，女性称之为女萝，男性称之为郎藤。

她的手指下意识地翻到了那一页。

那是另一幅诡异的插图：一个革囊状的东西里，蜷曲着一个赤身的人。那东西有着柔软的双手和鱼一样的尾巴，如藤蔓一样无限地延长，探出革囊。而那根茎般的东西，则是这个人的一头蓝色长发了。一眼看去，既如一个在子宫里沉睡的婴儿，又如一枝雪白的藤蔓。

雪白的藤蔓？

一念及此，艾美莫名地打了一个冷战。

"你该去做功课了。"饕餮放下了手里的杂志，白了她一眼，"小织梦者。"

织梦者。自从一年前和萧音姐姐认识后，她就知道自己身上流着这样一种血。她们出生于星象学上对应于"织梦者"的那一日，拥有强大的创造力，凭着凡人躯壳里小小的心和脑，便可以虚构出一个庞大的世界，并以精神力维持那个世界里的一切。

云荒湮灭后，饕餮带着她离开了故乡海城，并留给了世人她已然外出上大学的假象。然而饕餮没有像辟邪带萧音去云荒那样，带她去往那片沉没的亚特兰蒂斯大陆，更没有让她动用力量去复活他的国度，而只是带着她在世界各处游荡，吃喝玩乐。

这些日子来，他们过着飘摇旅人的生活：从巴黎到东京，从拉萨到加德满都，从冈底斯山到加勒比海……他带着她走过了地球的大半地方，不停地指给她看这个世界最美丽的部分，告诉她自然和社会的奥妙，同时也带她品尝了世界各地的美食。

有时候看着那头雪白的山羊，她是满心感激的。

萧音姐姐为了维持云荒大陆，十年来被迫闭门在家日夜写作，每日只能通过那三扇窗口来感知外面的世界——而她，却能亲手触摸、亲眼看到那些美丽的景象。

那是多少人一生都难以获得的机会。

每天夜里，饕餮会督促她开始阅读和写作，甚至带来已经失传的上古典籍给她参考，请来异时空里的智者和她对话。多少个夜晚，她都是这样目眩神迷地沉浸在知识的海洋里，竭尽全力吸收着一切，在脑海中一次又一次尝试建立起自己的梦幻国度。

终究有一天，她会拥有自己构筑的、比萧音姐姐的云荒更恢宏华丽的世界。

读万卷书，行万里路，在饕餮全力辅助下，这个年轻的织梦者迅速成长起来——然而这个邪魔，却丝毫没有要动用她这种惊世骇俗才能的意图。反而是她自己开始心痒难耐，宛如长出了新爪子的小猫急着找个地方磨一下。

“我……开始写亚特兰蒂斯吧？”再也忍不住了，艾美抱着kitty猫的靠枕试探着问，“我已经做足了准备——我们开始让你的亚特兰蒂斯活过来吧！”

那头饕餮放下了《花花公子》，看了她一眼。那种眼神宛如雷电，刹那洞穿人类的心，看得艾美忽然间怔在了原地，隐隐害怕。

“当能力超出了‘人’的极限的时候，好奇心就按捺不住了吗？”那头山羊的脸上忽然出现了前所未有的冷笑，言辞刻毒，“支配一个世界的感觉很爽吧？操纵无数人的命运，生杀予夺，很有吸引力吧？你想当那个世界里的女王，是不是，小织梦者？”

“我……”艾美张口结舌，想反驳，却无法否认这只毒舌的山羊说中了她心里的某些部分。

“这不是过家家，”饕餮的眼睛从印着裸体美女的杂志后看过来，嘀咕道，“你还差得太远。”

说了一句评语，目光立刻又缩回到杂志后：“可惜萧音回到尘世后，为了保存精神力已经被迫放弃了织梦者的身份。不然，你倒是可以从她那里学到一些东西，而不是像现在这样跟着我胡混日子，弄得乱七八糟。”

艾美气得涨红了脸。跟在这个邪魔身边一年多，虽然时常会受到他的毒舌讥讽，可还是第一次从他那里领到如此恶毒而不客气的评论！

他的意思，是自己离一个真正的织梦者还差得太远？

这个邪魔，居然敢否定她的能力！

“死山羊！”毕竟是十七八岁的孩子，艾美“噌”的一声站起来，狠狠把手里的笔扔过去。饕餮下意识地拿杂志挡在面前，那支水笔“噗”的一声扎在了杂志上美女光滑的大腿上。

“哎哎，你干吗？”饕餮看到艾美气呼呼地直奔二楼卧室，连忙站起来。

“我回家去！”艾美把东西弄得噼啪响，气得小脸都红了，“我才不跟着你混日子，我回去念大学！我自己写东西！才不靠你！”

“不知天高地厚！”饕餮脾气远没有辟邪好，也冷笑起来，“闹吧。随便你！”

一个小时后，皇后花园门口的出租车司机看到了一个女孩拎着一只大皮箱，从别墅里跌跌撞撞地跑了出来，也不理会身后跟出来的私家车司机，只管自己扬手招车。

那时候，已经是夜里十点钟。

然而别墅里的银发饕餮却转过身去，自顾自摇铃召唤仆人，询问红酒蜗牛有无焗好，小牛的肋排烤到了几分熟——根本没打算去哄回那个闹情绪离家出走的小孩子。

其实这已经不是第一次了，他并不担心。

艾美身上还戴着那枚古玉，轻易不会有邪魅入侵。而他身为这个世上“一切罪恶的守护者”，掌控着黑暗的力量，所有的犯罪集团都在他的支配之下——这个人世，又有谁敢伤害他身边的人呢？

他料到，这一次的出走和前面几次争吵一样只有一个结局：十天半个月后，那个小家伙在某处被发现，不是在收容所，就是在海城的老家里。然后，会被通过各种途径送回到这里来，或者饥寒交迫，安静乖巧；或者大叫大闹沸反盈天。

不过，无论如何，他现在实在是乐得清静几天。

“唉，真是受不了啊！”饕餮揉着自己的额角，跌坐在大厅的沙发里，随手拿起一块提拉米苏蛋糕，嘀咕道，“凭什么辟邪的那个织梦者就又温柔又安静，轮到我，就摊上了这样一个？不公平，太不公平了……”

刚刚咬了一口，他忽然感觉自己刚补好没多久的牙齿又开始疼了。

难道是被那个丫头气得虚火上升？他哀叹一声。

为什么自己一直都比辟邪倒霉？这个女孩的脾气，可比萧音暴躁一万倍啊，自尊心强，敏感，易怒。或许因为前任织梦者实在是太完美，所以这个小孩子心里一开始就负担了太多，时时刻刻向着偶像看齐，拼命地努力。

然而，可惜的是，却始终欠缺了一样东西。

偏偏那种东西，是身为邪魔的他所不能教给她的。

牙齿疼得越来越厉害，饕餮的脸都皱了起来，不得不将视线从桌上那刚刚端上的精美夜宵上挪开。作为龙神的九子之一，饕餮对美食的贪婪是举世皆知的，可他因为贪吃而导致的牙齿疼痛，却是谁也不知道。

他咝咝地倒抽着冷气，觉得左半边脸都要肿起来了。

邪魔捂着嘴，在沙发上痛得咬牙切齿：他，饕餮，是这么强大！翻手为云，覆手为雨，控制着全球的黑暗势力，甚至可以决定这个世界是否继续存在下去，可是——竟然征服不了几颗牙齿？！

呜，实在是痛得要命啊……看来，这次又不得不去找辟邪那家伙了。

“小姐，去哪里？”司机问，在后视镜里看着这个气得满脸通红的女孩。

居住在皇后花园里的人，每个都是身价不菲的吧？看这样子，定然是富家小姐和父母怄气，半夜跑了出来。

“不知道！”显然还是在气头上，艾美大喝一声，“一直往前开！”

司机噤若寒蝉地埋头开车。而她呆呆看着窗外掠过的灯火，忽然间就哭了起来。

自从初一读到《遗失大陆》开始，这么多年来，她一直希望自己能成为萧音那样的人，能拥有那样惊人的创造力。

十八岁那年，机缘巧合，她遇到了心目中的偶像，也得到了指点，然后她对于写作的热情被完全激发了出来——所以，她丝毫不惧怕那个邪魔，在他提出用她十年的青春和创造力，换取织梦者才能的时候，她毫不犹豫地答应了他。

然后，她跟着那个邪魔离开了家，离开了朋友，浪迹于这个世界的每一个角落和每一个时空，追逐着那个梦想，一直奔过了山水迢递。

没人知道她是多么用功，曾经抱着那些书卷和典籍度过了多少个不眠长夜。

她希望自己能像萧音姐姐一样，在自己心里拥有一个完美的世界。然而，这个凌驾于人世的邪魔居然用一句话否定了她的所有努力。她根本当不了织梦者吗？早知道……是不是老老实实去读大学比较好呢？

她抽抽噎噎地哭，觉得满心失望。

车子忽然停下了，她恼怒地抬头。

“抱歉，小姐，前头就是金水桥了，再‘一直’往前开就会开到海那边去啦。天也这么晚了，还是回家吧。”司机转头对她温和地笑，好心劝说。

然而女孩看着前方著名的跨海大桥，却眼睛一亮：“咦？Johnson？”

路灯将桥面照得明亮，前方那个倚靠着栏杆眺望大海的男子，不正是在金瑞大厦看到的那个Johnson吗？白天刚刚死了女友，他在这里干什么？

艾美忽然觉得有点儿不对，想也不想地拉开车门跳出去。

那一瞬间，她忽然觉得毛骨悚然，抬头看，天上……那是什么？

漫天的星光里，又听到了白日里的那种歌声！

空灵美妙，缥缈无定，仿佛发自于人的灵魂深处，足以和上苍对话。金水桥下，大海一波一波荡漾着，映着月光，这种歌声从海里升起，充满整个夜色里。

司机叫了几声，她没有回答，司机只好替她从后备厢里拖出了行李，自顾自地开走了，留下她一个人站在桥上发呆。

月光下，那歌声越来越美妙，越来越凄凉，隐约有某种召唤的意味。

“哎呀！”她忽然大叫了一声。

已经晚了。在她的惊呼中，那个男子一步跨过了栏杆，向着桥下湛蓝的大海纵身跃了下去！

那一瞬间，歌声遏止，海面上忽然升起了无数泡沫。那些明亮的泡沫到了水面就碎裂开来，从中冉冉飞起了无数人首鱼尾的精灵。那些鲛人的精灵升到了空中，回旋飞翔着，手拉着手围住了坠落的人。

那个人类的躯体继续往下飞坠，而灵魂却从中脱壳而出！

艾美亲眼看到那具躯体重重砸落在百米下的海面，发出沉闷的一声响。新死的灵魂是洁白的，歌声重新响起，欢喜地飘向同伴。那一群鲛人中，一个女子飘然而出，张开双臂迎接他——月光下的那张脸，赫然便是白日里刚刚死去的Lydia。

两个纯白色的灵魂融为一体，在海面上拥抱着，向着月亮一直升了上去。

“住手！住手！”艾美脱口大喊起来，脸色发白，“放开他！”

“不许杀人，不许再杀人！”一日之内目睹了两次死亡，十几岁的孩子受到了很大的刺激，对着满空的精灵嘶声大喊，“给我滚开！快滚开！放开他！”

她一只手抓住了颈上的古玉，脑海中涌现出强烈的意愿。那是她在急切之下，第一次动用了织梦者的力量——随着呼喊，心中的念力汹涌而出，将她一切意愿实现！

半空中忽然起了看不见的罗网，两个相拥上升的灵魂遇到了某种阻碍，凝滞在了空中。那个新死的魂魄挣扎了一下，仿佛被某种看不到的力量拉扯着，一点点儿往下沉降。海面上波涛汹涌，“哗啦”一声裂开，那一具刚刚坠入海底的躯体被重新托了上来，浮出海面，冉冉迎向那出了窍的魂魄。

然而那个灵魂却不肯归窍，反而拼命地挣扎着，去拉住对方的手。

“让我走吧……”忽然间，艾美听到那个灵魂挣扎着发出微弱的声音，“让我跟她们走吧！一起……回到Lydia的故乡去。”

那是……那是Johnson的声音？

艾美怔了一下，不知如何是好，耳边却霍然听到另一个声音：“放手，织梦者！”

织梦者？她大吃一惊，有谁认出了她的身份？急急抬头四顾，看到的却是满空鲛人精灵在游荡，从高空冷冷俯视着她。一双双美丽的眼睛里都带着愤怒，宛如燃烧的星辰。

不知道哪一个在说话。

“你们杀人！我怎么能不管？”她握紧了拳头，对着天空呐喊，寸步不让。

“即便是死，那也是他的愿望，你凭什么阻止？”那个声音却更平静，宛如从海天之间传来，冷然反问，“真正的织梦者，必须尊重每一个生命，尊重他的生，也尊重他的死。你没有权力，去操纵和决定任何一个人的生死。”

第一次听到这样的话，女孩握着颈中的古玉，有些惊骇地呆呆望着苍穹。

“那……那我能做什么？”她不服气地反问。

“守望。”那个声音平静地回答了两个字，深沉如大海，“守望着这世上每一场生和死，用你的力量，去编织一场场美梦，给人心以慰藉——你是为了弥补这个灰冷如铁的世上那一道道裂缝而出生的……织梦者啊，你应顺从人心的愿望。”

“才不！”艾美忽地高声反驳，愤怒道，“你的意思是要我服从这个世界的规则？才不！我要自己订立规则，我才不服从于任何东西！”

“呵呵……年轻的织梦者，”那个声音笑起来了，“你以为，这是过家家吗？”

这种和饕餮类似的嘲笑语气，终于让艾美出离愤怒起来。

再也不和那些东西纠缠了，她一手握着颈中的古玉，另一只手迅速地在虚空中书写——织梦者所写出的一切意愿，都将会实现！

魂魄和身躯迅速地接近，尽管拼命挣扎着，却依然一寸寸地从Lydia手中脱开。

“住手吧！”那个声音忽然叹息了一声，“你不是个合格的织梦者。”

叹息未落，一道闪电忽然从天而降，划开黑夜。

魂魄和躯体之间的连线陡然斩断——灵魂轻盈地升上天空，重新和恋人团聚，而那个躯体则沉沉坠向了漆黑的大海。那些书写在虚空的字忽然碎裂成齑粉，艾美的手指恍如被利刃一刀划过，指尖汩汩沁出血来！

有一种非常强大的力量，干扰了她释放的全部精神力。

意念受到了强烈的刺激，艾美只觉脑中有一阵剧痛，仿佛一把刀骤然劈入，她痛得抱着头弯下腰去，用力抓着金水桥的栏杆。

“你是谁？你是谁！”在失去知觉之前，她大声问。

“蓝。”那个声音回答，“鲛人的王。”

蓝？《遗失大陆》里，并没有这样一个名字啊……鲛人的王？海国，不是和云荒一样早就沉下去了吗？那么他们来找她，是为了什么？她想着，视线开始模糊，依稀看到有个影子从月下的大海里浮出——那双眼睛蓝得如同最美丽的勿忘我花。

恍惚间，她竟不觉得害怕，反而下意识地对着他伸出手：“海市？我知道……你为什么来找我了……我愿意，我愿意的……来试一试吧。”她缓缓跌落地面。

仿佛为她昏迷前的最后一席话而感到惊讶，那双手伸过来，抱住了少女委顿的身形。

身后，无数双眼睛里都闪烁出了狂喜的光，簇拥到了身旁：“王啊，这个小女孩是织梦者吗？有了织梦者，海国终于可以复生了！我们可以回到人间了！”

欢乐的歌曲充溢了月下，鲛人精灵们唱着歌，簇拥着失去知觉的少女，手拉着手升上了天空，一直向着月亮飞去。

月下，大海一片银光，静谧得看不到边。

第三章

诸神的聚会

深夜十点半，四海财团的年轻总裁捂着腮帮子，指挥司机风驰电掣地驱车直奔郊外的一家私人诊所——跟了少爷这么些年，老司机对于他的怪癖已经习惯，因此丝毫不奇怪为什么以少爷这样的身份地位，半夜犯了病并不叫私人医生上门，反而是自己忍痛连夜赶去。

因为他知道，少爷认识的那个“龙医生”，一向架子大得很。

也不知道为什么，这个位于世界财富巅峰上的主人从来不去任何正规的大医院，也不看任何权威名医，一旦有了什么病痛，只直奔这个郊外的小诊所——似乎，他的病只有在这里才能得到有效的治疗。

车子驶出市区，转入一条沿河小道，再拐了一个弯，穿过一大片花圃，便看得到一座两层的院落，路边的牌子上写着“龙宅”两个字样。

车在门口停下，饕餮跳出车，抬头看去。

出乎意料，那么晚，诊疗室的灯还亮着。

一眼就能看到自己的兄弟一个人坐在灯下，低头看着什么，一动不动。银发邪魔捂着腮帮子舒了口气：这回可好，他也不用冲到诊所后头的房子里把已经回家的辟邪拎出来了——牙疼不是病，可疼起来真要命啊！

他往里疾奔，因为疼痛，都感觉不到头上的双角已悄然顶了出来，峥然现形。

然而，捂着腮帮子走进诊所才一分钟，他就知道兄弟之所以半夜还一个人坐在诊所，一定是又和萧音吵架了。

“这里不是宠物医院。”深更半夜，看到一个长着羊角的人直接穿透了门和墙闯进来，穿着白大褂的英俊医生显然正烦着，不等那个饱受病魔折腾的病人开口，便冷冷来了一句，堵得饕餮半天说不出什么来，只瞪着他，指着自己的嘴巴。

“躺到椅子上去！叫你不要乱吃东西，”看到兄弟这般狼狈的样子，辟邪终于还是站了起来，开始消毒器械，“把嘴巴张开！你看看，都烂到牙根了！得取掉你的牙神经。”

“不要啊，你这蠢医生！”饕餮在椅子上大叫，“一取神经，这颗牙就算是死了！”

“那你还没节制地乱吃，贪图口腹之欲？”辟邪没好气，拿着探头敲着这头饕餮的一嘴牙，叮叮当当地响，“就算你能任意变化，可本体怎么办？照样会发胖，照样会烂牙！龙牙一旦蛀了，除非拿血珊瑚来补——你也知道，这种东西在三百年前就因为海洋环境恶化而绝种了。”

满嘴的牙被依次敲过，饕餮疼得倒抽冷气，也没力气维持外形，现出了本相。

胖乎乎的山羊张着嘴，雪白的利齿在探灯下闪闪发亮。

“有一半的牙都被蛀坏了。”辟邪冷冷道，拿出电钻，开始消毒，“我锉下去看看有多少是烂到神经了。有些看来是不得不拔了。”

“拜托……我不想拔掉……”饕餮疼得皱眉头，咝咝吸气。

然而话音未落，牙床里一阵剧痛，麻药已经打了进来。一瞬间他半边脸麻木，只好干瞪眼。向来好脾气的兄弟死沉着一张脸，举着电钻二话不说开始工作，他不由打了一个冷战——倒霉啊，看样子，辟邪一定是今天和萧音吵架了，才会这样一副把他当死猪宰的表情。

自从云荒真正沉没之后，放弃了那片大陆的神祇和织梦者一起回到了人世，开始了平凡的生活。辟邪选择了医生的职业，开了一个诊所；而萧音则继续在那个广告公司当文案策划。

隐藏了所有惊人的力量，成为一对最平凡的年轻夫妇。

难道是这样的生活，渐渐消磨了他们最初的热情？还是因为神祗和凡人之间终究有不可逾越的界限，时日长久便出现了隔阂？

钻头在牙齿里嗞嗞地打洞，饕餮只觉得脑袋都被麻药麻痹了。

“啊！”诊所后的房间里，陡然传来一声惊惧的尖叫。

是萧音的声音？

饕餮只觉得嘴里剧烈地一震，牙齿几乎被凿穿。那个正在工作的医生一听到妻子的惊叫，想也不想，把还在旋转的钻头一扔，立刻消失在了原地。

“喂！喂！”牙齿钻到一半被扔下，饕餮张大嘴巴躺在椅子上，气急败坏。

厨房里发生了一场小小的火灾。

灶上烈火熊熊，满锅的油不知为什么爆了起来，嗞嗞作响，剧烈地溅开来。萧音一只手拿着铲子一只手举着锅盖，正在惊叫，试图将盖子扔回燃烧着的锅上。然而一滴溅出来的油飞到她手腕上，烫得她一颤，盖子哐啷一声掉到了地上。

“小心！”顾不得打了一日的冷战，辟邪一步上前将妻子揽到了怀里，背过身挡住那些飞溅的沸油，一回手就将那些火在手心熄灭。

焦臭的味道弥漫在厨房里，萧音拿着铲子，把头埋在辟邪怀里，闷闷地不说话。

“你这是干什么呢？”看着满地狼藉，白大褂上满是油污的医生责备妻子。

然而萧音还是坚持着一天来的沉默，看了他一眼，自顾自地想挣脱出来。辟邪抓住了她的手腕，心疼地皱眉，低下头轻轻对着手腕吹了一口气，将那一串燎泡消除。

“以后倒油之前，先把锅里的水擦干净。”他哭笑不得地对妻子提出忠告。

萧音蹙起了细细的眉毛，白了他一眼，保持着沉默，显然还是在对抗。

然而肚子却发出了不争气的咕咕声，提醒她早该进食了——从昨晚和辟邪吵架后双方开始冷战，她已经是一整天没有吃东西了。晚上辟邪去诊所里生闷气，她只好摸索着进厨房想做个最简单的蛋炒饭，却不想弄成了这个样子。

“一整天都饿着？”辟邪注意到了妻子的气色，吓了一跳。光顾着生气，他也完全忘记了萧音是根本不会做饭的，也不像他可以不饮不食。

白大褂也来不及脱，他连忙卷起袖子开始做饭。

“唉，蛋炒饭蛋炒饭，是用饭炒的啊。你把米和油放进去干吗？”辟邪一边收拾着狼藉一片的灶台，一边教训妻子，“香菇，要先在水里泡上半天，等它发好了才能下锅。这样直接切了炒，味道就跟咬木头没区别……你就承认在这方面你是低能吧，折腾了一年多还不死心吗？”

然而等他炒好鸡蛋，将作料再一并倒入后，抬头却不见了妻子，只有一只雪白的胖山羊靠在厨房门上，满嘴塞着药用棉花，看着系着围裙拿着饭铲的他，拼命忍住笑。

可由于半边脸被麻痹的缘故，那个笑容显得极为诡异。

“呜……”手术到一半被扔下的病人张开嘴，指指自己塞了棉花球的牙齿。

“等下，”辟邪看了兄弟一眼，自顾自盛起滚烫的蛋炒饭，“先回去躺着！”

饕餮可怜兮兮地跟在他后头，看着他端着饭去客厅里找萧音。

然而，找遍了都不见人。客厅和卧室里黑灯瞎火，若不是他们两个都有超过凡人的能力，早就被地上七零八落的东西绊倒了。战况激烈啊……饕餮吸了口气。他知道无论如何，辟邪都是不会动手伤害妻子的，那么发飙的必然是前任织梦者了。

看来，他也实在不必羡慕辟邪：这个女人的脾气，似乎比艾美那丫头还大啊。

“你们……吵架了？”好不容易克服了嘴里的异物，饕餮含糊地发声。

“嗯。”辟邪沉着脸应了一声，就不说话了。

饕餮跟在他后头，看着他一道道门地寻找过去，忍不住好奇问道：“为什么吵？”

辟邪回头瞪了这个多嘴的兄弟一眼，胖山羊在他的眼光里耸耸肩。

“她想重新开始写东西，而我不许她再写。”证实了女主人不在这套房子里后，辟邪开始推开玄关的门，前往温室花圃，他知道妻子一生气就会一个人躲到花房里去。叹了口气，他终于说出了事情的原委，“昨天我撕了她的手稿，她就开始拿东西砸我，然后整整一天没和我说话。”

“她还在写东西？”连饕餮都吃了一惊，差点儿咬到自己的舌头，“她的精神力不是已经耗尽了吗？”他敲了敲自己的脑袋说道，“她若是再不停止用脑，这里就会彻底坏掉！”

“那已是一种习惯……”辟邪苦笑起来，“就像呼吸、睡眠一样必不可少。”

这一年来，他像戒毒一样逼着萧音戒掉写作的习惯，换来的却是她越来越暴躁的脾气和频繁的争吵。她如扑火的飞蛾一样，在火焰上用生命为代价舞蹈；而他却仿佛一个守火者，一次又一次地将她从火焰上赶开，不让烈火舔舐她的羽翼。

他们之间有过多少次争吵啊……他不能失去她，所以绝不允许她继续消耗着所剩无几的精神力。生怕她的生命之火因此而熄，自己就将独自面对这宇宙洪荒千万年的寂寞。

然而她却有着惊人的执着，宁可死亡也不愿放弃。

织梦者有她们的宿命，只为那一袭梦之华衣而生，梦碎即死。她们在短促的一生里，体会过几生几世的悲喜跌宕，但也透支了几生几世的精力，往往都会早夭——千百年来，又有多少具有那种天赋的人在心力交瘁之后，咯血死在黄灯古卷之下？

想起迟早艾美也会变成和萧音一样，饕餮忽然觉得牙又疼了起来，龇牙咧嘴地跟着辟邪穿过了花园：“还真是海枯石烂啊。大陆都沉了，你们俩怎么还在折腾？”

二人穿过花木向着房子走过去，温室花房里果然有灯光，依稀看得到萧音独坐花下的侧影，美丽的藤萝舒缓地下垂，开着细小的白花。女子微微仰着头，仿佛在对着满屋子的花喃喃自语——饕餮只是看了一眼，忽然觉得这种宁静的图画里，隐约有什么不对。

辟邪的脸色也有点儿变了，端着那碗蛋炒饭，不知不觉加快了脚步。

一枝垂落的白花拂过羊角，嘀咕着的饕餮忽然怔住了。

“辟邪！”他脱口叫了兄弟一声，声音略微变了调。

这是什么？这是什么！这种东西……怎么会在这里？一瞬间忽然想通了什么，某种不祥的感觉如闪电般贯穿他的心。饕餮来不及等兄弟回答，瞬间发力，跃上了夜空，扑向温室。同一刹那，辟邪也已经点足扑出。

然而，已经晚了。

温室里传出了“啪”的一声响，灯光忽然熄灭了。在灯光熄灭的前一刹，他们清清楚楚地看到了萧音身侧的那株藤萝陡然扭曲变异，下垂的枝条一起扬起，变成了无数双雪白的臂膀，牢牢地抓住了她！

“女萝！”辟邪脱口惊呼，手中的盘子跌落在地。

顾不得被邻居发现的危险，年轻的医生瞬间现出了本体，和饕餮一起直扑向那个温室。温室的门是从里面反锁的——当然，这丝毫无法阻止他们。

阻止了他们步伐的，是萧音说出的话。

“辟邪，别过来。”他的妻子凝视着他，眼神坚决，“我想跟她们走……去创造另一个新的世界。”

“不要！”他脱口叫起来了，“你会死！”

“那么，就让我死去好了。”萧音微笑起来，苍白疲倦已久的脸上有一种期许，那一瞬间，她又焕发出织梦者所有的光辉，“死在自己的梦里，那也是我应有的结局。”

如果停止那一场书写，“沉音”便会永远地死去了，她身体里的一半生命将随之枯萎。而剩下的那一点儿凡俗灵魂，又能做什么呢？除了书写，她一无是处，连一顿饭都无法做好，必须活在辟邪的羽翼之下。

而辟邪所倾慕的那个名为沉音的织梦者，则早已在她精神力枯竭的时候死去了——如今，他只是靠着追溯那个幻影，继续迁就着现在这个庸俗的凡人罢了。她是爱他的，但是她的爱，不能在连“自我”都没有了的时候依然存在。

对这个世界而言，只有“沉音”才是与众不同的，而“萧音”的存在犹如蝼蚁。她并不愿成为一只蝼蚁，在安适平淡的柴米油盐里，过完剩下的岁月。

哪怕身旁有神祇的陪伴。

“别废话，快！”饕餮显然知道了那些女萝的意思，一声断喝，便往萧音身侧扑了过去，利爪一挥，几条抓着萧音的“手”骤然断裂，流出殷红冰冷的血。

然而，他感觉到自己的力量遇到了某种旗鼓相当的抵抗。

微微一惊，那雪白的藤蔓忽地从地面上消失，缩入了土里——连带着前任织梦者，一起消失在两个神祇面前。

辟邪从头到尾都在犹豫，不知如何在妻子的意愿和自己的意愿之间做出选择。饕餮却不能眼看着有人公然蔑视自己的力量，立刻冲了出去，掠上高空发动攻击。

然而，就在短短一瞬间，那些雪白的女萝带着萧音一起杳无踪迹。饕餮站在高空逡巡，满脸惊讶：这个世界上，居然有东西可以在他们二人面前，从容地将萧音掠去！那是什么样的力量？无论是撒旦、波旬，甚或守护七大洲的其余七神，都无法做到！

而这个宙合内，又有什么力量，能够强过龙生的九子？

“倒也未必比我们强。”辟邪比饕餮冷静得多，足踏浮云掠上了高空，俯视着脚底下沉睡中的云泽市，喃喃道，“只是，似乎刚才那种力量，正好和我们的力量相生相克……”

“相生相克？”饕餮愣了一下，“你的意思是说……”

“是海皇。”化为猛兽状的辟邪往东方的大海里眺望，眼里有了冷芒，低低磨着爪子，“带走萧音的，是海里沉睡了几千年的鲛人之王……只有他，能继承龙的力量。”

九大守护神虽然强，但始终是龙的嫡子。

而将九子派出守护九大洲、成为陆地之王后，龙神依旧停留在它海洋的领地里，庇佑着海的子民。数十万年来，洪荒更替，龙神也经历了几世几劫，不停轮回复生——所以，能克制九大神祇的，同样只有来自海国的龙之嫡系的力量。

“他妈的！”饕餮彻底明白过来了，脱口骂道，“难道那些鲛人也要打织梦者的主意？”

骂了一句，他的脸色忽然变了：“糟了！”

巨大的山羊迅速往回扑，根本来不及和兄弟多说一句话——连前代织梦者都不放过，那么这些鲛人，又怎么会放过艾美？

又晚了。

凭着感知，辟邪和饕餮追索到金水桥旁时，却失去了踪迹。星光璀璨，月色如水，大海在星月下微微摇动，无边无际。

如此博大，如此深邃——就算是他和辟邪这样的神祇没入其中，也会毫无踪迹吧？何况那个十八九岁的丫头片子。

“这个拎包不是死者的！”月下停着一辆警车，有一群人在喧嚣，其中一个翻捡着一个米色的巴宝丽大拎包，从里面拎出一件女式的内衣。饕餮一眼认出那是艾美走时随身带着的，一惊，立刻瞬移过去，隐了身，站在那个警官身旁。

那些人围着被浪冲上沙滩的一具尸体忙乱。饕餮的眼神忽然微微一亮。

那一张脸，赫然便是昨日白天那个看到女友跳楼的Johnson！虽然因为高空落水的巨大冲力，让七窍里都沁出了血，身体也被水浸得发白，可脸上却依然看得出一丝释然。

银发的邪魔忽然间有略微的动容。只隔了一日，他也选择了跟随而去吗?

那早已湮灭的海国里有个传说：在月明星稀的夜里，任何人类如果抱着必死之心跃入大海，那么就能到达鲛人的国度——那个位于碧落海璇玑列岛上的海市。而此刻Johnson脸上这种释然的笑容，仿佛是在拥抱一个新的永恒国度。在坠落的那一刹那，这个人，是看到了那个轰然洞开的世界了吧?

很久以来，看到的人类都是如此丑陋，让他觉得殉情只是这个世界上古老的传言罢了。却没想到，还真看到了有人追随恋人而去。

饕餮穿过那些人群，在尸体旁俯身查看，拈起了一个细小的东西——那是一枝纤细的藤萝，在死人湿漉漉的发中悄然绽放：鸾鸟羽毛一样的叶子，开着雪白细小的花朵，纯洁如雪。断口上，有淡淡的血色。

这种花，他在金瑞大厦Lydia坠落现场，也曾看见过。

“女萝。”旁边有人低低说了一句。他诧然抬头，看到了站在一旁的兄弟。

“艾美也是被海皇带走了。”辟邪眉头紧锁，远眺着大海，手指渐渐握紧，“那些鲛人，到底想要做什么……”

海国，和云荒一起毁灭已经很多年了。

那是一场天塌地裂，无数苍生死去，连神祇都无能为力。

九州之一的云荒一夜之间沉入海底，而原本位于深海的海国，却在地壳的剧烈运动下隆起，暴露在空气里。岩浆流出，烈火湮灭了大地。无数鲛人在火中瞬间死去，剩下那些挣扎着在地面奔逃——然而只有尾鳍的鲛人无法逃过火的蔓延，接二连三地成为焦炭。

守护大海的蛟龙竭尽了最后的力量，投身地火中，以身躯堵住了涌出岩浆的裂缝，并以自己的脊梁架起了一座桥梁，另一头通往大海，让海皇护着一部分子民逃回了海中。

那，便是今日横亘于东海、直通往大海深处的腾蛟山脉。

然而，即使那些幸存的鲛人回到了海洋，可那里已然没有了他们赖以生存的环境：一片新沉入海底的废墟上，到处充满了尸骸和血污；海藻没了，珊瑚礁没了，鱼类都在瞬间灭绝。绝望的鲛人们在饥饿和污秽中渐渐消失了踪影。

海国，终于和远古的云浮国一样，彻底在历史的长河中消失。

“我不管那群死鱼想干什么！”饕餮的怒火显然是到了爆发的极限，将那枝雪白的藤蔓碾得粉碎，咆哮起来，“敢在老子眼皮底下动老子的人！以为是龙神嫡系，老子就会手下留情？”

邪魔的愤怒，瞬间让整片大海汹涌！

星月刹那无光，黯淡的天幕下，大海黑沉如墨，卷起了狂风。海岸上勘查案情的人看着猛然间扑向海滩的大浪，惊呼着连连后退。

“别冲动。我们还不知道海国如今在水下哪个地点。”在十几层楼高的巨浪扑到海滩上时，辟邪抬起手，凭空凝定了那一波巨浪，对着身边的兄弟低声道，“你这样乱来，会惊动大哥的。”

守护着这片如今被称为亚细亚大陆的，是他们九个人中的老大：囚牛。显然这个兄长还存留着往日的威严，正在发怒中的饕餮愣了一下，冷静下来。他迅速地用手在面前抹开了一面水镜，往里看了看，舒了一口气：“没事。老大他正在维也纳听音乐会呢。”

九子之老大囚牛，性喜音乐，常常蹲在琴头上欣赏弹拨弦拉的音乐，因此琴头便刻上了他的形象。

然而千年来，老大也是与时俱进的，如今的口味已经从黄钟大吕，变成了去维也纳听卡拉扬和小泽征尔，近年又迷上了现代音乐。

“咦，身边换人了？居然不是那个唱起歌来可以撕破我耳膜的女高音？”饕餮本来只想确认一下老大的位置，可天性好事，忍不住多看了一眼，大大吃惊。

记忆中，那个威严沉默、只爱静静倾听音乐的囚牛，对于人世怀有深沉的爱。而他唯一肯接近的人类，也是世间拥有最美妙歌喉的歌者——比如以前那个红极一时，被誉为“可用歌声和苍穹对话”的爱尔兰女歌手梅灵。

然而身为神祇的兄长恪守着人神界限，人类只能成为他的“知音”，却永难抵达他的心灵。他爱那些女子，就如爱一件上苍造出的艺术品，深刻却无情。

辟邪有点儿不耐烦，拉开兄弟说道：“废话！离上次看到老大身边的那个女高音都已经八十年了！你以为人类可以活那么长？”

然而说到这里，心下一痛，不由也多看了一眼水镜。

穿着黑色礼服的囚牛在贵宾席上坐着，面色沉静。在他身侧坐着一位身穿雪白长裙的女子，有一双美丽的深绿色眼睛，微笑着倾听，脸色却有些不以为然。正好到了中场休息的间隙，那个金发女子挽着囚牛站起来散步，微微说了一句什么。囚牛眼睛一亮，露出激赏的神情，连连点头。

“那些音乐只是二流。”辟邪清楚地听到那个女子开口评价，对着身侧囚牛说出了这样的话，“真正的音乐是安静而纯净的，可以呼唤日月，让水流淌，让树说话——它是与历史上那些不朽灵魂沟通的桥梁。”

那样的话……分明和梅灵生前说过的一模一样！

“这个女人不简单啊。”饕餮忽然间有点儿不安，看着画面里那个匆匆走入后台的女子，隐约觉得有什么不大对。辟邪的神色在看到那个女子后也莫名地凝重起来。

二人就这样静静凝视着水镜，看着彼端的兄长。

中场休息结束，回到座位上的却只有囚牛一个。而下半场开始的时候，站到台上的赫然就是那个女子！

在她唱出第一句的时候，天地仿佛都安静下来了。

就在那一瞬间，饕餮和辟邪同时有了一种直觉：这，不是人世间所能有的声音！

“海之歌姬！”注意到了那个女子奇异的蓝色头发和深绿色眼睛，神祇和邪魔一起脱口而出——海之歌姬是那个貌美善歌的民族里拥有最美歌喉的鲛人的称号。

传说在海国鼎盛时期，在一年一度的海市上都会评选歌姬。而鲛人天生就是苍穹下最善于歌唱的种族，传说歌姬之歌，可以遏住行云、停住流水，可以让远航的水手迷失方向，让最凶猛的野兽低头收爪。

而海国湮灭之后，这些也就一起成为传说。

然而，居然在这面镜子里，看到了传说中海之歌姬的再度出现！

他们两个还来不及猜测这个女子是什么来历，就看到歌声停歇后，台下一片寂静里囚牛带着激赏的神情，率先鼓掌。

毫无疑问，这个歌者用天籁般的声音，瞬间征服了神祇。

“又是鲛人？他们到底要干什么？”饕餮愤愤而纳闷，“老大会不会有危险？”

“不会。凭那个鲛人，伤不到老大。”睚眦看着镜子，下了决定。

生怕注视得太久会被那一边的兄长发现，一挥手，水镜碎裂成无数水珠洒落风中。他对兄弟提议：“我们还是先去找萧音和艾美。我们从东海开始搜，你往南我往北，哪怕把四大洋翻过来也要赶快找到她们！”

不赶快的话，若萧音以目前的状况重新开始充任织梦者，只怕立刻就要出事！

月光下，“喀喇”一声响。海水碎裂，然后无痕。

遥远的欧罗巴上空，天籁般的歌声还在回响。

第四章

蓝

五月十日。夜。凌晨三点。日本。

东京都丰岛区飘着靡靡的细雨，寒气森森。摩天大楼里黑洞洞一片，只有零落的几个窗口亮着灯，照出通宵工作的人的辛勤剪影。

满地的废弃画稿，全工作室的人员都在加班。主笔室的灯全亮着，从老板开始没有一个人在出稿前回去休息——毕竟，对于这种重量级的稿子，即便是号称日本动漫界具有“十段水准”的星野冢大师，也是竭尽全力半分不敢马虎。

当初二十七岁的星野冢，在人才济济的日本动漫界郁郁不得志，最后借了会说中文的便利，不得已去了中国，靠着办漫画培训班谋生。机缘巧合，某日他遇到了一个自称辟邪的男子，在看了一眼他那些画稿后，默不作声地将一本杂志放在他的手中：那是中国发行量最大的《幻想》，上面刚刚开始连载一部叫作《遗失大陆》的长篇小说。

他犹自记得那一本登的是第一卷《海天》的第五章。

他只看了一章，就被那样恢宏瑰丽的世界击倒，迅速去找来了前面的部分，连着看了一个通宵。第二日便飞去了《幻想》的总部，和此文的责编非天联系，通过他，和原作者沉音签下动漫改编权……

那是一纸神奇的契约，仿佛命运的权杖点中了他的额头，让他的才华得以显现，将他带上荣誉的巅峰。随着十年来《遗失大陆》风靡世界，他获得的声誉和地位也越来越高，已经被誉为继丰田彦二后的又一国宝级大师。

然而，从那之后的十年，他再也没有见过那个交给他第一卷文章的男子——后来得知，那个叫辟邪的神秘男子，便是本文原作者沉音的唯一助手。

而那个传说中的沉音，更是从未相见。

凌晨四点，终于改完了手下交上来的最后一页画稿。戴着金丝眼镜的儒雅男子长长舒了口气，从厚厚一堆画稿中抬起头来，对着一边同样满脸疲惫的助手微笑道："好了，完工。一起去对街的中华料理店吃点儿宵夜吧，我请客！"

《遗失大陆》最终卷——第二百一十七辑《大荒》终于宣告完成！

看到老板通过了，全体员工发出了欢呼，收拾东西簇拥着走入空无一人的电梯间。助手伊藤阳子拿了黑风衣给星野冢披上，跟在他身侧。因为知道老板和伊藤小姐之间的暧昧关系，所有员工都自觉地远远走开。

"星野先生，第二百一十七辑后，《遗失大陆》便是完全结束了吧？"走出电梯后，来到空荡的大街，伊藤小姐为他撑开伞，终于忍不住多时的疑问。

"嗯。"星野冢不置可否地应了一声，"原稿就是这样，迅速地完结了。"

"可是……"伊藤阳子怯怯地问，"那之后，先生有什么打算呢？"

因为十年来将全部心力倾注在了《遗失大陆》上，并无其他作品，所以在获得崇高荣誉的同时，业内就有妒忌的同行诋毁说：星野冢之所以能获得如此声名地位，完全是靠着原作本身的优秀。而离开了《遗失大陆》，他什么都不是。

夜半的冷雨靡靡扑面，零落有几辆摩托车高速掠过，带起雨水——那是都市里的暴走少年们在深夜狂飙。听到这样直接的询问，漫画家脸上却是微微一笑，不以助手这样的问题为意。

仿佛，完成了这部耗费了他十年精力的巨作，就如结束了一场生命的跋涉。

"云荒结束后，接下来，当然要开始画'属于我自己的世界'了啊。"星野冢微笑着，对着伞下合作了十年的女子颔首致意，"阳子会和我一起来完成它吗？"

冷雨中，他们离得如此之近，伊藤阳子甚至能感觉到对方的气息吹拂在脸上。

她的脸红了起来，深深低下头去，结结巴巴地说：“自然是的，十年来，我、我对先生的心意，先生你……”她眼睛里忽然盈满了泪水，无法说下去。

“我知道……我知道的。”星野家满眼微笑，抬起手握住了伊藤的手，接过伞，第一次对着心爱的人轻声解释多年来的冷漠，“只是，我曾经和神签了一个契约，把十年的时间完全给了云荒——为了那个契约，我成了一个工作狂。”

如释重负地微笑着，星野家将手探入风衣内袋：“这些年来，真是辛苦你了。”

一枚素白的钻石戒指，在他手中的黑天鹅绒盒中熠熠生辉。

“以后，还要继续辛苦你。”星野家握住伊藤阳子的手，柔声请求。

忽然，他的眼神凝结了——在阳子纤细的无名指，应该戴婚戒的位置上，不知何时赫然已经有了一枚红宝石戒指！

伊藤阳子怕冷似的哆嗦了一下，忘了手里撑着伞，仿佛想把手藏起来。手颓然松开的时候，雨伞落下，辗转卷入飙车少年带起的风里。顿了顿，脸色苍白的女子终于抬起了头，缓慢而低哑地说道：“对不起。我……我接受了村上先生的求婚。就在昨天下午。”

“村上英南？”星野家的脸色同样苍白，茫然地看着路对面的料理店，喃喃道，“就是那个追了你十几年，从家乡追到了东京的男人？那个中华料理店的老板？”

“嗯……英南很好，还同意我婚后可以继续现在的工作。”阳子低下头，局促地沉默了许久，忽然爆发似的啜泣起来，以手掩面，“我……我已经三十二岁了！星野先生，原谅我差了一步，无法等到这一刻。”

没有人可以一直等待，哪怕爱他如她。

真是巨大的嘲讽。一对相爱的人在一起十年，天天去一个料理店吃饭，却因为某个原因始终未曾表白。漫长的等待中，幸福即将到来的前夜，女子却嫁给了料理店的老板。

“不可能……不可能！”沉默片刻，星野家忽然低声吼出来了，一把握住她的手，粗暴地撸下了那只象征了她属于别人的戒指，失去理智地往街对面的中华料理店冲去。

“星野先生！”伊藤阳子在后面惊叫了一声。

漫画家充耳不闻，只想着要将这只戒指掷回到情敌的脸上，那一刻，仿佛冥冥中有一种力量在拖着他的身体，往某个方向走去，让他狂暴得顾不上身边的一切。

“星野先生！”阳子的声音急促响起，已经变成了惊惧的尖叫，“小心！小心！”

“嘎——”刺耳的急刹车声划破了寂静的雨夜。

星野冢被巨大的冲击力撞得飞出三五米，一直撞上了隔离墩。随着身形的重重落地，两枚指环从流血的指尖抛出，在冷雨里划出一高一低两道弧线，“叮”的一声落到雨水里。

那辆摩托车一连翻滚几下才停住，上面的飙车少年同样伏在地上一动不动。

他的同伴们看到出了大祸，停下车怔怔看了数秒。领头的少年最先回过神来，呼啸一声，带领所有暴走族一哄而去。

“星野先生！星野先生！”伊藤阳子几乎失去了站立的力气，踉跄着扑跪在星野冢身侧，用颤抖的手抱起那个失去知觉的人，不顾一切地转头呼喊，“来人！快来人！”

暴雨里，三十二岁女子脸上的一切妆容都被冲洗干净，留下苍白而绝望的素颜。

周围一个人都没有。然而绝望的恍惚间，她蓦然听到极远处有细微的歌声，美妙如天籁。

是幻觉吗？伊藤阳子睁着空洞的眼睛，望着漆黑的夜，忽然看到了那群在雨夜歌唱着、成群结队翩然飞翔而来的精灵——这，这是什么……是幻觉吗？她来不及分辨，只是紧紧抱着怀里的人，狂乱地呼救。

然而，没有任何人回应。仿佛，这个世界也死了。

“星野先生，终于等到你了。”人首鱼尾的精灵对着那个新飞出壳的灵魂微笑，看着京都的冷雨穿过那个虚无的身体，“请跟我们走吧……我们，等这一刻很久很久了。”

那个灵魂固执地停留在原地，看着那个跌坐在雨里痛哭的女子。

“霍普森·金先生，已经比你先到了半年。”鲛人的头领继续微笑，对着那个灵魂做出了邀请的姿势，“我们海国，目前非常需要借用您的力量——只需要您一天的时间，请务必帮助我们。”

虽然听到霍普森·金这个名字的时候动了一下，但那个灵魂依旧在原地冷然不动。

“当然，我们也会帮您。”鲛人首领有着如大海般碧绿的眼睛，深邃神秘，低下头，轻轻说了一句。

不知道是什么样的话，终于让那个固执的灵魂动了。

在血泊中冉冉升起，飞向高空回旋的鲛人精灵。

第二日清晨，一条新闻震动了整个日本。

《遗失大陆》的绘画者、有着漫画界教父之称的星野冢，在完成最后一辑画稿的当夜被暴走族撞成重伤，已经陷入脑死亡状态。

继半年前霍普森·金在完成《遗失大陆》的电影拍摄后脑溢血而死后，又一位和这一巨著相关的名人去世。肇事者当场死亡，而事故的唯一目击者、星野冢的助手伊藤阳子则因为受到极大的刺激而陷入了精神恍惚中，每日只是站在事故发生的街口，对着天空自语。

“请把星野先生还给我。”她摊开手，对着东京都灰冷的天空，喃喃低声，“我爱他。”

手心里，躺着那枚银白色的钻戒。

那一夜警察来后，她在街上走了一夜，只捡回了这一枚戒指。

在他离去后，她接受了他最后的求婚。

艾美醒来的时候，眼前是一片无尽的蔚蓝。

清澈，透明，璀璨，宛如最美丽的勿忘我花，最纯净璀璨的宝石。水在她身侧和头顶微微地流动，无声无息。睁开眼睛的那一瞬，她居然忘了身在何处，只是被那样的蓝色吸引而沉醉，目不转睛地看着，仿佛看到了那种颜色里极远极远的深处。

无数的精灵，人首鱼尾，在蓝色的最深处飞翔，歌唱或舞蹈。

星星状的高台上，五个尖锐的棱角上点着火，台上描绘着一条巨大的龙。

台心放着一块巨大的玉石，仿佛一个雪白的蛋。无数的鲛人就围着它日夜歌唱祈祷。供奉龙神的金座前，一个戴着冠冕的年轻王者抬起头来。

他有着天神一样完美的脸。

“咦？”艾美陡然惊醒过来，一下子坐起。那些幻象在一瞬间消失了。这是什么？方才自己在蓝色最深处看到的幻影，是多少年前海国祭祀时的盛况？

坐起的时候，她发现自己到了一个海底的国度。

身侧是珊瑚筑成的墙，那无所不在的蓝，是清澈的海水，弥漫在每一分空间。不知为何，她居然在水底毫无拘束地行动着，和陆地上一样自由地呼吸。

“您醒了吗？”身侧响起温柔的问话，一只雪白的手托着金盘，盘子里装着新鲜的水草和贝类，“请用膳。王会马上过来。”

“这里是海国吗？你们的王又是谁？奇怪……我为什么在水里不会呛着？”已经有了进入云荒的经历，此刻艾美倒并不慌张，只是好奇。那只雪白的手臂柔软地延长，长得可怕，一直将食物托到她面前。

女萝！艾美一眼就看出来，眼前这个鲛人女子并非活人，只是一个已经死去多时的女萝。

女萝微笑起来了，柔声回答：“您可以自由行动，是因为佩戴了水珠。这里的确是沉入水下的海市岛。我们的王，叫作‘蓝’。除了他，我们都还只是灵体——我们的身躯，还被禁锢在‘紫河车’里。”

“蓝……”摸到了颈中那颗珠子，默念着那个名字，艾美心里忽然一动，“我想见他。他带我来这里，到底要我做什么？是不是……是不是让海国复活？”

“王在神庙里，正和上一任织梦者交谈。”女萝微笑着，柔声说道，“您稍稍等待一下，很快王就会来见您。”

“上一任织梦者？萧音姐姐？”艾美这一回是真的惊讶了，直跳起来，“你们把萧音姐姐也抓来了！这……这怎么行？！”女孩子跳下玉床，一把抓住了女萝，惊慌而急切地说道，“她已经不能动用精神力了！你们怎么可以这样！完了，辟邪会生气的……带我去见海皇！”

女萝的手臂如一枝冰冷的藤蔓，在被她抓住时迅速萎缩退去，缩入地面。

艾美顾不得什么，也不要别人带路，自顾自地朝外面跑了出去，想寻找那个鲛人们的神庙，将萧音姐姐带回。

一步踏出的时候，才发现自己方才位于一个高高的珊瑚礁顶上。

外面，是一望无际的蔚蓝色，微微荡漾。无数海草随着潜流起伏，天光从头顶笼罩下来，依稀可见鱼类成群结队地游过，去往远方。

艾美忽然间呆住了。

这是一个庞大的废墟，一望无际。正对着的极远处，隐约有个高台，显然是神庙所在。

一条平整宽阔的大道直通向祭坛，巨大的石条铺满海底，雕刻着精美的花纹，显示了这里曾经有过怎样辉煌的文明。大道两侧林立着珊瑚垒成的房子，高达三层，精致玲珑。然而这些艺术品一般的建筑仿佛在一场突如其来的灾难里坍塌，崩裂了一地，在海底静静沉睡着，长满了海苔和水草，成为鱼类的乐园。

而那条路的两侧，开满了雪白色的花朵。

那些白色的藤蔓从废墟里发芽、生长、延展，布满了大道两侧。那些藤蔓在道路两侧结成了林带一样的屏障，相互纠缠牵挽，开满了细碎的美丽白花，叶子如鸾鸟羽毛一样美丽。一眼看去，雪白的花海一直绵延到了尽头的神殿底下。

艾美的惊呼被冻结在咽喉里——那么多……那么多的女萝和郎藤！

在远古的那一场大难里，到底有多少鲛人在瞬间死去？

她猜测着萧音姐姐就在大道尽头高台上的神殿里，然而看着眼前无数林立的苍白手臂，却情不自禁地打了个寒战。

“织梦者。”忽然间，有个声音微笑起来了，“您醒了吗？”

随着那个声音传来的方向看去，艾美忽地惊叫出声：“Lydia！”

前日刚刚死去的女职员静静站在废墟大道上，对着她深深行礼。那个穿着酒红色晚礼服死去的女子现在仿佛换了一个人，穿着上古的装束：长袍及地，发上戴着雪白的花冠，眉间画着一个奇异的符号。

“我不是Lydia。”行礼完毕，站在大道上仰首看着珊瑚礁上醒来的少女，对方脸上却有莫测的微笑，“Lydia不过是一个浮生幻影，那个凡俗的躯体也早已死去——我是侍奉龙神的海巫女：凝光，应王的召唤回到海国。”

“海巫女……”艾美怔了一下，从珊瑚礁顶上顺着洋流掠下，细细看着眼前的女子，她的确已经悄然变了——深蓝色的长发，碧绿的眼睛，戴着女萝编织成的花冠，拖地的长袍下，露出的不是双脚，而是鱼类的尾鳍。

“可是……”艾美茫然问，“Johnson呢？他怎么办？”

“他怀着必死之心跃入大海，灵魂已然抵达海国。”说到那个人世的恋人，凝光脸上却依然平静，“他将转生为海国的子民，成为我们的兄弟，从此和我们一起生活在大海。”

“兄弟？”艾美惊讶地脱口道，“他可是你男朋友啊！”

凝光微笑起来：“没关系。他在红莲中醒来时，会忘记一切。”

“这不公平！”艾美叫起来了，愤愤看着凝光，“他舍命跳下海，可不是为了当你兄弟来的！你把他引到这里，却不嫁给他，这不是骗人吗？”

“他自己愿意跳下来，”凝光却不理她，径自转过头去，“就如我自己愿意回到海国。”

“可他不是自己愿意忘记的！”艾美追着她的步伐，在雕刻着图案的大道上奔跑。

“那你要我怎么办！”凝光忽然站定，回头低声厉喝，失去了保持着的平静风度。

“嫁给他啊！”艾美指着远处的祭坛，想也不想地说，“我陪你去见海皇，和他说，你不做海巫女，要去嫁人了。反正他现在也投胎当了海国的人了，是不是？”

凝光嘴角微微动了一下，仿佛有一个苦笑，却没有回答。

这个才十八岁的织梦者，真是让人羡慕。颈中悬着神之古玉，拥有着天下罕有的创造力，甚至受到神祇的眷顾。这个拥有巨大精神力的少女受到了良好的保护，一直如此天真纯澈，将所有事情看得简单，忽略了中间过程而直指结果。

“我不能丢弃我的族人。”女萝结成的雪白森林里，海巫女静静站立。艾美颤了一下，抬头看着遮蔽了海底的尸体丛林，鼓起勇气，才让自己没有拔腿就跑。

她结结巴巴地道：“他们已经死了……你何必……”

“他们没有死！”凝光眼神坚定，轻柔慈爱地抚摩着那些冰冷的藤萝，而那些藤萝也扭曲着缠上了她的手臂，“你来摸摸看，他们的心，还在缓慢地跳跃。”

艾美不敢上前，只是在一边看着，听着凝光低低地诉说："他们不是真正意义上的'死去'——三千年前那一场天地裂变后，族人们靠着龙神舍身庇佑逃回了海里，却无法生活在当时那样污秽的环境。为了避免在海底窒息，王主持了一场典礼，耗尽了几乎全部的力量，将所有族人封入紫河车，以女萝的形态在海底沉睡。"

"一睡就是三千年？"艾美惊讶地问。

"是。"凝光微微叹气，看着那些藤萝形状的同族，"真是久远的时间啊……久远到他们都以为自己真的死去了，无法醒过来。"

"让海皇把他们再复苏过来就是啊。"艾美诧异。

听到那一句话，海巫女的眼底闪现出了无奈的光，叹息着低下头去："可是我们失去了龙神。而我们的王在那一场巨变里耗尽了所有的力量，数千年来一直在水晶棺里沉睡，直到一年前感觉到了云荒世界再度巨变，才苏醒过来。"

一年前云荒世界再度巨变？难道是在辟邪和萧音姐姐终于放弃了那个死去的大陆时，同时也惊动了沉睡的海皇？

凝光摇头叹息："然而，失去了龙神后，以王目前的力量，却无法重新唤醒所有族人。"

艾美听到这里，终于明白过来："噢，你们想让我来叫醒他们，是不是？"然而想了想，却依旧摇摇头，"不可能。就算无法唤醒蛟龙也罢了，可是以海皇的力量，怎么可能唤不醒族人呢？"

凝光微微一笑，没有直接回答，只是往前走去："跟我来。"

艾美迟疑地跟着她，一路沿着大道往前，转了个弯，来到了一个海底花园。

"哇……"她眼前一亮，脱口惊呼起来，吓得一群鱼簌簌地游开。

那里，开满了无比艳丽的"花"——细细看去，却是海葵和海星，还有说不出名字的珊瑚和藻类。深海里的植物是人世未见的美丽奇特，每一样都让艾美惊讶不已。它们以珊瑚为泥土，在海底茂盛地开放着，中间还点缀着无数细小绚丽的贝壳，开合着吐出珠光。

艾美一下子被眼前的奇景惊住，忘了继续询问，只管东看西看，一路走入花园里去。

这一年来，她跟着饕餮看尽陆上风光，对于水底世界却是一无所知。

这是一个规模宏大的花园，地面上铺着精心打磨过的贝壳，沿着小径种植着无数深海珍稀植物，模仿陆上山川地貌，堆叠着假山，用宝石黄金雕刻出飞鸟禽兽的样子，栩栩如生，代表着这个海底国度曾经达到过怎样的文明巅峰。

在花园的正中，却是一个巨大的池子，上面盛开着一种奇特的巨大红莲。

“哎呀！”艾美叫起来了，“这就是你说的灵魂转生用的红莲？”

“是。这就是转世红莲。”凝光看着莲花，眼神温和，“是专门为那些不惜一切要来到海国的灵魂准备的。”

“会有很多人想到海国来吗？”艾美诧异。

“嗯……在云荒某个时期，海国是陆地上所有人的梦想。”凝光微笑起来，仿佛在回忆那个全盛岁月，“它代表了财富、艺术、美丽和永生。无数人抱了必死之心，前赴后继地来到这里。然后，在莲花池上醒转，获得新的生命，融入我们的民族。”

“变成和你们一样的鱼尾？”艾美觉得不可思议。

“是。”凝光看了她一眼，微笑道，“鱼尾不好吗？”

“呃，不是不是。”艾美一下子红了脸，低声，“我只是觉得……很不方便的样子。”

“在水里，自然是要有鱼尾才方便。”凝光没有和这个年轻的织梦者多计较，只是转头看着莲花池，慢慢道，“反正王现在还不能见你，我就给你讲一段故事吧……”

“关于海国和鲛人的事情，我都知道！”艾美以为这个鲛人女巫又要给自己重新上课，连忙分辩，带着一丝骄傲的表情，催促道，“我要去看萧音姐姐！”

“前任织梦者受到了很好的款待。王那样的人，是决不会逼迫她做任何她不愿做的事情的。你尽可放心。”海巫女忽地叹了口气，转身凝视着艾美，握起她的手，敬畏地放到自己额头上，梦呓般地说道：“织梦者啊，如果命运让我们在万载倥偬里有这一刹相逢的机会，那我想通过你，将那段岁月留给历史。”

“嗯？”艾美怔了一怔，“你……是想给我讲一些事情吗？”

凝光深深颔首:“是的。我要给你讲的，是史书上没有的故事。而知道它的人，又几乎没有机会把它流传下来。我是海巫女，我不愿在我死去后这一切被埋葬在深深的海底。所以，拜托你，暂时驻足聆听。”

“啊？”织梦者瞬间抬头，她的好奇心被激发出来了，支起了耳朵，“你说。”

第五章

遗事

“你看到莲花池中间那尊雕像了吗？”凝光淡淡地问道。

莲花池很大，而塑像只有真人大小，艾美被这么一提醒，才注意到那尊白玉雕像并不是鲛人，而是一个陆上的人类女子！

穿着华丽的空桑式样的衣服，长长的衣裾上，绣着白薇花的纹章。在她脚下，同样开放着无数雪白的蔷薇——那是白玉和冰晶雕刻而成的花朵，在数千尺深的海底静静绽放了万年。

“咦，这是怎么回事？”有考据癖的少女弯下腰去，仔细看了半天，纳闷地抬起了头，“这应该是白族的人啊……”

空桑白族的女子雕像，怎么会出现在海国的皇家花园里呢？

“这是我们海国的雪蔷皇后。”望着那尊美丽的塑像，凝光淡淡地追溯，“在海国覆灭之前，历史上倒数第二任海皇冷泉帝，曾经爱上了云荒空桑王朝里白之一族的公主。”

“什么？”从未听说过海国曾和空桑联姻的艾美吃惊地睁大了眼睛。

她挑了块平整的珊瑚礁坐下，开始用心聆听这一段被湮没的历史。

“当时，这遭到了全国上下的反对：鲛人向来遵循一夫一妻的古制，如果海皇娶了空桑人，那么就无法保持王室血统的纯洁——这是长老们不愿意看到的。”在荒芜的海底花园里，海之女巫静静地叙述，面色苍白地看着那座石像。

她的故事平静而漫长，年轻的织梦者在花丛里支起了手肘，凝神倾听。

在海国历史上的九十九位王者里，冷泉帝是平庸的。他浪漫而耽于幻想，优柔内向，缺乏决断和主见，在治国功业上无甚可推许。

他一生里留下的唯一一处与众不同，就是他当时在选择婚姻上罕见的固执。

他用辟水珠当聘礼，不顾朝野上下的反对，迎娶了云荒大地上的人类公主，百般宠爱。为了让她不想念故土，还为她建造了这个模仿陆地风光的奢华花园。

然而由于长老们暗中施法，他们在一起很多年，都没有生下一个孩子。

于是海国渐渐有传言，说是因为那些曾经死在空桑人手里的冤魂不愿看到王室的血被玷污，所以阻碍了异族皇后的妊娠——毕竟，海国曾经长时间地受到陆上空桑人的奴役，民众对于陆上民族的恨意，几百年来从未消解。

相对于鲛人长达千年的寿命来说，人类的生命是脆弱的。只是过了十年，冷泉帝依旧还保持着天神般俊美的外表，皇后却已经逐渐老去、病弱，不复昔日的美丽。

然而海皇依旧非常爱她，并不以外表的摧折消磨为意。对着病榻上病危的皇后，冷泉帝下诏告知天下，为了给皇后祈福，他将出家成为神庙里的祭司。长老们惊慌不已，看着皇后日渐衰弱，生怕流传千年的海皇血脉就此而绝，终于暗自停止了那个让皇后无法生育的恶毒咒术。

皇后病情逐渐好转，在五年里先后生下了三个孩子。那三个孩子在出生时就异常聪颖美丽，兼具了空桑白族和海国王室的优越血统，即便是最厌恶空桑人的鲛人，都无法对这三个孩子狠起心来。

但无论冷泉帝如何想方设法延长妻子的生命，雪蔷皇后终于在孩子们七十岁的时候到达了人类寿命的终点，撒手离去，被安葬在这个海底花园里。

“真是幸福啊……”临死时，远嫁的白族公主紧握丈夫的手，微笑道，“和你在一起……孩子……这样的一生……我……谢谢。”

皇后死后，冷泉帝仿佛也失去了生趣，他在花园里亲手雕刻了妻子的塑像，每日只对着塑像自语或发呆，荒废了政务，也不管那三个失去了母亲的孩子。某一日清晨，在第一缕阳光照到海底花园的时候，侍从发现冷泉帝已然在无数绽放的白薇花中死去。

那三个失去了父母保护的幼小孩子，在极度复杂的政局中长大，经受着各种诱惑和利用，懵懂地被各方势力拉拢来拉拢去。显然，也曾经遭遇了门阀贵族里年轻一代的引诱——谁都不知道一切是怎么发生、什么时候发生的，只知道忽然有一日，那三个孩子悄无声息地完成了“变身”的过程，齐齐出落成三位绝美的公主！

长老们如雷轰顶：这一来，海国王室血统至此而绝，再也没有了可以继承王位的儿子！

眼看事情没有挽回的希望，海国之内形势慢慢变得微妙。

一方面，要求修改祖宗陈规让女王即位的呼声开始出现；另一方面，那些原本就觊觎王位又对海皇迎娶空桑人感到不满的贵族，又开始蠢蠢欲动。

为了挽救国内动荡的局面，女巫和神官们日夜向龙神祈求。

龙神悲悯他们，为了弥补没有王位继承者的缺憾，便给予额外的恩赐，答应让他们的女儿可以任意地挑选丈夫。龙神给了三次机会，每个公主可以挑选一次。

贵族们在得知将有机会成为王夫继承国家后，都暂时压下了叛逆的心思，静静等待三位公主成长。一时间，海国局面平定了下去。

终于，长公主到了出嫁的年龄。她很像母亲，美丽而热情，有着不顾一切的勇气。在所有贵族的虎视眈眈中，她为自己选择的丈夫却出乎所有人的意料。在成人典礼上，盛装的长公主指着神庙，以一种睥睨上天的口吻宣布：“我，要天地间最强大的神祇、四海九州之王——龙神来做我的丈夫！”

所有长老贵族大惊失色，为这个渎神者的异想天开而全身颤抖。

然而神庙里没有声响，也没有谕示着神祇震怒的雷电降落。

仿佛异时空传来一声低沉的龙吟，神庙的门忽然无声地一层层打开，一道不知涌向何处的水流袭来，瞬间卷走了那个胆大妄为的长公主——原来，龙神也无法背弃自己曾经许下的诺言，只能将这天地间第一个敢于要求成为它妻子的少女带走。

可是这样一来，不仅无法确立王位归属，甚至连长公主都消失了。

于是，只有继续等待。

二公主成年后，她不像姐姐那样外向勇敢，而更接近于父亲的优柔沉静，每日里，只待在这个花园里和过往的鱼儿说话，偶尔浮出水面，坐在浮动的冰山上看着天空。大家对她很放心，觉得这样一个安静的娃娃，会成为最好的傀儡。

各家贵族子弟早就开始钩心斗角，花样翻新地讨她的欢喜。然而，奇怪的是二公主一个都看不上。被缠得急了，便一个人躲到花园里，或者干脆就浮上水面。没有人知道，那样看似宁静的表面下，却有着另一种激烈和决绝。

她选择了一个仅次于姐姐、同样令全族人惊骇的结果。

在万众瞩目的典礼上，她对着神庙说出了想要嫁的那个名字：长空。

长空，那是云浮翼族里才有的名字！那个人，是传说中天空之城的主人、全天下最温柔最动人的男子，有着一双雪白的翅膀，可以自由地翱翔在天地之间。

大家终于知道当初她为何选择了成为女性，但谁都不知道他们两人是怎么相遇的——或许因为她偶尔一次浮出水面的张望，或许因为他偶尔一次的失速流离，便有了这一场超越了海天的邂逅。

长老们用尽了各种方法劝说二公主，希望她以大局为重，选择同族做丈夫，留在海国继承王位。然而，什么都无法阻止她对着神庙开口说出自己真实的心愿。

就在一瞬间，龙神实现了她的愿望。

褪去了鱼尾，背后展开雪白的羽翼，她从深海中如泡沫般上升，消失在天空中，向着长空所在的云浮城飞去。

两次不祥的婚姻，如阴影般笼罩在海国，各方势力又开始蠢蠢欲动。然而，在长老们的担忧凝视里，最小的公主毅然决然地提前了婚期，不等到典礼时间到来，就主动宣布，下嫁给了当时位高权重的西海侯。

这桩联姻平定了海国动荡暧昧的局势，确立了王位的传承。

所有人都赞叹小公主的聪明和懂事，却没有人知道她因此舍弃了什么。只知道她婚后就迅速地憔悴了，不到五年，没有留下一个子女，小公主就病重垂危。

年轻王妃即将死去的时候，她丈夫眼睛里的悲伤深不见底。

曾被封为西海侯的海皇比妻子大了一百多岁。英俊、风趣、出身名门，很自然地成了海国里最负盛名的花花公子之一。他也很乐意享受贵族纨绔子弟的一切：醇酒，美人，权力，不停地换着女伴，从一双手臂流浪到另一双手臂。

然而那一天，他却被神庙前那个对他伸出手要求婚姻的少女震惊了。

手握大权多年，羽翼丰满后不满冷泉帝的优柔无能，他对王位早已暗自觊觎多时。原本他已做好了谋逆夺权的准备，就等三个公主都无法选好合适的丈夫、海国王位悬空即将动荡的时候，带兵发起叛乱，却不料这个小小的公主做出了这样准确的判断——在他举起叛旗前，抢先将手递给了他，将冠冕奉上。

那一刹那，让他震惊的不是从天而降的王冠，而是眼前这个女孩祭献一般的眼神。

那时候，她还不到一百五十岁，完全是一个孩子。

他看着那个脸色苍白的小人儿，隐隐感觉到某种钻入了心底的疼惜——那一瞬间，他发现自己以前竟然从未真正爱过。握住小公主微微发抖的冰冷小手时，他也对着神殿暗自许下了愿望，要令她成为真正的海国皇后，比雪蔷皇后更加幸福。

婚后，他顺理成章地成为主宰这个国度的王，也是海国历史上最后一个海皇：沧溟帝。出乎所有人意料，登上权力巅峰后，这个花花公子反而断绝了和以前所有情人的来往，真正恪守了族里对婚姻忠贞唯一的准则。

然而，小公主却一直抗拒，甚至从不允许他进入寝宫。

他终于想起当年她悄无声息地变身，猜测着她心里到底保留着一个什么样的影子。

“我的姐姐们先挑走了获得自由的机会，只留下我，不得不为了海国而祭献一生。”她在临死时喃喃说着，眼里不是没有怨恨和遗憾，“我不怪她们。其实……如果可以比她们先说出愿望，我也会逃避我的责任。”

“一百年前，和二姐姐一起浮上海面的时候，第一个看到长空的，其实是我。”小公主无神的眼睛茫然地望着神庙方向，在死去前还反复喃喃着，“其实是我啊……”

明明是她先看到他，明明是她先爱上他，却偏偏迟了仅仅一句话的时间！

尚未成年的小公主在华丽的婚床上咽下了最后一口气，眼睛却一直望着万丈碧蓝的一丝天光，不肯合起——这个大海最引以为荣的女儿，以处女之身回到了那一片蔚蓝之中。

在那一瞬间，一直守在病榻前的沧溟帝落下了泪水。这个野心勃勃、一生自负的男人终于在莫测而强大的命运前低下了头，不敢仰望。无能为力……他能做什么呢？他痛惜她的命运，怜惜她的孤寂，却始终无法带给她一丝丝的温暖。

他违反了鲛人的习俗，将妻子的尸体火化。在海面大风扶摇而上的时候，让轻烟将她的灵魂带上九霄。

那个她一生深埋心底却永远无法到达的地方。

漫长的讲述终于告一段落，珊瑚丛中，倾听的织梦者低下眼帘，发出了一声叹息。

“她真可怜。”顿了顿，她补充了一句，“那个海皇也是。”

“沧溟帝的一生的确算不上幸运。”站在红莲中，海巫女轻轻叹息，“他在年轻的时候有雄心图霸，然而登上王位后却连续遭到了一连串的打击——皇后早逝，海皇血脉随之永远中止。诸多权贵趁机发难，指责他没有资格继续执掌海国，内乱随之而来。”

“然而，就在那个时刻，灭顶之难忽然降临了！”说到这里的时候，凝光陡然一颤。

千年前那一场浩劫，显然在凝光心里留下了难以磨灭的可怕记忆，转世几次的巫女眼里出现了畏惧的光。她下意识地伸出苍白细长的手挡在眼前，仿佛抗拒着漫天而落的火焰，声音发抖地说道：“天火……那是毁灭一切的天火！云荒沉没，海国爆裂，一切都完了。”

海巫女回手抱着自己的双肩，发出低哑的苦笑：“就在一瞬间，一个时代被抹去了——那样轻松，就好像涂抹掉沙滩上的痕迹一样！这种天地洪荒的力量，连超越人世的神祇都无法抗拒啊。”

艾美听得发呆，想起她在“梦”里看到的云荒毁灭的情形，觉得浑身发冷。

在那样压顶而来的灾难中，连神祇都束手无策，唯有萧音姐姐有勇气伸出手，将那些生灵挽救——她忽然有点儿明白饕餮所说的“你差了太多”，大约是什么意思了。

“可叹沧溟帝没有享受过几日荣华，就要面对这样千年不遇的大难。”海巫女凝光轻轻叹了口气，低下头去，满怀敬佩，“就在那个时候，国人才知道当年小公主没有选错人——在贵族们纷纷自顾自逃离的时候，沧溟帝没有凭着力量自己离开，反而展示出王者该有的勇气，和龙神一起全力拯救着族人。

“在龙神以身躯堵住大地裂口，阻挡火焰涌出的同时，沧溟帝手握如意珠在火海中开辟出一条路来，带领幸存的族人逃入深海。然后，又竭尽了最后一点儿力气，将所有子民封入紫河车，让他们在沉睡中避过海底这一段无法生存的恶劣岁月。

“而他自己，最终因为力量的枯竭而倒在了神庙前。”

艾美听着，脑子却在高速地运转，将所见所闻一一刻录。

“我明白了……那个沧溟帝，他就是蓝吗？”艾美终于吐出了一口气，站了起来，指着远处的神庙，“现在的这个海皇其实根本不是正统的王室后裔，所以也没有那种靠着血统传承着的力量——他没有足够的力量让龙神复生，甚至无法让族人复苏，是不是？”

年轻的织梦者有些恍然地歪了歪头，得出了一个结论：“所以你们想要我来帮忙，把这个沉睡的海国唤醒过来，是不是？”

海巫女拉紧了长袍衣角，不作声地微微点头。

“咦，不对啊……龙神和海皇为了海国牺牲，可长公主、二公主哪里去了？”缜密的思维不肯放过一个细节，织梦者情不自禁地脱口问，“祖国遭了难，她们就不管了吗？”

“她们是背叛者。背弃了自己的责任，抛弃了族人和国家。就算得到神祇的庇佑，也是无法获得幸福的。”凝光冷笑，带着一丝难以形容的厌恶和悔恨，“她们会遭到报应的。”

那样冷酷如诅咒的语气，让艾美打了个寒战。

“真是神奇的传说……你放心，我一定会把你告诉我的这些故事都记录下来的，让这个世界的人都知道，就像《遗失大陆》一样！”听了那样长的故事，艾美心满意足地叹了口气，在花园里踮起脚尖，看着大道尽头那座高高的五星祭坛，急切地说道，“我要见你们的王，还有萧音姐姐！快带我过去啊。”

海巫女点点头，不作声地带路，疾步穿过开满了鲜花的园地。

“咦……”艾美紧跟着她一路小跑，忽然问，“这些事，你怎么知道的呢？”

凝光忽地停住脚步，回头对着她微微一笑。那个笑容有着说不出的悲哀和绝望，让艾美的心陡然间揪紧到无法呼吸。

海巫女默不作声地褪下了自己的长袍，露出苍白的脊背。单薄的背上，肩胛骨下方纵贯着两道可怕的伤口，深可见骨——仿佛有利刃剖开过她的身体，将什么硬生生斩断。

"这是……"年轻的织梦者一瞬间说不出话来，指着那可怕的伤口说道。

"断翼的刻痕。"海巫女凝光低下头去，抚摩着自己的后背，"是从天空之城斩断自己双翅，坠向一半是海水一半是火焰的故国时，留下的永久惩罚。"

艾美忽然呼吸变得急促，伸出手仿佛想要去触摸那两道伤痕，却终于忍住。

年轻的织梦者以一种第一次直面历史的激动和局促看着她，结结巴巴地问道："你……你是那个飞去了云浮国的二公主？"

"是。"海巫女缓缓点头。

"你……回来了？"艾美惊讶地看着她，"你为什么没留在天空之城里呢？"

她却只是沉默。要如何对这个织梦者说起？即便她想留下这段尘封往事，以供后来者引以为戒，却依然不愿意回顾天空之城里的一切。

第六章

星祭

神祇的力量，可以左右天地一切生灵的命运，却无法扭转人心。

抢在妹妹之前说出了心愿，然而抛下一切奔向梦中人的她，除了一个虚名，什么也没有获得。背离了族人和故国，在白云之外那个天空之城里，她拥有的却是名存实亡的婚姻——她的丈夫，甚至从未和她说过话。

从此后，碧海青天夜夜心。

后来她才知道，在那道白色的风掠过碧海时，长空第一眼看到的，也是那个刚刚浮出水面的小公主。他们在第一眼时就彼此相爱，却一生无缘相伴。

婚后，他依然每日都掠过海面，久久地凝望深海里那个遥远的国度——那种眼神，是她毕生都不能得到的。

每当那个时候，她的心里就有愧疚和嫉妒交错地咬着。她甚至想过，数年后妹妹成年，如果那时候她借着诺言，提出也要成为天空之城的女主人，龙神又会如何处置？

然而，很快就传来了小公主下嫁的消息——她没有像两个姐姐那样惊世骇俗、离经叛道，她只是平静地选择了海国内最合适的门阀贵族，完成了政治的联姻。在记忆中，那似乎是一个以风流好色著称的年轻权贵，英俊而幽默，手腕灵活，善于玩弄女人和权谋。

她侥幸地想，或许，妹妹会因为这个婚姻而获得幸福？

然而，很快就传来了年轻皇后病逝的消息。

当新一任海皇在风暴中将妻子火葬，灰烬随着狂风卷上天空之城的时候，她忽然明白了妹妹早逝的真正原因。那一瞬间，心痛如绞。

悔否？身为姐姐的她们，眼里只看得到个人的爱情和幸福，而那个沉默的、单薄的小妹心里，却藏着这样强烈的守护家国的信念，并为此付出了一生的代价。

海国大葬的那一夜，夜明珠的光芒照彻了海底，无数鲛人浮出海面唱着挽歌，哀悼大海最小的一个女儿、他们的小公主。

那是一个满月之夜，天空之城里却没有一丝灯光。坐在这座遗落在历史里早已空无一人的城市顶端，她的丈夫静默地凝视了那些深海珠光许久，忽然收拢了双翅笔直地坠入了海里。

她尖叫着扑出去，却没有拉住他。

她知道翼族是无法到达海底的鲛人国度的，除非他怀了必死的心跃入大海。他，是想回到那一片碧海里，和那个小公主相聚吗？

那之后她再也没有过他的消息，不知道他是否就这样死在了碧海深处，还是借着这个机会离开了她和这座荒芜的天空之城。

她只知道，自己的手里已然抓不住任何东西。

她永远不会原谅自己一时的懦弱和自私。那一刹的贪心和逃避，换来了三个人悲剧的一生。每一日，她都寂寞地在天空之城上遥望着故土，暗自悔恨。

终于，那个天变地裂的大劫到来了。原本远在天空之城的她可以逃过这一劫，然而在俯视着地面上种种灾难时，她终于站了出来，勇敢地担当了一次。

她展开双翅，从天空回到大海，在血和火中飞行，将一个又一个族人从火焰中带出。她脚不沾地地飞翔了整整三天，带出了数以千计的族人。第四天日落，她用尽了力气带出最后一个鲛人孩子，再也无力飞翔，掉落在地壳的裂缝中，被岩浆和火焰包围，转瞬熔化。

“妹妹。”死去的瞬间，她用尽最后一点儿力气，折断了背后那一对象征着罪孽的翅膀，如释重负地喃喃低语，对着天空伸出手去，“妹妹。”

那一刹那，她化为热气从海面蒸腾而起，飞向蔚蓝色的星空。

她终于解脱了。

那之后，便是生生世世。

鲛人并没有转世的信仰，死后魂魄便化为云升上星空。然而她因为神谕跨越过种族的界限，所以获得了转世的机会。她没有再转世在海国，而是忘记了一切，在人世间流浪。

1979年，她转生于新奥尔良，成为一名ABC。22岁获华盛顿大学经济学硕士学位，23岁进入位于纽约的四海国际总部工作，25岁被派往中国大区，同年，认识公司另一部门的同事Johnson。恋爱，同居，计划着结婚和蜜月旅行，甚至，打算要两个孩子，一男一女。

一切都平平常常。

那种幸福是饱满的，填满她生活的每一寸空间。然而，偶尔还是会有一种不真实的恍惚闯入她的心扉。每一次仰望星空，每一次俯瞰碧海，她都有一种"不属于这里"的感觉，惊诧于自己为何会在这个时间、这个空间，和身边的这个人在一起。

直到那一日，她忽然看到格子间的瓶中悄然绽放出一枝雪白的女萝，心里那一层封印忽然"喀喇"一声碎裂。她终于知道自己属于何处——那一夜沐浴时，反手抚摩着背上出生以来就镌刻着的两道深痕，故国的歌声响起在耳畔：那是深海中的王和族人在召唤她的归去，告诉她无数的鲛人还在万丈的海底被困受苦。

原来，她尚不能解脱。

几次迟疑，然而对当年那一刹的悔恨，促使她更强烈地有了站出来的念头。她终于舍弃了俗世里深爱的恋人，从百尺高楼顶上飞身坠下——宛如千年前从天空之城坠向大海。

"我希望，能赎回我的罪过。"海巫女缓慢而低沉地追溯着，将手覆盖在两道伤痕上。

年轻的织梦者怔怔地望着她，明亮的眼睛里闪烁着光。

"其实……我觉得你也偿还得差不多了。"艾美叹了口气，真心真意地说，"这一次你肯回来，我觉得……是很了不起的。"

海巫女苍白的脸上却有一种严苛，侧过头，缓慢地说道："我是有罪的。"

“谁都可能有一时的懦弱和非分之想嘛！有勇气面对它，就没有什么见不得人。偷偷跟你说，”艾美撇撇嘴角，吐了一下舌头，说出了心底里的一个小秘密，“我第一次见到辟邪的时候，还很嫉妒萧音姐姐呢！当时我就想，为什么偏偏她有那么好的运气，为什么就不是属于我的？”

凝光诧然回头，有点儿不可思议：“织梦者的心里，也会有阴暗面吗？”

“当然有啊！”艾美诧异地叫了起来，委屈地说道，“织梦者可不是圣人——就是萧音姐姐，也不是完美无瑕。你太苛求了，人只能逐渐变得更好，哪有无可挑剔的？又不是神！”

顿了顿，艾美摇头道：“不对不对。那些神祇，像辟邪啊山羊他们，更是缺点一堆。”

凝光看着她，苍白的脸上忽地有了一丝罕见的笑容，低声道：“这么说来，织梦者，您是原谅我了？”

“嗯。”艾美想也不想地点头，随即微微惶恐地说道，“我……我没什么资格说原谅不原谅的。”

“有的，有的……”凝光如释重负般，轻轻吐出一口气，跪在了海底花园中，用额头轻触艾美的脚背，“织梦者凌驾于四海九州之上，和神祇并列，代表了时间、历史和智慧。向您忏悔并获得原谅的话，我的罪孽就会减少一半。”

“有……有这一回事？”艾美惊慌地后退，睁大了眼睛。

原来，在获得一双看到过去未来慧眼的同时，织梦者还肩负着倾听心灵的职责。

“织梦者，您会帮助我们吗？”海巫女继续深深行礼，恭声询问，“原谅我们没有事先问过，就擅自将您带到了这里——我们实在是对您身侧那个邪魔心怀畏惧。”

“当然会。”艾美侧头想了想，又补充了一句，“如果我能做到的话。”

绵延不断的柱廊，仿佛通向不可知的彼端。

身后一圈波纹还在不停荡漾离合，露出居中那一个黝黑的洞——那个黑洞，是另一个时空和这个平行时空的界点。集合了众人的力量，凝聚了巨大的念力，她才来到这个被封印凝固的时空。

她一步一步往前走，看到了柱廊尽头的祭坛，静静躺着一具水晶棺。而这个柱廊外面，有无数雪白的女萝缠绕，一条条苍白的手臂遮蔽了时空。

那是……那是千年前死亡凝结成的“界”啊！

她将手贴在额心，抵抗着快要裂开的剧痛。

每一步都是缓慢的。在她足尖踏入的地方，地面都有了微微的起伏，仿佛光影随着她的行进，发生了微妙的变化。那些遮天蔽日的苍白藤萝纷纷退开，散落，化为灰土。然而，走到第七十九根柱子前，她终于觉得支持不住，身子一倾，一口血吐出。

所有一切，在那一瞬，碎裂成齑粉！

“织梦者！”在她倒下前，有人接住了她，急切地呼喊。

还是不行吗？萧音茫然地想着，睁开眼睛看到那一双蔚蓝的眸子，宛如头顶上无边无尽的大海。周围是空旷的祭坛，五星的五个棱角上，分别坐着几个纯白色的灵体，和她连成连续不断的折线。

在五个角的中心，一圈奇异的波纹在不停荡漾离合，通往另一个时空。

嘴角切切实实有血，随着脑中剧烈的痛苦不停沁出，仿佛带走她仅剩的生命。

“第七十九……”她吃力地开口，喃喃地说，“还差了二十根柱子的距离……再来。”

“不必再试了。”蓝眸的王者摇头，痛惜地阻止，“等新织梦者来吧。”

“她还太小……”萧音缓缓摇头，按着眉心坐起，“她的心智，在很多地方还不成熟……有力量，却不知如何控制和使用……我怕她去了，有危险。”

“可你去了，会更危险。”海皇坚持道，“你会倒在第九十九根廊柱下，再也不能回来。”

“既然我答应了来这里……就没想过要回去。”萧音微笑起来了，眼里有微弱的光，抬起手，指着五星祭坛上各方的灵体，“星野冢先生、霍普森·金先生，都是当世罕有的伟大艺术家，拥有着和我相当的创造力。还有你，海皇……汇集了这样多的力量，怎能不放手一搏，去打开那扇封印着的门？”

“还缺一个。”海皇依然摇头，“必须等。不能冒险。”

五星祭坛，象征着鲛人灵魂的归宿，雕刻着巨大的龙的图腾，以及龙神九子的图像。如今，五个棱角上有几个灵体静静盘伫，那是海国的鲛人花了数年时间寻觅而来的，具有创世能力的灵魂：星野冢、霍普森·金、萧音……还有新一代的织梦者艾美，再加上鲛人之王，便足了五星之数，可开启被封印入沉睡境界的灵魂之门。

五条折线，将五个灵魂联系。由负担创造了纸上云荒的先代织梦者开始，历经另外两个大师的手，将念力进一步加强，然后经过海之王者的手，传递给当世的织梦者。集合所有人的力量，打通两个平行时空之间的门，让年轻的织梦者去往那个被封印的凝滞异界，唤醒沉睡千年的族人。

这，需要正位和逆位的两个织梦者。

而这个已然开始衰弱的前代织梦者，却有着如此不顾一切的牺牲精神，竟完全不以死亡为惧。海皇无奈地摇头，再一次强调："我们，并不是要你来送死的。"

"我已经死了……"萧音脸上忽然有了一个苍白的笑容，一闪即逝，"在失去创造力、不能书写的时候，我早已死去了。这次，我不过是来要一个活过来的机会而已。"

海皇惊骇地看着她，蓝色的眸子里有某种动容。

"而你们，和我相反，是一直活着的……"萧音微弱地笑着，看着祭坛底下绵延无尽的雪白藤萝，"为什么不让应该死去的人死去，而让应该活着的人活回来呢？蓝，你不用顾虑辟邪。他从不会伤害任何生灵，何况……你们是他父族的子民……"

先代织梦者挣扎着坐了起来，重新闭目凝聚精神力："再送我进去一次。"

然而，她集中了念力，其余几个角上的灵体却没有发出丝毫回应。她惊讶地睁开眼睛，随即明白了对方的心意。

无论是星野冢还是霍普森·金，都在极力阻拦着她再度进入那个世界！

他们曾联手向世人展示了一个失落文明的辉煌，各自付出了无数的精力，合作得完美无瑕，然而几个人却在十年中从未见过一面。到如今在天人相隔的情况下，居然在万丈的水底会聚。

可这个时候，曾经合作无间的同伴，却一起默不作声地阻拦了她。

他们，也不希望她踏上如此危险的境地？

“如果还有一丝别的希望，就不要把自身当作祭品牺牲。”海皇同样也没有归位，只是凝视着她，缓缓摇头道，“因为同时牺牲的，必不止你一人。”

萧音想说什么，抬起头，却被那双湛蓝眸子里的深沉叹息镇住了。

“啊……”了解前尘往事的她恍然明白，张了张口，想说什么，却终于无声。

“那，我先歇一会儿，”她叹了口气，终于让步，“等艾美吧。”

海皇微微一笑，俯下身来，将一物放入了她手心。

澎湃的灵力忽然从手中灌注到全身，让衰弱的身体一震，连割破颅脑般的剧痛都缓解了。萧音吃惊地看着掌心那颗青碧色的珠子：这，这是——龙神的纯青琉璃如意珠？那个洪荒传说中的神器，海国的镇国之宝！

“好好休息，养足精神。”海皇缓缓摇头，微笑道，“不要逞强。”

静默片刻，望着这个人首鱼尾的男子，织梦者忽地笑了起来。

“蓝，如果在我笔下，你这样的人，是应该获得幸福的。”

第七章 朝闻道

没有。没有。还是没有！

饕餮几乎暴怒到要把整个海底掀过来了。

从北冰洋一路搜到了太平洋中途岛附近，整整三天，一无所获。派出了无数魔使帮忙寻找，依然是什么也找不到。急切之下，牙病再度发作，痛不可当，半边腮帮子高高肿起。一怒之下他决定把这片海域踏平。

露出了真身的神兽在大洋底下冲来撞去，巨大的羊角如锋利的镰刀，一路掀翻摧毁了无数珊瑚礁和岩石，惊得大小鱼类纷纷逃窜，海面上起了巨大的漩涡和风暴。

“妈妈呀！”一条小鲨鱼从粉碎的石头下跳出，赶紧游开，追在母亲身后，大哭，“这只疯羊，把我们的厕所踩碎了！”

发怒中的饕餮大吃一惊，连忙提起脚跟仔细查看。

然而，就在那一瞬间，他感觉到了水流里传来微弱的波动——极其细微，一闪即逝，然而却瞒不过神祇的眼睛：那是灵力在某处瞬间爆发的波动，这个海底的某一处，汇聚了极大的念力！

饕餮的目光落在远处——那里，是升入大海深处的腾蛟山脉末尾，埋在深深的大海之下。那黝黑冰冷的山脉，刚才仿佛轻微地震动了一下。

“什么东西？”喃喃自语的饕餮恍然忆起这条山脉的来历，眼睛一亮，

“在那里！”

他循着山脉急奔，寻找着这上古神龙遗骸的最终消失处。

传说千年前龙神为了庇佑海国子民投身火海，用躯体堵住了裂开的大地。龙死去后，化为了横亘东海沿岸的腾蛟山脉，山脉伸向大海，逶迤着消失在碧蓝的水面下。然而，如今奔驰其上时，饕餮忽然感到山体在微微震动，宛如心脏的搏动，仿佛有地火在深海运行，要喷薄而出！

心里陡然有一种莫名的预感，他加快了脚步。

在最末一节龙脊消失处，他看到了站在海底的兄弟。

辟邪比他早一步来到了这个节点，同样现出了真身，正在发疯般地用利爪击打着海底。那森冷的岩石，居然硬生生破开了一条深不见底的裂缝来！

从未看到这个沉静内敛的兄弟如此疯狂，饕餮一惊，反而驻足。

“萧音在下面！”一眼看到饕餮，辟邪铁青着脸低吼，“她正在动用念力！快！”

“啊？！”霍然明白过来，饕餮扑了过去，合力撕开海底。

是的，一定要在那群鲛人挟持织梦者完成祭典前，阻止他们！

五星形的祭坛，用一种说不出名字的海底奇特石头筑成，奇迹般地逃过千年前那一场海天大难保留下来，从海市岛上完整地沉入海底。

祭坛上有一座小小的神庙，艾美想，萧音姐姐应该就在那里面。

她跟着凝光走上台阶，发现五星的五条棱上装饰着龙和一些异兽的图腾，连绵不断。她认出那雕刻的是龙之九子：囚牛、睚眦、嘲风、蒲牢、饕餮、狻猊、辟邪……栩栩如生，簇拥着龙神，向着祭坛最高处升起。

“哎呀！”年轻的织梦者仿佛想到了什么，忽然叫起来了。

海巫女一惊，站住身回望：“怎么？”

艾美脱口叫了一声，连忙住口，满脸尴尬地说道：“我……只是忽然想起来，如果……如果饕餮、辟邪是龙的儿子，那么……难道他们是你姐姐生的？——可想了想，又觉得不对，海国沉没是几千年前的事情，可饕餮说过他们已经活了几万年啦！”

凝光忍不住笑了起来：“他们也都是神，当然不是我姐姐的孩子。”

“啊，那么说，龙神以前有别的老婆给他生了九个儿子？”艾美抓了抓头，恍然大悟，“真可怜……它已经有了老婆，又随便对子民许愿，结果被大公主胁迫了？”

这样说来，这是天上地下第一个被逼婚的神祇吧？

看着艾美纳闷的样子，海巫女苍白的脸上浮出了笑容，忍住笑摇了摇头：“也不是。龙神在那之前，并没有妻子。”

“啊？”艾美更奇怪了，“没有老婆，怎么能生出辟邪他们呢？”

海巫女却淡然地说出了答案：“它自己生。”

“啊？！”年轻的织梦者睁大了眼睛，嘴巴张成了O形。

“不要以人的，甚或世间一切生灵的惯例去推断神族。”海巫女微笑着，眼睛里却浮起了肃穆景仰的表情，“它们是凌驾于我们之上的另一种存在，所有凡世的准则，对它们来说统统无效。以人的角度去妄自揣测神，是一种亵渎。”

艾美眼里有不服气的光，但看到巫女的虔诚，也只好把话吞下去。

她可没觉得那只臭山羊有什么凌驾于她之上的。

“噢，那么说来，龙神是自己生了九个儿子了？”她接着问。

“也不是‘生’，应该是一种分裂吧。”海巫女一边继续往上走，一边解释，“原来这个世界是一片海洋，龙便统管着一切。后来天裂地变，浮凸九州，龙为了让每一块土地上的生灵都更好地休养生息，便把自己的力量分成十份，而给其中九份赋予了九种不同的外形，派去大陆去庇护当地生灵，从此便有了‘九子’的称呼。”

“哦……是自体克隆的？”年轻的织梦者恍然大悟，好奇地追问，“可是，龙神怎么能娶鲛人呢？”

她实在是想不出一个年轻美丽的鲛人，如何和一条巨大的龙在一起生活。

“只要它想，就可以。”海巫女眼里有一种敬慕的光，“龙神千变万化，能以任何状态存在于任何空间，没有它做不到的事。”

“噢……也对。”艾美抓抓头，喃喃道，“辟邪不也娶了萧音姐姐？”

因为从来没看到过辟邪的真身，所以艾美脑袋里的辟邪就是一个居家型帅哥的形象，并无不妥。如果换成是那只胖山羊，她就是想破脑袋也想象不出，所谓人和神的婚姻生活该是如何一番情形。

“后来你姐姐如何了？”织梦者的好奇心是无止境的，问了那么多问题后还不依不饶，艾美一边走，一边继续缠着海巫女。

然而此刻凝光已然走上了最后一级台阶，站到了祭坛上。

“神域，噤声。”海巫女竖起手指，示意她安静，“跟我来。”

“啊！”然而一眼看到祭坛五个角落上的灵体时，艾美还是情不自禁地低低惊呼了一声。幽灵是没有面目的，所以她也不知道那两个便是全世界都鼎鼎大名的星野家大师和霍普森·金导演。然而织梦者的直觉让她感受到了某种共鸣和冲击，不禁脱口惊呼。

在少女踏上神坛的同时，两个灵魂也是陡然一震，齐齐注视过来。

多么强烈的创造力和灵力！

在这个世间，拥有这种力量的灵魂寥寥无几，而各自所拥有的才华也是体现在不同方面，立体三维地相互补充，彼此之间有着奇特的感应。是新一任的织梦者吗……两个灵魂相互交换了一下思想，有欣慰的意味。

然而不等艾美仔细打量五星上的两个灵体，凝光却打开了那座神庙的门，做了一个邀请的姿势——而神庙里，隐约可见一个女子的侧影。

萧音姐姐！

她顾不得别的，立刻几步冲了进去。冲得太急，一头撞上了一个人。

“嗯？”揉着额头，她有点儿晕乎地抬头看去，就看到了一双如勿忘我花一样的蓝眼睛。

“啊……”她从胸臆里吐出一个含义不明的音符，有点儿慌乱地看着面前这双蓝眼睛的主人——是的，是看到过的！在金水桥旁争夺Johnson灵魂的时候，她就饱受了这个人的教训，那一句句毫不客气的话如同当头大棒，将她一直以来的自负打压下去。

“真正的织梦者，必须尊重每一个生命：尊重他的生，也尊重他的死。”

“你没有权力去操纵任何一个人的生死。你只能守望，用你的力量，去编织一场场美梦，给人心以慰藉……你应顺从人心的愿望。”

那个时候，她是多么惊骇于这样的话语。

从来没有人教过她这些。萧音姐姐虽然答应过教导她，却因为自身精力的衰竭而过早搁笔，无法再担当起教导下一任织梦者的职责；而她跟着饕餮成长起来，那个邪魔除了向她展示这个世界的直观一面外，却从来不曾在思辨理性的高度上对她进行引导。

或者，这就是饕餮和她说过的“所不能教导”她的？

随着年龄和见闻的增长，织梦者的天赋蓬勃发展起来。然而她变得自负而任性，无所畏惧，以为自己能够做到一切。她的精神世界就像一个没有园丁的花园，野草藤蔓四处攀爬，恣意宣扬着活力，却缺乏管束和引导。

所以，那天晚上面临生死选择时听到的那几句话，无疑是惊雷贯耳。

从来没有人能在这样的精神层面上引领她。

如今，她终于看到了那时候说话的那个蓝眼睛的人——高个子的贵族男子，典型的鲛人外貌：优雅，俊美，沉静的王者之气，穿着海蓝色的鲛绡织成的袍子，上面是连绵的蟠龙花纹。白玉的带子，白玉的高冠，上面点缀着夜明珠。

看到了这身装束，她恍然明白了对方的身份，情不自禁地紧紧盯着，打量。是海皇……这个人，就是刚才凝光叙述里的末代海皇？！

那个年轻时有着风流名声的西海侯，娶了海国小公主的权贵，最后为了族人累死在海底的末代海皇……短短一瞬间，方才的故事全在耳边想起。仿佛无穷多的颜料一起涌上，将那个苍白的剪影瞬间涂抹成了一个光影分明、有血有肉的形象。

“年轻的织梦者。”看到闯入的艾美，海皇微笑起来了，对着她伸出手来。

“呃……蓝？”艾美却是无措地看着眼前这个有着蔚蓝眼睛、优雅从容的男子，忘了伸过手去，反而喃喃地叫出了王的本名。

“嗯？”海皇也错愕了一下，却不追究，只是侧过身让她看到背后的情景，“来，年轻的织梦者，来帮助你的前辈。”

“萧音姐姐！”一眼看到神殿内静静躺着的女子，艾美惊呼了起来。

前代织梦者沉睡在海底神庙中，面色极其苍白，隐约竟如琉璃般易碎，不由得让人想起她的精神力早已枯竭，接近崩溃的边缘。

她的双手交叠在胸前，右手无名指上戴着辟邪赠予的素白婚戒。

青色的灵珠放在两手中间，流转出青碧色的光芒，笼罩了萧音全身，并且如潮汐般缓缓地流动着……艾美只看一眼，立刻下意识地闭上眼睛不敢正视！

“如意珠？”她脱口惊呼。

“方才她使用念力过度，精神力支持不住，我只能用龙神的如意珠替她恢复灵力。”身边的沧溟帝微微颔首，“你过去帮帮她，用织梦者的念力去摧动力量发挥出来。”

“我……可以碰吗？”艾美战战兢兢地伸出一根手指碰了碰那个传说中的至宝，那颗蕴涵着无穷力量的宝物没有弹开她的手指，反而将一股舒服至极的感觉传递过来。

“哎呀！”年轻的织梦者欢喜地叫了一声，大胆地将如意珠握在了手心。

心底一片澄明，脑中清晰充盈，真是说不出的舒展自在。

“用念力注入它，抵着萧音的额心。”旁边的海皇低声嘱咐。

艾美听话地握紧了珠子，闭上眼睛默默凝聚心底的力量，集中在掌心，然后把合着的双手放到了萧音苍白的额头上。那一瞬间，她第一次清晰地感觉到了萧音姐姐的病情是多么严重——在她触手之处，居然空空荡荡！

那个曾经编织出宏大幻界的大脑里，竟然已经枯萎到空无一物。仿佛膨胀到极点后，又坍塌完毕的空荡荡的宇宙。

“萧音姐姐，醒来……快醒来啊！”她在心底一遍一遍默念，焦急而恐惧。

在念到第九十九遍时，感觉到了手底下的肌肤有了微微的触动。

“艾美？”萧音眼睛缓缓睁开，看到了面前闭目合十的少女，诧异地低呼。

在萧音苏醒的一瞬间，完成了任务的灵珠听从了海皇的召唤，从艾美手中瞬忽跃起，回到了他的手中。

看着神庙中的两任织梦者，海皇微微一笑，悄然退出。

“萧音姐姐！”听到声音，艾美喜极，扑过去抱住了她，“你醒了？哎呀……我刚才还以为你……太好了，这珠子很管用！你真的醒了！”

“你来了，也很好啊。”萧音苍白的脸上有微弱的笑意，看着她已然日益成熟的脸，轻轻叹气道，“真是对不起……我一直没有尽到职责，让你跟着一个邪魔成长。”

“没关系，我自己慢慢来就是。那头山羊也挺好的。”艾美笑着抬起头说了一句，又忍不住蹙眉，忧心忡忡地说道，“姐姐只要保重好自己的身体，刚才那个样子……真的很可怕啊。辟邪要是知道了，一定担心死。”

听到“辟邪”两个字，萧音苍白的脸上掠过一丝变化，仿佛哀伤，又仿佛决绝。

“来到这里，这是我自己的选择……”她低声道。

艾美却仰起了脸，诧异道：“你来这里，原来辟邪不知道？这怎么行？帮鲛人复国，需要很大的精神力，姐姐你不可以勉强自己！这样一定会出事的！”

萧音却扬起了头，嘴角有一个冷毅的表情：“与其那样不死不活，不如来个决断。”

“决断？”艾美抓头，急切地说道，“可辟邪呢？”

“对神祇而言，凡人的一生不过是一个瞬间。”萧音微微笑了笑，低下头去抚摩着手指上那个婚戒，眼神宁静无惧，“小美，你如果爱上了一只蜉蝣，就算一直看着它，又会有多久的欢喜和多久的遗憾呢？”

艾美张口结舌，想着该怎么反驳却又无从说起。

“可对那只朝生暮死的蜉蝣来说，它一生的价值，并不在于会被神或者人爱上。”前代织梦者用力握着艾美的手，缓缓说起自己心底里的话，声音虚弱却坚强，“对它来说，生命长短可以不计，朝生暮死也无所谓，只要是——朝闻道，夕可死矣。”

朝闻道……夕可死矣？

艾美心里猛烈地跳了一下，领会到了萧音内心强大而坚定的信念，却隐隐为此感到害怕。如果织梦者的一生，只为寻求殉“道”，那这个“道”又是什么呢？

“是，我也无法解释什么是‘道’。”虽然不曾开口，萧音却仿佛知道了艾美心里的疑问，“那只是一种指代，是我一生都在追寻的东西。小美，你有想过你最想得到的是什么吗？”

“我……”艾美张了张口，终于不好意思地笑了一下，“我想成为姐姐这样的人。”

顿了顿，又补充道：“我想写出云荒那样的世界！”

“呵……”萧音笑起来了，无限关爱地看着艾美年轻而充满活力的脸，“这样简单直接的愿望，和我十八岁时候一样啊。小美，你会超越我，你也必须超越我。不然，你无法看到你所追求的‘道’。”

"呃？"艾美听得糊涂，不好回答，只好含糊地说了一句，"我答应鲛人来这里，其实就是想……想动用力量，帮助他们建立一个新的世界。"

"哦？"恍然明白了她的动机，萧音饶有兴趣地看着她，"你想创造海国，是吗？"

"一开始，我以为海国是和云荒同样的情况嘛！后来才知道海国只是在沉睡，而不像云荒是毁灭了。"艾美不好意思地低下头，嘀咕道，"我只是……想试试自己的力量。"

"创世是个很有吸引力的挑战，是不是？"萧音问。

"嗯！"艾美两眼放光，难以掩饰地用力点头，却现出了一个愤恨的表情，"可恨那头山羊不许我碰他的亚特兰蒂斯，还说我远远不够水准。"

萧音静静地看了她半晌，点头说道："是不够。"

仿佛被一棒子打中头顶，艾美睁大了眼睛看着萧音，说不出话来。萧音姐姐……萧音姐姐也这样贬低她的能力？她也说自己远不够水准？！少女的脸上闪过各种情绪：愤怒、失望、不信、反抗和自傲，抿起了嘴。

"你知道这个神庙千年前的故事吗？那个龙神许下三个愿的故事？"萧音问。

"知道！"她气呼呼地，哼了一声。

萧音眼里却带着笑，轻声问："从这个传说里，你明白了什么？"

是在考她吗？艾美歪头看了萧音一眼，赌气道："那头笨龙，不该随便许愿，这样会害了很多人也害惨了自己。"

"嗯……"萧音微微点头，吐了一口气，"其实，龙神是爱自己的子民的。"

"它根本不该这么许愿！"艾美语气里还是气呼呼的，"什么王位啊血统啊，海国的事情海国自己解决。它那么一插手，就把凡间全打乱了。我想，到了后来，那个小公主未必就不怨恨它。"

"对。"萧音唇角终于露出了一个笑意，带着赞赏和怜惜，抬起手轻轻抚摩了一下艾美的鬓发，轻轻说，"其实，龙神对于海国的教训，也适用于织梦者对笔下的世界。你明白了吗？"

如同醍醐灌顶，艾美"啊"了一声，闪电般地抬起头来，看着前任织梦者。

明白了！明白了！少女的眼睛里闪烁着无数光：恍然、狂喜、惭愧依次掠过。艾美显然是瞬间想通了什么，却无法用言语表达出来，只是紧紧拉着萧音的手，用力到指尖发白。

“真正的织梦者，必须尊重每一个生命：尊重他的生，也尊重他的死。”

她终于明白了沧溟帝那时候说的，到底是什么意思。

那是织梦者的准则。

“可惜，有一些，我是无法教你的。”

她也恍然记起了饕餮经常反复叹息的一句话。

让邪魔束手无策的，也就是这种人生态度吧？

织梦者只是为记录历史、修补人心裂痕而出现。无论如何，她必须克制自己，不让个人的意志去擅自影响这个世界的流程运转，去逆转别人的命运。她不能因为拥有超乎常人的力量，就对一切失去敬畏之心，随心所欲地妄自支配。

紧紧握着萧音的手，艾美因为心神激荡而说不出话，眼睛里却满含感激。她知道萧音姐姐是在极度衰弱的情况下，竭尽全力将所领悟到的真谛告诉自己。

她也终于知道饕餮所说的，她和萧音的差距究竟在哪里，并不是精神力和创造力的高低，而在于对生命的敬畏、对笔下所操纵一切的尊重！上善若水。如果没有悲悯和敬畏的心，而以凌驾于上的造物主姿态出现，就算技法多么完美出众，想象力多么华丽，也永远不能成为优秀的织梦者。

因为，没有心灵的注入和分享，那个虚幻世界永远无法活起来。

任凭自己的手被她握得生疼，萧音只是微笑着凝视这个少女——毕竟是聪明的孩子，已然领会了两三分吧。

第八章

夕可死

就在两代织梦者言传身授、拈花微笑时，神庙忽然剧烈地震了一下！仿佛头顶有巨爪击下，撕裂开虚空。

“糟了！”萧音先回过神来，立刻知道发生了什么，一把拉起了出神的艾美，“辟邪他们找到这里了！得马上赶去祭坛！”

艾美懵懂地被她拉着冲出了门。

一出去，就看到手持如意珠的沧溟帝等候在门边，眼睛里也有焦急之色，显然情况已然急迫。艾美下意识地抬起头，看到头顶原本透明平静的蓝色已经变成了墨水般的黑，仿佛有巨大的利爪撕扯着，急速地哗啦啦地涌动。

蓦然感觉到某种可怕力量的逼近，艾美浑身一颤。

“快！”一看到两位织梦者联袂而出，沧溟帝短促地说了一声，立刻引着她们走向祭坛——那里，五个角落上已然有两个纯白的灵体在静静等待。

艾美看着祭坛中间那个悬浮着、不停变幻的东西发呆：这是什么？然而沧溟帝径自走向西北角，坐下，抬眼看着其余四方：“大家各自就位！”

“你去那里。”萧音也迅速在东南角坐下，手指一抬，指着正北的方向，“坐下。”

要开始复苏海国了吗？艾美又是激动又是紧张，手指微微发抖。然而忽然想起了什么，连忙回过身去，解下一物，放在了萧音的手中。

“这是？”萧音一惊，看着手心里的东西，“神之古玉？”

艾美拉着她的袖子，央求道：“戴上吧……我怕……”

怕什么？怕她死掉吗？萧音微笑起来，抬手抚摩了一下少女的长发：“你快过去。”

艾美听话地退开，然而刚一坐下，就感觉到祭坛也在猛烈地一抖，仿佛海底海面都有看不见的利爪撕扯，要破开虚空进入这个世界，将一切粉碎！

其余的人应该也是感觉到了逼近的压迫力，刚刚全部就位，艾美就看到了萧音的双手合拢，抬至眉心，开始凝聚起全部的精神力。

“啊！”看到这种手势和表情，艾美想脱口惊呼——这样近乎孤注一掷地发挥力量，萧音姐姐的脑子如何承受得住？

惊呼未落，就看到一道强烈的白光从萧音眉心激射而出！

那道凝聚了所有力量的光，依次被四个角落的人所折射——先是星野冢，再是霍普森·金，每一次折射，光芒都更加充溢和盛大。

最后，折射到了坐在西北角的沧溟帝额心。

末代海皇闭目凝神，双手持着如意珠抬至双眉处。

那一道凝聚了所有念力的白光，就准确地射入了那颗蕴含着无上力量的如意珠内！

被如意珠一反射，白光以惊人的力量和速度返回，直射向正北方坐着的艾美。

艾美目瞪口呆地看着这瞬间发生的一切，对着这一道急速奔向她的光芒却不知如何是好，光线迎面笼罩下来，带着无比澎湃凌厉的灵力——就在一刹那，她感觉到那道白光击中了眉心。

眼前一片空白。

神志仿佛都被忽然而来的光击溃了，她恍惚起来，不知道自己游离到了何处。

这是在哪里呢？艾美四顾，可周围只是一片空白，仿佛刺眼的白光一下子裹住她，将她送到了另一个时空里。

“往前走。”一个声音忽然在耳边响起来了，衰弱而细微，“一直往前。”

萧音姐姐？她想惊呼，却发现开不了口。

“一直往前。”

于是，她只能一直朝着面对的方向走去。不知为何脚步分外艰难，似乎每走出一步，都要消耗她极大的精力。她听从了萧音姐姐的声音，咬着牙往前，一步，又一步。奇怪的景象出现了——

三步之后，她看到眼前出现了一条雪白的长廊。

那条长廊有着连绵不断的拱券，通向不可知的彼端。她又想惊叫了：因为她看到长廊两侧那些柱子都是透明的，里面居然都封印着一个个人首鱼尾的鲛人！

那些人柱支撑起的长廊，长得看不到尽头。

而长廊外面，并没有“空间”。

她只看到无穷无尽的雪白藤蔓攀爬着，铺天盖地遮蔽下来。那些……都是女萝？！那些女萝展开惨白的手臂，相互纠缠着，绕着这座长廊，仿佛透不过气的死亡森林。

这是在哪里？！艾美惊诧不已，几乎要失声叫起来了。

“这是……海国人的‘梦魇’。”萧音的声音再度响起，更加衰弱了，几乎细不可闻，“你现在在结界里……快点儿去打开那个水晶棺……一路上，不要回头，不要停顿！”

水晶棺？艾美的好奇心再度被点燃了，她开始奋力拔脚，迈出了第一步。

每一步都是缓慢的，需要费尽全身的力气。在她足尖踏入的地方，地面微微起伏，仿佛光影随着她的行进，发生了微妙的变化，黑暗退缩了，白光随着她一步步地扩展。

在她走过之处，长廊纷纷在身后倒塌，柱子里被封印的鲛人们获得了自由，而廊外那些遮天蔽日的苍白藤萝也纷纷枯萎，散落，化为灰土。

无数鲛人从紫河车里逃逸出来，飘散，在她身后发出欢喜的笑声。

然而谨记了不可回头看的警告，艾美对于背后那些古怪的声音不闻不问，只管用尽全力跋涉。在走过第五十根柱子后，她已然看到了长廊尽头那个祭坛。

祭坛上，静静躺着一口水晶棺，折射出晶莹的光。

艾美凝神看了一看，几乎惊喜得要跳起来。就在那一瞬，萧音的声音穿越了空间，催促道："不要停！千万不要停！你的时间有限，快、快去……"

声音到了最后细若游丝，飘断，再也听不见。

萧音姐姐！艾美惊慌了起来，不敢怠慢，再度鼓足力量抬起了脚。

然而越到后面，越是艰难。长廊的地面，长廊的空气，每一处仿佛都有看不见的樊篱，阻碍着她的前行。她仿佛是陷入了沼泽和流沙，每前进一步都要付出极大的代价。

不能停……不能停！艾美一遍遍在心里对自己说，小脸憋得苍白，握紧了拳头。

第九十九根柱子，在她身后轰然倒塌。

"啊！"就在此刻，她听到好几个声音在惊呼，不是那些鲛人，而是萧音姐姐和海皇的声音！然后，那个一直指引她的声音停顿了——怎么了？上面发生了什么？有什么东西闯入了海底？

艾美惊慌地四顾，却只看到孤零零的旷野中摆放着的水晶棺。

棺中，是一个美丽的女子。

面目恍然有几分熟悉，穿着织有金色凤凰图案的衣服，配着华丽的首饰，静静躺在棺内，双手交叠放在前襟上，神色平静安详。

奇异的是，这个棺中女子的腹部高高隆起，竟似在怀孕中死去，被收殓在此处。

艾美无措地看着水晶棺，不知道自己接下来该做什么。然而，就在这短暂的停顿中，她感觉到这个密闭的虚空猛然震动了一下！

她惊叫起来。因为她发现这个震动的来源，居然出自于棺中女子的腹内！

那个死去多年的女子面色安详，然而腹部却在微微蠕动，仿佛里面有什么正在极力挣扎，要冲破水晶棺的限制。

随着那细小的波动，整个虚空都在颤抖。

艾美惊骇地看着这诡异的一幕，不敢想象女子的腹中有什么，几乎想拔脚就逃。然而身后有无数鲛人的声音在呼叫，虽然听不懂，却明白是让她继续努力的意思。

这个棺材里的女子，究竟是谁呢？居然有几分眼熟。

她想着，俯视水晶棺盖下那个盛装女子的脸。

“打开！”忽然间，海皇的声音穿透时空响起，显然是经过努力才将信息透入，疲倦而急切，“快打开！让龙神出来！”

龙神？艾美惊讶，却来不及想，手指已然扣住了棺盖，用力掀开来。

就在这一瞬，她忽然认出了那张脸像谁——是的，就像刚刚见过的海巫女凝光！

穿着凤凰衣的……躺在这里沉睡的女子，孕育着龙神？

“长公主！”艾美明白过来，在掀开棺盖的同时脱口惊呼。

水晶的棺盖在她手指触及的瞬间片片碎裂，仿佛虚空里起了一阵透明的风暴。然而棺盖打开后，仿佛什么侵蚀进去，棺中颜色如生的女子迅速地枯萎了。用尽了全部力量守护着脆弱的幼生的龙，度过了千年的休养生息，而在封印打开的瞬间化为尘土。

只有海皇的血统，才能和龙神的力量兼容。

所以，大难来临时，龙神在化为山脉舍身封住大地裂口的瞬间，才将一点精魂托付给了这个名义上的“妻子”，以求在漫长的休养恢复后，重新回到世间吧？

那个因为景仰“力量”和“神权”，从而爱上了神祇的长公主，终于如愿以偿地祭献出了毕生所有，和神祇合为一体！

艾美诧异万分地呆在一旁，眼睁睁看着长公主的躯体在刹那间腐朽。

与此同时，她的腹部动得更加厉害，“刺啦”一声，凤凰衣裂开了一条缝隙——那一瞬间艾美看到了衣服下的真相：并不是肌肤！精美鲛绡覆盖之下，并不是鲛人的肌肤，而是一层薄薄的壳！

水晶棺里的长公主，居然是怀抱着一只雪白的蛋，静静死去。

“啊！”看到壳裂开的刹那，艾美惊叫起来，止不住地后退了一步。

密闭的虚空里轰然爆发出了欢呼，充盈了她的耳膜，无数刚刚挣脱束缚的鲛人魂魄迅速涌来，将她围得密不透风。然而那些雪白的手臂，却是伸向水晶棺的——那里，裂开的缝隙里，一对明黄色的小角钻了出来，琥珀色的眼睛滴溜溜地乱转。

“龙神！龙神！”那一瞬间，天上地下所有鲛人的魂魄都轰然发出了敬畏的声音，为了神的复生欢呼。与此同时，仿佛上面的动荡更激烈了，这个密闭空间都开始有坍塌的迹象。

那些刚刚挣脱了束缚的鲛人魂魄纷纷上涌，争先恐后地离开，然而艾美却在发呆，看着那一只小东西从长公主腹中钻出来，张口结舌，这个……这个就是龙神？所谓四海九州最高的神祇？

不过两尺长，金色的鳞片还是软软的，带着水汽。琥珀色的眼睛如婴儿般天真，明黄色的角刚刚露出一点点儿，鹿茸一样可爱。这头小龙，甚至还没有长出胡须。

摆了摆尾巴，新生的小龙左顾右盼，琥珀色的眼珠子终于盯在了发呆的艾美身上。忽然尾巴一卷，一个蹦跳，直接跃入了艾美的怀里，清清脆脆地叫了一声——

“妈妈！”

饕餮在和辟邪合力撕开地底，强行潜入海下后，他们终于在腾蛟山脉末端找到了海国。

然而，还是来得晚了。

辟邪在看到昏死过去的萧音时，已然顾不上教训那群鲛人，忙着将妻子抱到一旁施救，只留下饕餮在一旁暴跳如雷。

神庙在神祇的愤怒下四分五裂，然而饕餮还是怒不可遏。

“艾美呢？艾美呢？”巨大的山羊一脚踩在祭坛上，恶狠狠地对着鲛人怒吼，“你们把她关到哪里去了？数到三，不把她交出来我就一脚踩扁了你们这群该死的鱼！一！”

“二！”饕餮恶狠狠地开始倒数，一边积累着毁灭性的力量。

“龙子，请您放心，”眼看邪魔的怒气就要爆发，海巫女试着和这只山羊沟通，“织梦者很安全，她很快就会带着龙神一起返回这儿……”

“三！”饕餮压根听不进一个字，吐出了最后一个字。凝光连忙躲避，远远退开。

“轰！”巨大的爆裂声随之响起，整个祭坛在瞬间翻覆！

海底隆起，大陆架迅速抬高，凸现出一个岛屿的雏形；水流激荡，形成了巨大的漩涡，从海底呼啸着向洋面卷去。而伴随着这种天地裂变力量的，是无数从海底涌出的白色影子，一个接着一个，仿佛挣脱了束缚逃逸出来，迅速消散在海水里。

轰然而起的水柱中，饕餮却是灰头土脸地站着，有些发呆地看着这一切。怎么回事？他尚未摧动力量，地底下就有东西抢先一步掀翻了出来！

而那种破开一切的力量，竟比他所拥有的还要厉害！

“臭山羊！”水流卷起，有个声音忽然惊喜地叫了起来，“我在这里！”

他还来不及抬头看，背上一沉，艾美已然顺着水流从地底冲出，凌空一个翻身落到了饕餮的背上，欢喜万分地揪住了他的双角，用下巴在他头顶揉着，嘻嘻欢笑：“我在底下感觉上面摇晃得厉害，就猜是你来找我了！下次还敢惹我生气吗？”

“什么呀……我才懒得管你，”猝不及防，第一次被这个丫头骑到了背上，饕餮厌恶地摇晃着身子，想把背上的人类甩下来，“我是帮辟邪来找萧音的！”

“噢……”艾美一下子泄了气，乖乖地从他身上溜下来，四顾后问道，“辟邪呢？”

看到了远处海底花园里的那一对夫妻，艾美撇了撇嘴，颇为失望：“已经变回去了啊……我还以为这次可以看到辟邪的真身呢。”

“像只大狗，有什么好看的。”饕餮不屑地冷嘲，眼神却忽然凝滞了。

“那是什么？！”邪魔的眼睛几乎要瞪出来，看着地上一弹一弹跟在艾美身后的某物。

“妈妈！”那只幼小的生物死死赖在年轻的织梦者身后，用爪子抱住她的腿往上蹭，试图爬到她怀里去，“妈妈！”

“哎呀，我的丝袜！”艾美叫起来，连忙挥手把那只东西打了下去，“去去。我才不是你妈妈。你妈妈是长公主，已经在底下化成灰了！”

“妈妈！”那只小东西却不依不饶，眼睛里露出受伤的神情，亦步亦趋跟着。

“这……这……是龙神啊！”看着地底冒出的两尺长的小东西，饕餮终于惊呼出来，不可思议地看着艾美，“它……它叫你什么？”

“妈妈！”新生的小龙清脆地再度叫了起来。

全宇宙最大的神祇、四海九州之王，在初生的时候却和所有动物一样，将第一眼看到的生物自动认成了自己的母亲。

“我的天哪……”饕餮发出了一声呻吟，捂住了腮帮子，“怎么可以这样！这只蠢龙居然叫你妈妈？那我不是成了你的……简直乱了套了！”

“啊？对了！”艾美正在锲而不舍地和小龙玩着捉迷藏游戏，此刻一听这句话，反而眼睛放光，“这样说来，你和辟邪都是我儿子？哈哈哈……太好了，还有蒲牢、嘲风、狻猊……你们全成了我晚辈！”

就在年轻织梦者得意的瞬间，小龙抓到了机会，终于攀着丝袜一路爬到了艾美胸口，舒服地用尾巴勾着艾美的脖子，绕成一个圈，在前襟上蜷起了身子：“妈妈！”

“唉……”艾美越想越好玩，拍了拍小龙，“这样也挺好。”

她神气活现地带着蛟龙转了个身，觉得就像个精美的琥珀项圈。然而忽然间想起了一件事，神色变得不安起来：“糟了！萧音姐姐呢？我们得去找她！”

“好像至少没死……”饕餮却不急，懒散地看看远处的花园，“辟邪没有发飙。”

“噢，那就好了，”艾美笑了起来，舒了口气，“我把古玉给她戴了，果然是有点儿用的！”

“啊？”饕餮吃惊地看着艾美，有些不爽，“你居然把我给你的古玉送人了？”

在这种裂变里，通灵的古玉会自动地代人承受伤害，然后立即碎裂——比如在云荒毁灭时候的那只粉碎的金琉镯。

“真小气。”艾美没好气地白了他一眼，“你不能再造一个？”

“哪有那么容易……”饕餮抖了抖身子，瞬间回到了人类的外形，不满地嘀咕，“这可是我送给你的第一件东西，居然随便拿来送人了！”

艾美吐了吐舌头，觉得理亏，低下了头。

然而一低头，她就惊呼出声来——破裂的祭坛底下，深广无垠的海底，忽然间漫起了满空的白色烟雾！

那些烟雾是有形体的，一缕一缕，依稀可见人首鱼尾的样子，冉冉地往地底钻进去。站在祭坛上看下去，这片沉没的海底大陆上，恍如有一朵巨大的白色莲花正在缓缓收拢。

在那些烟雾进入海底后，整片的海底森林就活动了起来。

那些死去多年的女萝与郎藤，纷纷舒展开了苍白的手臂，如长长的海藻一样在激荡的洋流里舞动，发出阵阵狂喜的欢呼。

回魂了！回魂了！

艾美听到他们发出了这样的呼喊，然后一棵棵被封印在紫河车内沉睡了千年的女萝，顺着潜流瞬忽挣脱封印，恢复成美丽的鲛人，手拉着手，欢快地在海底翻飞起舞。

“哎呀……”看着眼前这种盛大的狂欢场面，艾美目眩神迷地发出了一声惊喜的叹息。如果自己所做的，能让这些美丽的生灵如此欢喜，那么多苦多累也是值得的了。

不曾料到，自己第一次使用织梦者的天赋，并不是在虚拟世界的创造上，而是切切实实地唤醒了一个真实的世界！女孩心里第一次充满了自豪和骄傲，站在祭坛上，对着广阔海底这样瑰丽浩大的一幕伸出双手来，眼里带着晶莹的泪光。

一旁的饕餮诧异地斜了艾美一眼，敏锐地感觉到了短时间不见后她的变化。

这个青涩的织梦者，似乎一夜之间成长起来了呢……很多以前缺乏的东西，都注入了她的心底，将她的心灵滋润，精神圆满，灵魂提升。那是身为邪魔的他，永远无法给予的东西。

是谁，曾经引导了她吗？

第九章

海国

忽然间，碧水中舞动着的鲛人们全停下来了，涌向破碎的祭坛，深深俯身行礼。

“神啊……”带头的海皇抬起了眼睛，恭谨地注视着那条幼小的龙，“感谢您给海国带来了新生，让所有子民复活——海国会因为您的庇佑而继续存在。”

钩在艾美脖子上，龙眨了眨琥珀色的眼睛，不明白地看着眼前对它说话的鲛人。

然而，显然还是对对方存在着先天的感应，小龙满怀好奇地探出头，迅速地嗅了嗅海皇。沧溟帝将纯青琉璃如意珠持在手中，一眼看到龙珠，仿佛确定了某种关系，小龙亲昵地叫了一声，便把头探过去蹭了蹭。

“禀告龙神，小王已经选好了一处深海，适合建立新的国度，”沧溟帝跪在龙神面前，恭谨地禀告，“请神带领我们一起前去，复兴海国。”

“咿——呀？”小龙仿佛听不懂海皇在说什么，只是伸出舌头在他脸上舔了舔，然后发觉那个味道不好，皱起小脸发出了不悦的声音。沧溟帝重复了一遍请求，然而幼小的龙神自顾自地掉头玩耍，根本不理会。

“哎，龙，听见了吗？”最后还是艾美看不下去，揪住龙尾，将那只在她身上乱动的小龙一把拎起，送到沧溟帝的手里，“你要跟蓝一起去新的国家！”

“咦——”被揪住尾巴的小龙剧烈地扭动起来，反抗着，不情不愿。

艾美也生气起来，捏着它的后颈把它从身上扯开，一边不客气地教训：“真是不懂事！你是神啊，没有自知之明吗？你的子民费了多少代价才把你从封印里唤醒，你怎么可以这样？这是你的责任，可别赖着不走想偷懒！”

然而随便她如何撕扯，龙的爪子却死死地扣住了衣服不肯放开，剧烈扭动着身体，宛如一只要被人从母亲身边带走的小蜥蜴。

“不好！”看到龙神挣扎中渐渐愤怒的眼神，沧溟帝霍然一惊，脱口大呼，“小心！”

话音未落，一道白光忽然撕裂了深海！

随着龙的愤怒，一道光从咆哮的口里吐出，直射向海底——所到之处，玉石俱焚。那些匍匐在地的鲛人没有料到复苏的神祇忽然间会向着自己的臣民发怒，刹那睁大了惊恐的眼睛，却根本来不及直起身来躲避。

“哎呀！”艾美惊叫着，下意识地去捏住龙口，却被巨大的力量推倒在地。

那一瞬间，三道光从各个角度射来，与急速前进的白光会聚在一点，接住了那道力量。

无法形容的可怕力量，在海底轰然相撞！

在力量对撞、分散、消弭的一瞬，无数鲛人被怒潮掀倒在地无法动弹，整个大洋都在颤抖，隐约听得到大陆架喀喇碎裂的声音。

光芒消散后，显露出三个人形。

辟邪、饕餮和海皇跪倒在地上，抬头看着高台上，气息平缓，脸色都有些苍白。事起仓促，他们合了三人之力才勉强接住了龙神愤怒的一击！

艾美从地上爬起，看着依然死死抓着她胸口衣服不肯放手的小龙，脸色也是因为惊骇而苍白：不可思议……不可思议！这个小东西身上，居然有那样强大的力量？只是一怒，便几乎将海底夷为平地！

“咿咿！”重新将尾巴钩到了艾美脖子上，小龙寻到了温暖的窝，舒服地盘起了身子。

“喂？喂？”艾美用惊得发冷的手指，试探地点了点小东西的额头。

“哪？”小龙抬起头，伸出舌头唰地舔了一下她的脸颊，清脆地叫，“妈妈！”

“天哪，我精心化的妆……”她哀叫了一声，却不敢再惹怒这只可怕的神兽，把它捧在手心，好声好气地开解，想劝这条龙离开她跟着族人回到大海深处。然而懵懂的幼龙根本不理会，只如小兽般依恋着母亲。

艾美无计可施地抬起头，看到了辟邪他们，连旁边的神祇们都无可奈何，束手无策，相顾无言。

“年轻的织梦者，愿意和我们一起去远方吗？”许久，还是沧溟帝第一个说出话来，对着她弯下腰，伸出手来，“海国定然当你是最尊贵的客人。我们建立新的国家，需要龙神的力量。等龙神长大，不再如此依恋你的时候，我们再送你回去。”

艾美没有料到海皇提出这样的请求，有些心动。

其实这几年看尽了陆上山川风光，乍一看到海底瑰丽的景色她不是不动心，如果能跟着鲛人去深海，见识更多的新事物，也是难得的机会——织梦者，永远都是对未知事物怀着无与伦比的好奇和神往。

何况，从这个睿智的王者身上，她似乎可以获得更多的指点和引导。

不知为何，她尊敬这个鲛人。这个海皇的身上，隐隐有着某种可以让她提升和圆满的力量——那是经历过沧桑而沉淀下来的金子般的品质：温柔、沉默、宽容、理解。对这个世界的热爱，对自己同族的责任，以及对苍生万物的悲悯。

这一切，都是她无法从邪魔身上学习到的。

“可是，龙长大，要多久呢？”艾美抓抓头，问。

“一般来说，要一千年。”饕餮站在一旁听着，一直不置可否，这时才开口冷冷答了一句，“到时候他们会送你的骨灰回地面。”

“哎呀，一千年？那可不成！”艾美跳起来了，抓住了饕餮的手，“那不是见不到爸妈和你了？我才不要在水底待一辈子呢，我还要念大学，结婚，旅游……不去，不去！”

银发的饕餮站在海底，伸手挽住了艾美，冷哼了一声：“就是你想去，我还未必答应呢——我们还有十一个国家没有去旅行过呢。”

沧溟帝的脸色有些苍白，却不说话。

如果不能带走龙神，那么这么多年来的等待就白费了。失去了龙神的力量，靠着他自己和寥寥几个鲛人巫师的力量，根本无法在深海里重新建立一个新国度。

“求求您！”忽然间一个啜泣爆发出来了，惊动了所有人——抬眼看去，却是海巫女凝光匍匐在祭坛下，深深埋下身请求着，“求求您，织梦者！帮我们！我们不能失去龙神……请帮我们！我们鲛人没有自己的国家已经几千年了，请帮我们建立一个新的国家！”

海巫女额头流满了血，泪水从她碧色的眼里接二连三地滚落，化成圆润的珍珠。

这就是鲛人泪吗……艾美看得呆住。

“求求您！”随着凝光的带头，所有鲛人都齐声应和，对着她跪下。

无数珍珠落在支离破碎的海底，宛如星星坠落到了深海。艾美被这样浩大的场面惊住，心神激荡，说不出话来，只是紧紧拉着饕餮的手。

“别理睬他们，”银发的邪魔却是毫不动容地冷然相对，已经开始念动瞬间返回的咒语，“我们回去……这群臭鱼和我们有什么相干？”

“织梦者，求您答应。”沉默了片刻，沧溟帝终于放弃了与生俱来的骄傲，在祭坛上缓缓跪倒，捧起了那一颗如意珠，和所有子民一起祈求，“求求您，帮助我们。如果得不到您的帮助，我只有选择最坏的一种方法……”

在那一瞬间，艾美仿佛被烫到了一样跳起来，甩开饕餮的手，抢先一步冲过去，一把扶住对方：“别！别这样——”

他是她的引导者，她怎么能承受这样高贵的头颅在她面前低下！

然而，千年的背井离乡和禁锢，却也是她所无法承受的，她踌躇难抉。

“如果不答应，你又能如何？”饕餮冷眼看着，有些挑衅地问道，“最坏的方法？”

“我们没有理由要求织梦者为素不相识的海国奉献一生，所以……”沧溟帝抬起了头，那蔚蓝色的眼睛是深邃的，瞬间有某种让神魔都惊骇的光芒，安静地回答，一字一句，“我只能冒犯神祇，强行将龙神的力量留下了。”

“哈。开玩笑，”饕餮忍不住笑了起来，“你不过是个冒牌的海皇，有这个能力？”

沧溟帝微微一笑，握紧了手中的如意珠，站起身来。

所有人，包括海巫女在内，都不知道王要做什么来留住龙神的力量。

“饕餮，阻止他！”忽然间一个声音叫起来，是辟邪抱着刚刚复苏的萧音。

饕餮一惊，周身立刻浮凸一个光球，用防御的结界将艾美和自己笼罩进去。

然而，却听到辟邪焦急震惊的声音：“阻止他——别让他自杀！”

“啊？！”饕餮和艾美同时惊呼，看到了沧溟帝将如意珠缓缓纳入口中。

“糟了！”饕餮恍然明白过来——这个鲛人，是妄图通过牺牲自己，将如意珠和身体同化！

如意珠是龙神蕴涵力量的精华所在，持有此物便能沟通天地，让龙神得知鲛人的祈求，并指引神力的方向。这是海国的至宝，为历代海皇所持有。然而到了海国末代，海皇血脉骤然中断，如意珠到了沧溟帝手里，无法发挥出应有的力量。而龙神伤重沉睡后，如意珠的力量更是相应衰弱。

如今龙神觉醒，力量随之复苏，然而沧溟帝依然无法掌控这种力量。

所以，在年幼的龙神闹情绪要离开海国时，海皇却无法和龙神沟通，更无法说服这个新生的尚未具有前世记忆的神祇。到最后，只能孤注一掷地舍弃了自己的躯体，将心魂附到如意珠上——这样，便能挣脱血缘的限制，真正掌控这种力量，去建立新的海国！

“不要！”艾美虽然还没明白是怎么回事，但也直觉不好，“饕餮！饕餮！快来啊！”

然而，已经晚了。

一口吞下如意珠，沧溟帝随即抬起手，十指插入自己胸口正中，毫不犹豫地撕裂胸膛，生生将心脏挖了出来！

“神啊……”踉跄对着神庙跪下，海皇低声喃喃，“我将所有的血舍弃，将灵魂祭献给您……求您，将力量借给我，借给海国……”

鲜血从海皇手指上滴滴坠下，落在祭坛上。艾美惊得呆在了原地，战栗着无法说话。

幼小的龙仿佛也受到了某种震撼，看着眼前这个即将死去的鲛人呆呆出神，仿佛鲜血唤醒了某种前世的记忆。吞下的如意珠的光芒从海皇的咽喉透出，然后缓慢下移，最终停顿在了那个心口的窟窿上，发出淡淡的光。

“将我的生命拿去吧！”沧溟帝低声祈祷，“然后，赐予我力量。”

那光再度扩大，笼罩住他。他的身形在光芒中逐渐模糊、消失。

“不要！”艾美终于叫出声音来，不顾一切地冲了过去，对着那团光伸出手去，语无伦次地惊呼，“我跟你们去！我跟你们去！你……你不要死啊！”

模模糊糊中，她仿佛看到沧溟帝笑了一下。

“牺牲。”一个逐渐变小的声音在对她说，“织梦者，你又学会了一样东西。当然，我……并不是故意想用自己的生命教你这一课，也不是想胁迫你就范……我有责任为海国而死，你却没有。”

生命的气息迅速地逝去了。

辟邪抱着萧音赶到时，已然来不及。

“再见。”海皇微笑的容颜逐渐模糊。在那一瞬间艾美感觉到了深重的无力和痛悔，情不自禁地踉跄扑跪在祭坛地上。

荡漾着水波的虚空里，一颗青碧色的珠子无声落入她手心，流转出清光万千。

那，是融合了沧溟帝魂魄的如意珠。

珠子自动地在水中浮动过来，靠近了龙。龙神的眼睛第一次凝聚了起来，长时间地盯在这颗珠子上，咿呀地张大了嘴巴，仿佛回忆起了什么，和那颗珠子进行着交流。

艾美怔怔地看着空无的祭坛，跪在地上，一动也不动。

看着底下密密麻麻的、尚在震惊中没有回过神的鲛人，艾美忽然间无法直视，低下了头去。情绪仿佛到了极限，再也无法克制地用力地握拳，失声痛哭。

“哇……啊啊啊啊！”艾美哭得如此伤心，握着珠子捶着祭坛地面。如果不是她一刹那的退缩和懦弱，如果不是她不肯帮海国，怎么会变成这样的局面？

挫折感在这一瞬间迎面而来，将自信满满的女孩完全击倒。她不敢抬头看底下的鲛人们，不敢看饕餮和辟邪，更不敢看萧音姐姐的眼睛——枉她一直自诩，在选择到来之时却是如此懦弱……眼睁睁看着整整一族人沦入无助，却不敢伸出手！

害得蓝那样的好人，最后不得不牺牲自己的生命！

“我有责任为海国而死，你却没有。”——最后一刻，他还那样安慰自己。

怎么没有？怎么没有呢？她是织梦者，拥有了这样的力量，就必须担负起相应的职责——可她却见死不救，懦弱自私！心里有无限扩大的声音一遍一遍地斥责着，她全身战栗地埋下头去，难以克制地痛哭着，只觉得自己卑微得如同泥土。

“别哭……”忽然间，一个微弱的声音响起，一只手轻轻按在她肩上。

“萧音姐姐！”抬起头，看到的是前任织梦者衰弱却明亮的眼睛。艾美一瞬间因为羞愧而迅速低下头去，不敢对望，抽泣着说道：“我不当织梦者了。我当不了……我当不了！这太难了……我不够好。”

她永远无法忘记，在云荒沉没的瞬间，萧音姐姐是以怎样的勇气伸出手去，不顾生死地挽救了整个大陆上的魂魄。同样，她也永远无法忘记在鲛人向她祈求帮助的时候，自己又是如何懦弱地退缩过！

“你已经，做得很好……”萧音微笑着挣脱了辟邪的搀扶，上来揽住了年轻女孩的肩头，“没有人，天生就完全具备了这些品质……如果一生下来就有，那就，咳咳，那就不是人，而是神了……”

“姐姐，姐姐，”艾美在萧音怀里继续哭，声音却小了，抽泣道，“你不怪我？”

“不怪。”萧音微笑着，拍拍她的肩膀，“我十八岁刚接手云荒的时候，也曾做得很差劲。”

“哇……”艾美更大声地哭了出来，仿佛一个受尽了委屈的孩子。

幼小的龙弯起了身子，轻轻伸出舌头舔了舔她的泪水。然后吸了一口气，她手心的龙珠蓦然反跳，落入了龙口中。如意珠和龙之间，似乎存在着某种无法斩断的关系，金色的龙不由自主地被如意珠吸引，舒展开了爪牙，吞吐着那一颗珠子，追逐嬉戏。

如意珠在空中转折飞舞，仿佛通灵一样引着龙神，落入了祭坛下海巫女的手心里。

凝光的脸色因为目睹了方才的一幕而煞白，然而明白了海皇的遗愿，在如意珠落入手心的刹那用力握紧，唰地站起，对着随后前来的龙神举起了手：“龙！我是身负海皇之血的二公主凝光，是存在于这世间的唯一海皇血脉，请您遵守远古时和我们一族订立的盟约，回应我们的愿望，跟随鲛人去往新的国度吧！”

幼小的龙神愣了一下，看着这个女子，仿佛看到了某种延续千年的血脉和契约。

忽然间，呜了一声，轻轻将身体缠绕上了凝光托珠的手臂。

旁边，两位神祇一直默不作声地看着，却都暗自松了口气。

辟邪沉着脸，按捺着怒气看着邪魔：“怎么不阻止！你离海皇那么近，在刚才我叫你阻止他的时候，你为什么不阻止！”

如果饕餮那时候动手，沧溟帝就不会从容地牺牲自己。

“我为什么要阻止……”饕餮嘴角却有邪谑的笑容，“那是他的选择。”看了一眼兄长，他冷笑起来，神魔都不可以干扰历史，不是你说的吗？所以，既然请不动织梦者，也只能让他们自己解决自己的事情。”

辟邪一时间哑然。

“何况……”邪魔嘀咕了一声，愤愤不平，“那个丫头，对海皇也太依赖了一些。”

辟邪无语，看着这个性格怪僻的兄弟。

“现在他已经失去了形体，你是不是就释然了？”辟邪嘴角浮出一种无可奈何的笑，摇头，“我想你也不至于再去吃一颗珠子的飞醋。”

饕餮被他说中心病，恼羞成怒地回头，龇牙发出了低低的恐吓。

然而一咧嘴，发现牙齿又隐隐地痛了起来，银发邪魔连忙捂住腮帮子。

“你不是很讨厌人类吗……怎么总是带着这个小女孩？”辟邪叹了口气，看着九兄弟中最离经叛道的一位，眼里有微微的笑意，“其实，就算隐身于黑暗的你，也是怕寂寞的啊。习惯了有人陪伴后，就有了对‘失去’的畏惧吧。”

“哼哼。”饕餮恼怒非常，冷冷反击，“你还是管你自己的事吧！老婆都跟鲛人跑了，还来这里叽叽歪歪。也不怕这次接回去后她会再跑一次。”

辟邪眼里的微笑凝结了，脸色沉下去，默然低头，看着一边相依的两名织梦者。

是的……就算海国复生了，他们之间的矛盾却远未解决。

萧音的情况更加恶化，然而却是至死也不会放弃织梦者的身份。就算带她回到了他们的家里，她的身体和思想，还会一次次地越过樊篱，迎着风远去，不停地编织着梦想，在书写中将自己燃烧殆尽。

即便是他，也无法阻止。

第十章 遗赠

“各位尊敬的客人，”忽然间，一个声音轻柔地响起，“多谢你们这一次出手相助。所有海国的子民都会永远铭记这些恩德。”

两位织梦者抬头看去，却是海巫女凝光飘然上前，深深行礼。海皇死去后，她便是鲛人里唯一的首领了，责无旁贷。

苍白的脸上犹自带有泪痕，眼神却已然平静。凝光手臂上缠着金色的龙，一手持着如意珠，对着两个织梦者和另外两个参与了祭典的纯白灵体行礼：“两位织梦者，霍普森·金先生、星野冢先生——多谢你们这一次会聚此处，为解开封印做了如此艰苦的努力。作为答谢，王代表海国为四位各自准备了礼物。”

“礼物？”艾美怔怔地抬起头，然而看到那枚如意珠，忽然就哭出声来，“我不要什么礼物……我把事情弄砸了。蓝……蓝死了！”

凝光眼睛微微合起了一下，掩藏了同样的哀痛，只是平静地说道：“这些礼物，是殿下在生前留下的，所以请几位务必接受。”

艾美睁大了眼睛，旁边两个灵体却起了微微的震动，显然有些激动。

海巫女的目光落在左上角那个灵魂身上，微微一点头，抬起手说道：“星野冢先生，如请你到来之时约定的那样，我们可以还给你复生的机会，将你送回世上，继续享有五十七年的寿命。”

“多谢！”那个灵魂激动不已。

“哔”的一声轻响，缠绕在她臂上的龙神依言吐出一道金光，那个灵体转瞬消失。

剩下的那个白色灵魂颤抖得更加厉害，等待着。

“霍普森·金先生，”海巫女的手转过来，点向那个大导演的灵体，嘴角却有一丝不屑，“你死去一年多，肉体已然被焚毁，所以无法复生。按照你的要求，我们在你的三任夫人以及六个情妇的户头上定时存入金钱，保她们终身衣食无忧。你可放心？”

那个灵魂缓缓震动，发出了一声长长的叹息。

法国籍的导演霍普森·金才华横溢，称雄影坛多年，更以《遗失大陆》系列电影一举登上巅峰。然而，这个影坛教父在私生活上却是一塌糊涂：三度离婚分割了他辛苦累积的身家财产，多名情人挥霍着他的收入，而更多的私生子女更让他经济捉襟见肘。在情妇们联合起来将他告上法庭，索取私生子女的抚育费时，天才的导演焦头烂额。

长年超负荷的工作和寻欢作乐而衰弱的身体终于崩溃了：一代影坛帝王——霍普森·金在五十四岁的时候，因为突发脑溢血倒在了新片拍摄现场。

在他死后，无数的情妇和私生子蜂拥而来，争夺他的遗产，却发现外面风光的大导演，真实的经济情况却是窘迫得可怜。大失所望的女人们痛骂哭泣着离去，纷纷放弃了曾经被捏在手里当筹码的私生子女。那些可怜的孩子们便从养尊处优一下子变得颠沛流离。

死去的灵魂在天空中流着泪叹息，不得安息，便与海皇交换了契约。他放弃了复生的机会，用自己毕生的精神力，换来了妻儿们的丰衣足食。

随着手指的点出，第二个诺言兑现的瞬间，“哔”的一声，灵魂烟消云散。

萧音和艾美在一旁沉默地看着，有些微的惊讶：她们两个人从一开始跟随鲛人来到海国时就是自愿的，只想实现自己的梦想，发挥自己的能力，从未希望为此获得任何报酬。

“王的躯体虽然消亡了，可他的魂魄依然存在。我必须替他完成他的愿望。”海巫女手里握着如意珠，那颗珠子闪现出青碧色的光，活了一般在流转。

“前任织梦者，虽然你没有提出要求，可是王知道你的苦楚，”海巫女苍白的脸上犹自有着泪痕，手持如意珠对着萧音恭谨地弯下了身，伸出另一只手来，“王说过，他并不是要你来送死的。您为海国牺牲，我们必然竭力回报您。”

张开的手里，有一颗细小的珠子。然而这米粒之珠，却放出了惊人的光芒！

柔和，清凉，有强烈的安定人心的作用。

萧音在看到那颗珠子的时候，忽然觉得一直剧痛的颅脑都安静下来了。

“这……”一边看着的辟邪和饕餮惊呼，这样珍贵通灵的东西，分明是——

“这颗定魂珠，是龙神遗骨的精髓。”海巫女将那颗珠子轻轻压在了萧音苍白而高敞的额心，细小的珠子一接触到肌肤就化成了水，渗入无痕，“千年来，王沉睡于腾蛟山脉，吐纳呼吸修炼内丹。生前无法将内丹剖出，死后遗愿便是将其转赠予您。他说，您这样的人，是应该永远幸福的。”

神祇和织梦者都一齐诧然抬头，萧音的眼神在那一瞬间已然变得清澈有生气。辟邪一个箭步上前，拥抱住她，察看着妻子的气色，脸上有说不出的欣慰和狂喜。

然而，止不住的泪水却从她眼角滑落。

“蓝，如果在我笔下，你这样的人是应该得到幸福的。”——祭典开始前，她还曾对着那个末代海皇微笑着说。言语中，有敬佩，有怜惜，更有着织梦者血液里特有的居高临下。最终，不料却是这个她认为是自己笔下苍生的鲛人，将她的幸福带回身边！

执行了海皇的遗愿，海巫女对着萧音再次深深致谢，又将眼光投向了年轻的艾美。

“年轻的织梦者啊……同样非常地感谢你！”她凝视许久，还是叹了口气，“王说，他知道你最想要的，是一个好的引导者。他本来想教给你他所知道的，可惜如今已没有机会了。除此之外，真的不知道该给你什么，你什么都不缺。”

“那么……”艾美霍然抬起头，握拳道，“我要蓝活回来，可以吗？”

“不可以。”海巫女微笑着摇头，长发如海藻般漂浮，“王的灵魂已然被如意珠吸收，融为一体。如今他是龙神的同伴，是沟通神祇和族人的桥梁，不能复返了。”

艾美终于大失所望地低下头去，肩膀一耸一耸，开始低声抽泣。

饕餮看着艾美哭哭啼啼地和鲛人纠缠不休，心下大大地不耐烦起来，觉得牙更痛了，他一手拉着艾美，一手捂着腮帮子，皱眉说道：“好了好了，别啰唆了。事情也办完了，你们大可移民去。小美，我们也要回去了。”

“织梦者，你没有别的愿望了吗？”带领族人离开前，海巫女最后一次回顾，询问道。

艾美有点儿恋恋不舍地看着这片浩瀚的碧海，攀上了饕餮的胳膊，摇了摇头。忽然间，想起了什么，又大力点头：“对了，有的！还有一件事！”

大家惊讶地站住了脚，回头看。

“喏，就是这个，”艾美用力拉着银发邪魔的胳膊，把他生生拉回来，指着饕餮高高肿起的腮帮子给海巫女看，“我想让这只臭山羊的牙不再疼了，可以吗？”

愣了一下，然后所有人都笑了起来。

“呼——”饕餮也呆了一下，吐出一口气，脸却微微一红，甩开了她的手，“要你管！”

“六弟，何必嘴硬？”辟邪在一旁微笑，“你也知道，只有鲛人那里才有血珊瑚。莫非你想每日里都被这一口烂牙折磨吗？”

“原来是需要血珊瑚，”海巫女微笑起来，“这很简单。”

她反手，拔下了绾发的簪子，递给艾美：“这就是。”

“啊？”艾美茫然地接过来，看了之后问道，“这……能治好他的牙吗？”

“放心，我回去就给他补上。”辟邪拍拍这个小姑娘的头，微笑道，“以后你再也不用看这只胖山羊发病时，捂着腮帮子对你大呼小叫了。”

“一群无聊的家伙！谁要你们管？”饕餮却是真的恼羞成怒起来，一跺脚，震得海底荡漾，“唰”的一声飞出海面。

维也纳的黄昏是静谧的，歌剧院中回荡着天籁。

台上，那个有着夜莺一样美妙歌喉的女子还在继续歌唱。海之歌姬的魔力吸引住了所有人，然而贵宾席上，一个黑衣男子忽然被某种迹象惊动，霍然睁开眼睛！

“不好！”感应到了遥远亚洲大陆的动荡，囚牛脱口吐出一声惊呼，站起身来。

周围无数双眼睛看了过来，看着这个居然在最高音乐圣殿不顾礼仪的家伙。

“是你！”囚牛一眼看到了台上的天才女歌者，恍然，止不住的愤怒和惊诧，“你是鲛人！引我远离亚细亚大陆来到这里，就是为了……”

然而心急如焚的神祇甚至来不及说完指责，已然凭空消失。

台下大哗。只有台上那个歌者满脸不在乎，带着似笑非笑的表情，看着失措的神祇。

终于感觉到了吗……即使现在回去，也已经来不及了。

只是一瞬间，便从欧罗巴的中心回到了他守护的亚细亚。然而，还是来不及了。

东海边上还是深夜，然而天地裂变在一瞬间发生，海底隆起，海岸塌陷。海上风起云涌，巨浪如同一座座小山那么高，汹涌着扑上大陆。

囚牛震惊地看着这一幕，说不出话来。这……这是什么样的力量？居然能拆裂天地！是龙神出世？是那个鲛人的神祇，终于在大海底下复苏了吗？

海之歌姬之所以费尽了心思将他引开，远赴维也纳，也就是为了避免让他预感到龙神力量的觉醒，不让他插手阻止吧？

囚牛冲入了大浪里，化出了真身，咆哮着抵抗那些洪水的入侵，竭力保护着大地上的居民。海底翻涌而来的巨浪，几乎让他都无法抗住。

忽然间，他感觉到力量加强了。

侧过头，看到海水“哗啦啦”裂开，两道影子急速掠来，和他并肩抗住了滔天的洪水。

“哎呀，这回糟糕，光顾着那群鱼，我们都忘了海面上的人类了。”饕餮在远处一边用角抵住洪水，将浪潮赶回大海，一边对着一旁的辟邪抱怨，“老大一定会很生气……怪不得那群鱼要把他引开！”

然而话没说完，回头，就看到了巨大的囚牛神兽瞪着他，怒气冲天。

“原来是你们干的？我和你们没完！”

寂静的深夜，重症监护室只有各种仪表嘀嗒的声音，明明灭灭。所有人都走了，只有憔悴的女子将脸埋在窗边，不肯离去，静静地守着。

心电图一切正常，然而脑电波却是一条直线——那个曾经绘出让全动漫界为之震惊欢呼画作的大脑，已经永远停止运行了。脑死亡的病人毫无知觉地躺在病床上，任家人和医院就是否拆除维生装置争论不休。

“星野先生……”伊藤阳子筋疲力尽地趴在病床边，在睡梦中喃喃自语。

窗外忽然间有什么光芒一闪，似有流星掠过。她苍白秀丽的无名指上，那枚最后戴上的结婚戒指闪了一道微弱的光。

光芒中映照出了一张微笑的脸，悄无声息地，病床上的人坐起，用深爱的眼神俯视着睡去的女子。低下头去，缓缓拭去了她眼角的泪水，轻轻吻着她憔悴的脸，柔声低唤：

“阳子……噩梦该醒了。新的世界就在我们眼前。”

皇后花园别墅区。

一个枕头砸过来，将正在瞌睡的雪白胖山羊砸醒。

“哎呀，快点儿快点儿，约好六点去萧音姐姐家里吃饭的！”艾美抓着稿纸从书房里冲出，打醒抱着杂志流着口水打瞌睡的饕餮，一把拎起他，“糟了，我看《遗失大陆》的最终卷看过头忘了时间……这回真的是来不及了！”

“嗯……啊？”饕餮迷迷糊糊醒来，看了一眼挂钟，也吓醒了。

“糟糕，老大最恨别人迟到！”他跳了起来，以令人眼花缭乱的速度套上领带外套，一把挽起艾美就往外冲——这次是他和辟邪为了上次半夜几乎让云浮灭顶的事故，特意向大哥囚牛赔罪的宴席，无论如何不能迟到。

艾美几乎是吊在他胳膊上被拎出去的，一手抓着稿子，大呼小叫。

“不坐车，来不及了。”饕餮挥手斥退了迎上来的管家和司机，自顾自往外冲。

“那么，直升机？”头发花白的老管家快步跑着跟在后面，提议。

然而主人一脚踏出房门，便凭空消失了。

“唉……急成这样啊？居然用了真身……”跟随了饕餮几十年的老管家见怪不怪，只是小心地回头看了看，确认没有下人跟上来。幸亏没人看到，不然又要费力去给那些人类洗脑消除记忆了。

超越了城市的浮尘和空气，上空的天湛蓝如大海。

艾美抱着巨大的山羊角，趴在饕餮雪白绵软的背上，看着脚下钢筋水泥的丛林，轻轻叹了口气。尘埃之上，又是怎样的风景。

“叹什么气？”饕餮加力奔跑，问，“沉音复出，重新开始写云荒的最末一卷，你是不是觉得压力很大，这辈子没有出头的机会了啊？”

“切！”艾美不客气地打了他一个爆栗子，“我才不怕这个！我有我的海国呢。”

顿了顿，艾美抱着羊角低下头去，用下巴抵着饕餮的顶心，闷闷不乐地说道：“只是，我有点儿想鲛人们啊……还想我的龙儿子。我真应该那时候跟他们去新国度的。”

饕餮哼了一声，不答应。

“不过……”艾美又叹了口气，拉着他的耳朵，贴耳喃喃道，“如果我去了那里，就见不到爹娘和你啦！我还是会后悔的。所以……”

年轻的织梦者在饕餮的背上，抬头遥望天际的大海，仿佛要看到极远的深海：“我还是在自己的故事里怀念他们吧！我要写一个属于我的世界，就叫《海国遗事》，把那些故事都记录下来——龙神，三个公主，云浮翼族，还有……蓝。”

“我要让这个世界，一直记住他们。”

饕餮在空中急奔，长长的毛柔软地拂到脸上，温暖而轻柔，艾美如同抱着一只巨大的布仔毛绒玩具一样紧抱着他，喃喃道：“臭山羊啊……你该减肥了。牙好了就乱吃，再这样胖下去，小心我不要你了……”

日光绮丽地穿过云层，洒下金光，远处的大海如闪耀着光芒的蓝色宝石。

海国，必然在那片蔚蓝下的某一处。

隐约中，艾美仿佛又听到了一阵天籁般美妙的歌声，从极远处传来——仿佛有一群美丽的精灵手牵着手飞翔在空中，婉转歌唱，沿着彩虹一直飞了上去。

然而细细看去，海天尽头却空无一物，只有一片浮云悠悠。

不知哪里，又是鲛人们新的国度。

who can say where the road goes,
where the day flows
only time...
and who can say if your love grows,
as your heart chose
only time...
who can say why your heart sighs,
as your love flies
only time...
and who can say why your heart cries,
when your love dies
only time...
who can say when the roads meet,
that love might be,
in your heart.
and who can say when the day sleeps,
if the night keeps all your heart
night keeps all your heart...
who can say if your love grows,
as your heart chose
only time...
and who can say where the road goes,
where the day flows
only time...
who knows
only time...

【海的女儿·完】

2005.4.10—2005.6.6

注：

[1] 外传中关于云荒的局部设定和《镜》本传不合。

[2] 关于亚特兰蒂斯的资料，引自《破译圣经》，作者：苏拉米·莫莱。

[3] 第一篇最后一首古风，为小椴应我要求在线翻译了JAY的《爱在西元前》歌词。

[4] 第二篇最后一首，为恩雅的《唯有时间》。

镜

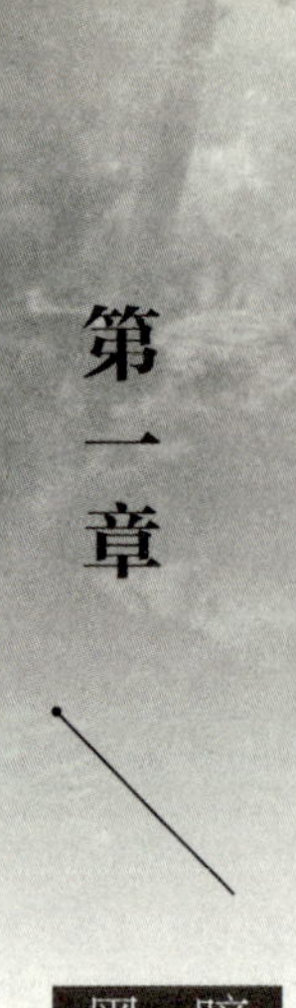

第一章

黑瞳

这是个空白一片的庭院。

纯白的房子，纯白的地面，纯白的摆设，甚至白色的假山，白色的树木，白色的喷泉。

一切都是雪白的——那样没有颜色的所在，几乎令空间都不存在。这个深宫重门背后的庭院中没有东南西北，甚至没有天和地，六合宇宙在这里只是一张平展的白纸。水晶沙漏放在棋盘边上，然而里面计时用的白沙，似乎被某种神奇的力量所控制，无法流泻一丝一毫。

在这个奇异的空间里，仿佛连时间都凝固了。

如果不是耳边传来的细细的箫声，他几乎无法肯定自己是否坐在一个真实的地方。空茫中，唯有那首《墟》是真实的，从庭院外的某处传入，切割着他的耳膜和心肺。他坐在棋盘前，看着那一枚枚棋子从空白的棋盘上“生长”出来，密密麻麻地填满棋盘，相互纠缠和攻击，陡然间便有些恍惚：在这里已经多久了？十年？二十年？

每日每日，总是在这个几乎没有时空的地方，陪着对方下一盘永远都不可能赢的棋。

“嗒”，轻轻一声响，纤小的手指伸了出来，敲击在白玉的棋盘上。手指敲击的方格上，陡然间便幻化出一枚虚幻的棋子，直逼他的王座，让他的主棋无处可逃。

“又输了啊，”他无可奈何地笑了笑，声音在空荡荡的庭院里激起回声，他站起身来，恭谨地欠身，“神，今天可以到此为止了吧？”

“嗒”，没有回答，纤小的手再度敲在白玉棋盘上——所有虚幻的棋子在一瞬间消失，然后在棋盘最中间的位置，出现了一个新的白色棋子。

他刚刚弯下了腰，将白色的毯子覆盖在对方身上，看到那样的举动只好无奈地叹了口气，揽衣重新坐到了棋盘前。铁甲在白色大理石雕的高背椅上磕碰出尖锐的声音。庭院外不知某处的地方，那首洞箫吹的《墟》还在缥缈地传来，那样的曲声，让他再一次心神不定。

碧灵……碧灵。已经那么久了，你还在重门之外吹着这首曲子吗？

“嗒”，小小的手指再度重重敲在棋盘边缘，是在提醒他注意集中精力——

“如果赢了，你就可以从这里出去。”

虽然已经不知道在这里待了多少年，那一句最初的承诺他依然牢记心中。

然而，怎么可能赢呢？一个人，怎么可能赢过……神呢？

手指上凝聚了幻力，他茫无目的地信手回了一步，在白玉棋盘上敲击出一个新的棋子——那么多年天天和神对弈，虽然棋术未有长进，然而这一手幻力凝形已经练习到了化境。他完全不顾对方已经长驱直入的兵力，孤注一掷地逼向对方的王座。

那样自暴自弃的走法，反而让棋盘对面的女童破天荒地沉吟起来，小小的手指不再动了，下意识地敲击着棋盘的边缘。那稀疏的敲击声，在空白一片的庭院里发出奇异的节奏，仿佛有某种震慑人心的力量。

许久，纤小的手指才抬起来，敲击出新的棋子。然而他想也不想，只是把自己的棋子向着对方的王座更推进了一步。

若是七步之内吃掉对方的王，那便是胜利。

这种名为“璇玑”的棋，据说是他们幽国人创造出的，最初的来源是上古的神话。天神辟开了混沌之后，不满天宇之下只有海洋覆盖，就将天上的七颗星降落，大地上便按照北斗的排布生出了七个国家，每个国家都有不同颜色的土地——也就是如今云荒大陆上的钧、苍、玄、幽、冰、扬、朱诸国。

当然，自从三百年前冰国倚仗神之手的力量一统云荒后，其余的六个国家已经不复存在。有的，只是被视为贱民的六国遗民，以及高高在上的冰国人。曾经由七色土组成的云荒，完全只由同一种颜色一统——那是铁与钢的颜色。

“嗒！”在他再度恍惚的瞬间，纤细的小手更加用力地敲击着棋盘，提醒他集中神志。那苍白的手是只左手，只有他的一半大，宛如初开的白梅花，连皮肤下的血脉都是没有颜色的，纤弱而稚气。

当他的目光重新凝聚在白玉棋盘上时，赫然发现自己的王座又已经被对方占领。

“这次才用了三步啊……”他轻轻笑了起来，无所谓地再度站起来，将轻软的雪狐裘披上对方小小的身子，不由分说俯身抱起了她，“已经出来下了五局棋，您该回去休息了——不然长老们会担心的。”

坐在棋盘对面的是一个才十一二岁的女孩，苍白的脸，苍白的头发，苍白的表情，和这个庭院完全一模一样的苍白。白色的华丽斗篷罩住她幼小的身子，斗篷底下她的脸上没有丝毫表情，也没有说话——直到对面高大的戎装男子俯身过来抱起她，她才微微皱了一下眉头，伸出拿过棋子的左手，撑在对方胸口的铠甲上，表示反对。

孩子那样的一推是没有丝毫力气的，然而高大的戎装男子却不敢再勉强，将她小小的身子放回到暖玉雕成的座椅上，叹了口气：“怎么，还要继续下吗？”

“嗯……”苍白的孩子仰起脸，带着空白的表情看着他。

他忽然忍不住打了个寒战——其实已经看过了很多年，早该习惯，然而每次看到这双眼睛，他依旧忍不住有心悸的感觉。

这个苍白的孩子，却有着一双完全漆黑的眼睛。

没有眼白，没有瞳孔，苍白的睫毛下，那双眼睛是一片漆黑，完全看不到焦点，更看不到光彩，宛如一潭不见底的深渊。那么多年来，他和这个奇怪的孩子朝夕相处，却几乎没有看到她的眼里有一丝一毫的神色波动。而且，无数光阴匆匆流走，这张脸却丝毫没有改变——一直保持着女童的容貌，丝毫不曾长大。

甚至，连同陪伴的他，都不曾老去。

神便是神，只手可以幻化万物，凝定时空，岁月变迁对她来说根本没有影响。冰国人这样供奉着的，果然是足以统治整个云荒大陆的力量啊……目光相对的刹那，他陡然间便是一阵恍惚，仿佛自己在向着某个看不到底的深渊坠落。

奇怪……这样的感觉，在他第一眼看到神的时候便惊电般冲上心头。在他被冰国战士围攻，浴血倒在第九重宫门外时，抬头看到深宫内神纯黑的眼睛，那个瞬间宁死不屈的幽国人低下了高傲的头——收敛了羽翼，磨去了锋芒，曾经天下无敌的剑士成了一个侍卫，在神祇的身边陪伴了她这么多年。

“怀刃。”忽然间，那个孩子居然开口说话了，叫他的名字，用细细的声音，“剑。”

第一次听到自己的名字从她嘴里叫出，恍然有一种奇异的感觉——然而只有他能听懂这个孩子奇怪的说话方式：这个奇怪的孩子，又要玩那个奇怪的游戏了。手下意识地按上了腰侧的佩剑，他退了一步，单膝跪地，照例恭谨地回答：“怀刃不敢在神面前拔剑。”

“怀刃。”华丽的白色斗篷下，那个孩子用漆黑的眼睛看着他，再次叫他的名字，缓缓地将方才对弈时一直藏在斗篷里的右手抬起，平举，“剑。”

那只苍白的右手从斗篷中抬起时，仿佛被强光刺了一下，他下意识转过头不敢直视——在那只苍白的右手从斗篷内抽出时，仿佛有神奇的力量浮动，一切忽然间便有了颜色：房子显出了木的质感，假山也有了石的质感，庭院里的鲜花泛起了姹紫嫣红，树木绽放了鲜绿的色泽，沙漏里的沙子开始窸窸窣窣往下落着，计数着时间的流逝……原本空洞苍白的空间里，一切仿佛都活了过来。

神之手！那就是凌驾于苍生之上，号称神之右手的力量。

传说中，天神在创造云荒时用的是右手，如果造出的雏形不满意，则用左手毁去——右手幻化出了万物，而左手可以摧毁一切不该存在的东西。创造出了云荒天地后，天神用尽了所有力量，重重倒地——在神倒下的地方，出现了绵延万顷的湖泊，就是如今的镜湖。从天神的身体里诞生了一对孪生儿，分别继承了天神的两种力量：创世，以及毁灭。

这一对奇异的孪生兄妹拥有无上的力量，一直是云荒大地的主宰者。他们的力量维持着微妙的均衡，彼此消长，如日月更替。

直到三百年前，随着云荒大地的空前繁华，人心的堕落腐化也开始加剧，破坏神的力量随之增加，哥哥迅速地长大起来，成为可以摧毁一切的邪神。而彼此消长中，妹妹创造的力量却开始衰微，身体萎缩到了婴儿的状态。哥哥将妹妹囚禁在了西方尽头的空寂之山上，然后开始肆无忌惮地破坏一切。

力量失衡，云荒七国中爆发了大规模的战争。那一场打破浮华梦的战争延续了百年，死亡的人不计其数，云荒开始出现一片萧条寥落的迹象。

然后冰国出现了一个叫作御风的英雄，他孤身前往空寂之山，破开了封印，将创世神从禁锢中解救出来，并在神之右手的力量支持下击败了破坏神，将其永远封印在了空寂之山。从此，云荒进入了新的生息时代。神之右手展现出无边的力量，幻化繁衍万物，修补天地的裂痕，让大地上所有居住者休养生息。

得到了神之手的帮助，冰国从此一跃成为七国中最强大的国家，并逐步吞并了其余六国，称霸云荒至今已经三百年。那位带领天下人封印了破坏神的英雄成了统一云荒的一代明君。成为帝王后，御风做的第一件事情便是在国都内兴建了一座有九重高墙的离天宫，将创世神从空寂之山上迎入，在离天宫中恭恭敬敬地供奉起来。而御风皇帝也居住在这个隔绝了一切的离天宫里，有生之年从未离开一步。

不知因为什么原因，独居离天宫内的御风皇帝终身未娶。在他死后，因为皇室血脉没有继承人而爆发了内乱，门阀贵族纷纷举兵厮杀，想夺得王位。那一次的内乱持续了三年，繁荣的云荒重新出现了一片萧条的景象。

最后，神谕出现了——全天下的民众在一夕间做了同一个梦：离天宫内，莲花玉座上一只玉石般美丽的右手缓缓抬起，凭空画了一个“停止”的手势。

顾忌着离天宫内神之右手凌驾一切的力量，冰国门阀贵族在激烈的争执后做出了妥协：按照在国内的地位高低，推举出了六位长老，组成元老院统治这个大陆。此后三百年，冰国国民成为云荒中最骄傲和高贵的人，将其余一切战败属国的人民都视为奴隶——完全忘了在破坏神统治大陆的岁月里，他们也曾并肩战斗。

神之右手，就再度成为传说，湮灭于这个人世间。

云荒大陆上没有人再见过那个创世神，其余六国遗民却相信神之右手一直在庇佑着冰国人，才让这样铁血的统治固若金汤地延续了三百年，让无数属国贱民的哀号无法上达天听。

御风皇帝……那个名字在怀刃心中掠过了千百遍，每次念及这个众口相传的名字，脑中便是一阵剧烈的疼痛，让他无法再想下去。

那个毕生未娶、孤独终老的一代明君，内心又是怎样的世界？

那只小小的手从斗篷中抬起，伸向他，虽然没有动用神力，然而整个空白的庭院已经开始发生奇异的改变——那是神之手幻化万物的力量。

这个被六长老重重保护起来的禁地里，居住着依然保持着孩童面目的创世神。

“那就如神所愿。”怀刃上前俯身将那只冰冷的小手按在额头，轻触，退后拔剑起身。他的佩剑是银白色的，剑脊上有一道闪电般的痕迹。剑光犹如闪电割破这个凝滞的空间，纵横飞舞——怀刃曾是幽国最出色的剑士，也是如今无数遗民心中景仰的英雄，那样的身手说明了他盛名的由来。

苍白的孩子静静地看着舞剑的戎装男子，漆黑的眼睛里没有丝毫表情。舞到最急处，她缓缓伸出了手，十指苍白纤细如花瓣。

怀刃的剑蓦然如同惊电落下，斜斩过女童的身体，由肩至腰，毫不留情地一掠而过，血如同喷泉般涌出，发出咝咝的响声。

“呀！”仿佛欢跃般地，那个苍白的孩子发出了惊喜的叫声，继续伸出手去，请求继续。

利剑急斩而来，准确而狠厉，一剑剑劈开她的身子，将女童小小的躯体割裂。庭院墙外的洞箫声还在继续传来，却带了一些慌乱和急促，那一首《墟》吹得支离破碎，伴随着庭院内纵横的剑光，将女童切割得支离破碎。

“呀，呀。”然而一剑剑刺入身体，孩子漆黑的眼里却发出了难得一见的光彩，常年沉默的嘴里吐出欢喜的叫声，丝毫不觉得苦痛，对着剑士伸出手去，仿佛要求更多。

“嚓”，一剑斩下，切断了那一双小小的手，如同枯萎花瓣一样凋落。

怀刃一个急斩后，踉跄后退，用剑拄地，看着地上那一堆模糊的血肉，不住地喘息。那并不是体力上的衰竭，而是一种筋疲力尽的倦怠——能在创世神面前挥剑，在整个云荒，也只有他一个人吧？然而，那又是怎样的一种令人恐惧绝望的事情。

几十年来，要每一日持续地对一个孩童的身体挥剑凌迟！

“呀……”心满意足般地，那一双漆黑的孩子眼睛里发出了光，吐出低低的叹息。那一只被斩断的右手掉落在地上，忽然一跃而起，回到了滴着血的躯体上，迅速接合！然后，宛如落花返枝，那些被切割得零落的躯体一块块自动拼合起来，慢慢恢复人的形状，滴落地面的血一滴滴反跳而出，回到腔中——甚至连那一袭被剑气切割得零落的白色斗篷，都仿佛被看不见的针线缝合了，一块块拼凑起来，毫无痕迹。

游戏终于结束——这样奇异的游戏，陪伴着神的岁月里，不知进行过多少次。

“可以回去休息了吧？”怀刃筋疲力尽地闭起了眼睛，忍住心中强烈的呕吐感觉，对那个刚刚恢复原型的孩子说，“再不回去，长老们要怪罪我的。”

刚把最后一滴血收回，拼凑回来的苍白的孩子沉默地点了点头，将手藏回了斗篷里。她的手刚一藏回斗篷下，所有的色彩都消失了——依然是空白一片的庭院。白的房子、白的地面、白的家具，甚至白的假山、白的树木、白的喷泉……白纸一般毫无生气。

怀刃俯下身，将雪狐裘覆盖在孩子娇小的身体上，抱起了她。

那样的轻，仿佛一片羽毛般没有重量——一个可以只手创造整个天地的神，居然会轻得让人可以一手抱起？在孩子冰冷的手攀上他脖子的瞬间，怀刃陡然又是一阵恍惚。

似乎方才的毁灭性伤害带来了说不出的快感，孩子漆黑的眼里依然有欢喜的光，紧紧抱着怀刃的脖子，将冰冷的小脸贴在胸前的铠甲上，有些恍惚般地，孩子嘴里吐出了两个字：“哥哥……”

将孩子抱起的他陡然一惊，知道那两个字背后代表着什么样的杀戮、黑暗和血腥。

三百年前合云荒所有国家，以及神之右手的力量，才将破坏一切的杀神封印入空寂之山，换来了云荒至今的和平——然而，作为创世神的她，居然在怀念那个破坏神？

犹疑地抱着怀中小小的孩子，转身的刹那，他的眼角跳了一下——墙外的箫声断了，那一首本已支离破碎的《墟》，彻底地断了！血的腥味浓浓地浮动在空气中，刀剑交击的冷锐响声回荡在门外。

这里，是冰国的离天宫，也是整个云荒大陆上戒备最森严的地方。

为了让创世神不受到任何外来干扰，历代的元老院在这里投入了大量的人力物力，简直将这个行宫建成了固若金汤堪比要塞的地方。

然而有谁……居然闯入了这个禁地，并一直杀到了门外？

还不等他走入廊下，白玉的大门轰然倒下，碎裂成无数片。

伴随着碎玉出现在门口的，是一位黑衣的刺客，应该是经历了无数征战才杀到这里，全身是血，一剑劈开了最后一道屏障，剧烈地喘息着。眼睛闪着雪亮的光，看向这个最高机密的地方，喘息着大呼："创世神！我要见创世神……我要见创世神！"

第二章 刺客

“咦？”蜷在怀刃胸前的那个孩子也看到了那位不速之客，却没有丝毫的惊讶，漆黑的眼睛里露出了欢喜的神情，拉拉怀刃的领子，奇异地笑了起来，“来了。”

“神，请稍息。”怀刃的眼角扫过那个黑衣少年，淡淡说了一句，小心翼翼地俯身将孩子放回到了白玉座椅上，回身将手按在剑柄上，冷冷看着来人。

那个刺客有一双冷而亮的金色眼睛，虽然满身是血，却依旧射出不服输的光，手中的长剑滴滴答答的全是血——是幽国人吗？看到那一双眼睛的时候，怀刃冷定如岩的手震了一下。接着他的视线迅速落到刺客手中的剑上，在看到染血剑脊上那一道一模一样的闪电状痕迹时，他几乎忍不住要脱口低呼。

“怀刃。”耳边忽然传来了声音，叫他的名字。那个孩子坐在玉座上，看着闯入的黑衣少年，忽然轻笑，“眼睛。”

听到神的口谕，向来无条件服从的剑士却破天荒地迟疑了一下，手已经按上了剑柄，却没有拔出，只是挡在玉座面前，看着这个几十年来第二个闯入离天宫的刺客。

金色的眼睛……也是来自极北处幽国的人吗？剑身上那道银白色的痕迹，是……

“眼睛。”身后传来孩子毫无温度的声音，冷漠无情。

怀刃一震，不能再想，薄唇一抿，手腕发力，一剑便刺破了空气——他的目标不是刺客的心脏或者咽喉，却是直取对方的双目！

神说，要这个幽国刺客的眼睛！

显然没有料到从三千铁甲中破围冲出，这个离天宫最深处却还有这样的剑士，黑衣少年微微一惊，但身手毕竟矫健，在力战之后还来得及迅速反应，身子陡然如同折断般后仰，避开了那一剑，同时手中长剑直指怀刃的心口。

怀刃竟然不闪不避，第二剑依然刺向对方的双眼，速度快过闪电。

刺客喘息着，略微有些吃惊，然而迅速做出了判断——哪怕拼着毁了一双眼睛，他也要击败面前这最后一道障碍，去到创世神面前！三百年了，天下苍生如入火窟，有多少话想对神祈祷，有多少不平想让神听见啊！自从背负幽国所有人的希望，孤注一掷地闯入离天宫开始，他早将生死置之度外。

怀刃看到黑衣少年这般不顾一切的剑法，脸上陡然掠过一丝叹息。仿佛对于少年的剑法洞若观火，他根本不躲，只是微微偏开了一下身子，便精准地避开了对方的攻击，手中薄而锋利的剑轻轻一转，剜向那双冷光四射的金色眸子。

只是一刹那，怀刃的剑刺破了刺客的眼睑，而同时刺客的剑也刺破他的铁甲，切入他的心口。然而正如怀刃计算的那样，那一剑在后仰中刺来，在刺破铁甲的刹那剑势已尽。

那样的精准，妙到毫巅。

这个深宫里守护着神的剑士，居然对来人的剑法了然于心到这种地步！看着疾刺而来的剑，黑衣刺客脸色苍白，脱口道："是你？是你？！"金色眼睛的少年看着剜向他眼睛的那把长剑，看着剑身上一模一样的银色闪电状痕迹，目眦欲裂，"怀刃！是你！"

然而怀刃的手丝毫不缓，薄薄的剑尖刺入刺客的眼角，挑出。血从眼里流出，划过少年英挺的脸，眼里没有任何表情。

"是你！"刺客直直看着离天宫最深处守护创世神的冰国剑士，忽然大笑起来，身子猛然直起，竟是将自己的眼睛往怀刃剑尖上送去，"拿去！"

将头颅撞向长剑的刹那，刺客手里的剑也同时刺出，不顾一切。

显然也没料到对方这样疯狂的举动，怀刃刹那间竟然下意识地撇剑后退——一流的高手交锋，气势稍馁便是败局。刺客的剑转瞬便从刚才铁甲破口处透入，直刺入他心口。他来不及退，感觉心脏陡然一冷。

然而就在那一刹那，怀刃手里的剑尖已经挑出了那颗金色的眼睛，完成了神的口谕。

已然是两败俱伤的局面。

然而，在血从心口和眼眶流出的刹那，仿佛有一种无形力量逼迫，涌出的血珠居然转瞬倒流回了伤口内！

性命相拼的两人同时都想催加手上的力量，然而发现力量忽然间被奇迹般地从身体里抽空了。身体完全无法动弹，就仿佛连着这个雪白的空间一起，被某种神秘的力量凝定了！

眼角的余光里，怀刃看到了那只苍白纤细的小手正缓缓抬起，指住了他们。

“神。”不明白创世神的想法，怀刃在心底诧异地轻问了一声。

女童笑了起来，那个表情在孩子脸上显得有些奇怪，她忽然从玉座上消失，在下一个瞬间就出现在两个执剑的人之间，飘浮在半空，低下头，用漆黑的眼睛看着黑衣刺客——那样全黑的眸子，让那个天不怕地不怕的黑衣少年额上陡然冒出了细密的汗珠。

“眼睛。”创世神嘴里忽然吐出了第三次低语，轻轻垂下手，用纤细的小手抚摩着刺客已经被刺瞎的那只眼睛。黑衣少年下意识地闭了闭眼睛，感觉冰冷的手触摸在他的眼睑上，尖利的指甲划着他被剑刚割出的伤口。

“眼睛。”孩子的面容上陡然有不相称的萧瑟表情，创世神的手轻轻抚摩着那颗金色的眸子，将它放回破裂的眼眶——在那只纤细的右手抚过的地方，刹那间肌肤复原，血流停止，那滴着血的金色眼珠，重新闪烁在少年苍白的脸上。

怀刃忽然间不出声地舒了口气——他居然忘了……神之右手是没有杀戮的力量的，最多只能守护和创造。

“眼睛。”轻轻叹了口气，创世神瞬间回到了怀刃臂弯中，钩着他的脖子蜷在他胸前，回手按在他的心口上——只是轻轻一按，被刺破的心脏陡然完好无损。

“感谢神。”怀刃按例低声回答——他是这个云荒上离神最近的人。离天宫里，他从未想过自己的生命会有什么危险。所以刚才对付这个刺客的时候，不知道是托大还是故意手下留情，他只是以纯粹的剑术来对付这个闯入的黑衣少年，而没有动用任何一种术法。

金色的瞳子里映出女童空无的表情，纯黑的眼睛没有一丝表情。

“创世神？你……你是创世神？”视线重新清晰起来的时候，黑衣刺客看到了面前的孩童，震惊地脱口道，“你就是创世神？”

“对神请使用‘您’的敬称。”那个高大的剑士淡淡开口，一只手抱着孩子，另一只手却始终握着那把银色的剑，剑尖上刺客的血尚在缓缓滴落，流过剑脊上那道白色的闪电痕迹。

那道痕迹宛如真正的闪电一样，刺入幽国黑衣少年的眼里，他只觉有烈火在心底燃烧起来，热血如沸——

和所有遗民一样，他对那个故事耳熟能详。

五十年前，云荒第十一代剑圣门下最出众的弟子怀刃，冲入离天宫内去见创世神，为天下苍生请命，结果一去不返。据说他杀入了九重门后的神殿，最终却被六长老联手截击，力竭而死。他的家人也一夕之间消失于云荒大地——和怀刃相关的一切都凭空消失了，留下的只有关于英雄的传说，辗转于六国遗民耳侧，激励着一代又一代青年遗民奋起抗争。

然而他怎么都没有想到，在这个离天宫最深处的神殿里，会遇到传说中的英雄！这个被所有幽国人都认为是死在五十年前的第一剑士，居然成了冰国的走狗！

“呸！”一口啐在地上，刺客忽然轻蔑地看着面前的男子，冷笑起来，“叛徒——你也配拿这把剑圣门下的光之剑？”

握着剑的手不易觉察地一震，怀刃没有回答，他怀里那个女童也没有说话，只是用纯黑色的眼睛静静看着眼前这个黑衣刺客，又转过头看看怀刃，嘴角忽然微微浮出一丝笑意。

“你是剑圣门下？你把九重门外的守卫都杀了，才进入这里的？”怀刃打量着这个浑身浴血却尚有余力的刺客，微微有些吃惊——冰国守卫九重门的战士个个都非泛泛之辈，无论武学还是术法都可独当一面，当年他杀到第九重门前便已力竭。然而眼前这个同门剑术造诣显然还不及当年的自己，却一路杀入了离天宫，甚至尚有余力？

“当然。”黑衣少年傲然抬头，轻蔑地看了一眼怀刃。转瞬屈膝对着创世神跪下，流着血的手重重拄到了地上，俯首大声祈求：“第十三代剑圣门下弟子玄锋拼死前来，为六国遗民求见创世神！请神出手，救天下苍生于水火！”

女童的眼睛眨了一下，没有表情。

“冰国凌虐遗民，鱼肉百姓，祸害胜于破坏神当年——请神之右手解民于倒悬！”第一次的祈求没有得到回应，刺客玄锋心中陡然一怔，重复了一遍。

他并不想看到这样的局面——创世神，居然不回应遗民的请求？难道正如遗民悲愤传言的那样：神早已遗弃了六国遗民，只被冰国极尽荣耀地供奉了起来？

神遗弃了其他种族，只庇佑冰国吗？

创世神孩童的面貌上依然没有丝毫表情，漆黑的眼睛看着跪在地上的幽国剑士，隐约有猜不透的笑意和冷意。小小的左手钩着怀刃的脖子，右手却藏在怀里。

“玄锋请求创世神展现神力，拯救六国流离的百姓！”黑衣少年重复了第三遍——那也是他心里的底线——“破天”行动一开始时，他和那些前往空寂之山的战士就约好：如果神之右手并不回应他们的祈求，那么他便拼了一死，也要不顾一切地弑神！

就算杀不了神，也要牵制住六长老，让前往空寂之山的战士们赢得时间。

最后一遍祈求说完的刹那，玄锋的手暗自握紧了长剑，吸了一口气，长身欲起。

“人是不可能弑神的。”忽然之间，一个声音清清楚楚地响起在空气里，女童微笑起来，漆黑的瞳子看着面前握剑的刺客——那是她说出的第一个完整句子，带着奇异的语调，静静的，“你们的人，已经去了空寂之山接我哥哥吧？”

神吐出这样的诘问，让一直冷定的少年刺客刹那间脸色惨白。玄锋踉跄着后退了三步，几乎握不住手里的剑——神知道？神早就知道？怎么可能……他们六国遗民秘密筹划了那么久，才拟订了这个“破天”的计划。神居然在一刹那之间就洞察了？！

一方面作为剑圣门下的他，前来帝都拜见创世神，祈求神的保佑，同时也牵引住元老院六长老的视线和精力；另一方面，六国遗民中的精英战士秘密集结，前往空寂之山的祭坛，准备打开封印，借助魔之左手的力量来推翻冰国的铁血统治。

那样严密的计划，本来该不会被人知晓——而创世神居然洞若观火。

听到“破坏神”三个字，连怀刃都大吃一惊，脱口道：“你们疯了！你们想释放破坏神？”

“疯子也比叛徒好。”玄锋冷笑起来，看到这个同门的叛徒，少年心里依然是满满的杀气和鄙夷，“是冰国人逼我们的！与其忍受他们的苛政，还不如释放破坏神！”

“破坏神释放出来了，你们怎么可能控制云荒不陷入黑暗？”怀刃金色的眸子里有冷电，厉声呵斥，“你们妄图和冰国一起毁灭吗？你们要毁掉这个云荒？！”

“你有什么资格教训我？叛徒！”玄锋扬起头，睥睨地看着这个五十年前的“英雄”——也许是因为留在神之右手身侧的缘故，流逝的时间对怀刃没有丝毫的影响，如今本该是老人的他依然保持着和冲入离天宫时一样的外貌，年轻英武，和面前比他小五十岁的黑衣同门几乎一模一样。

唯一不同的，只是目光中不复有玄锋那样的热血如沸。

“他当然有资格教训你。”出乎意料的，神的嘴角泛起一丝冷笑，“如果不是怀刃，整个幽国和剑圣一门，五十年前早从云荒大陆上彻底消失了。”

“什么？”玄锋愣了一下，脱口道。

“神。”怀刃似乎不想说下去，微微抱紧了那个女童——他没有想到一直寡言的神今日忽然如此多话，更没想到从刺客闯入到现在，外面的六长老居然没有赶来。

到底是出了什么事情？离天宫的守卫忽然间变得如此脆弱？

然而苍白的小手撑住他胸前的铠甲，创世神眼睛里浮出幻彩般的光芒，对着那个桀骜骄傲的刺客继续说下去，冷笑：“做英雄是要付出代价的……当年怀刃这个笨蛋和你一样，只凭着一腔热血冲入九重门，力竭被擒。在那时候，整个幽国遗民和剑圣一门，就要有必死的觉悟——可当年怀刃失败后，为何你们还能活得好好的？你想过原因吗？”

玄锋忽然怔住——这个疑问几十年来并不是没有人提出过，然而始终没有答案。

遗民们纷纷猜测是怀刃在自知无望的时候早已自刎，冰国人无从拷问，所以也没有牵连到族人和同门。然而那分明是说不通的——怀刃的家人在一夕之间消失，冰国显然已经查到了刺客的真正身份。

然而无论如何，那次轰轰烈烈的刺杀终究没有引起冰国的严厉追究，无论是幽国遗民还是剑圣门下，几十年来依然在冰国的统治下平平安安地活着——境况虽然不可能变得更好，却也没有恶化得无法忍受。

“苟活也是要有代价的。”创世神漆黑的瞳子里透出冷笑。

玄锋猛悟，脱口低呼，看向怀刃——怀刃脸色也是苍白的，默不作声地抱着女童握剑而立，淡淡看着几十年后闯入离天宫的同门，眼神复杂。那仿佛是面对着另一个自己的感觉，让剑士在五十年后再度陷入了恍惚。

“我免去了怀刃的罪，将他留在离天宫内——即使是六长老，也无法违抗神的意志。”创世神的眼睛是漆黑的，所以看不到任何表情变化，女童的声音却是不相称的威严和沧桑，“但是人世有人世自己的平衡规则——作为相应的对策，六长老将怀刃所有家人扣留，监视着幽国遗民和剑圣一门，若怀刃有丝毫异动，血便要成片地流淌。”

黑衣少年陡然说不出话来，讷讷看向同样握着光之剑的怀刃，许久，终于开口问：“真的是这样吗？前辈？”

幽国遗民和剑圣一门，之所以能活到如今，便是因为那个最优秀的前辈多年前便以身事敌？是当年怀刃屈膝臣服于神祇，才换来了族人和同门的平安？

“我不过是在接受我应得的……”然而怀刃没有承认，只是苍白着脸漠然回答，似乎五十年后豪情热血都已消磨殆尽，“我根本不是什么英雄——那样毫无计划的莽撞只会给族人带来灾难。我不过是在为错误付出代价。”

“那不是错误！”玄锋忍不住，冲口而出，“那就是英雄！”

“真的英雄，不会只凭着一腔热血去做没有把握的事情。”怀刃眉梢挑了一下，看向年轻的同门，“至少，该像你们这样有了严密部署，才开始去赴死——我当年不过是一介莽夫，差点儿害死所有族人和师门。”

在黑衣少年回答之前，女童微笑起来了：“是的。当年的怀刃不过是一介莽夫，在此后的五十年里，他才称得上是英雄——能忍受在离天宫内陪伴我五十年，除了御风，没有第二个人做到。”

“神。”怀刃叹了口气，对于创世神第一次的赞许不知如何回答。

这还是神第一次开口说这么多话。过去漫长的岁月里，除了下棋、冥想、练剑和学习术法，他几乎没有多少机会和神说话，哪怕开口，听到的也都是几个字的回答。五十年了，陪伴在这样沉默的奇怪孩子身边，忍受着这样变化无常的脾气、种种匪夷所思的古怪癖好，换了其他人或许早已发疯。

然而他却在这个时光凝固的地方活了那么多年，甚至得到神亲自指点，开始修习云荒大地上连六长老都无法得到真传的种种术法——他从来无法想象在那个孩童的躯体里，无所不能的神在想些什么。

天意从来高难问，即使那么多年的相伴，始终无法逾越人神的界限。

但是，不知为何，他的心却并不曾因此而荒芜枯竭，反而渐渐澄澈安宁。

第三章

帝王泪

玄锋不知该如何说话，怔怔看着怀刃，眼光却从轻蔑转为炽热，跨前一步，冲口道：“前辈！我们一起走吧！一起从这里杀出去！”

“嗯？”怀刃微微一惊。

“幽国人需要你啊，前辈！我们就要反叛冰族的统治了！我们已经去空寂之山释放破坏神了！”看到前辈这样迟疑的表情，黑衣少年热切地喊，金色的眼睛里释放出战意和杀气，“接下来要和冰国打多少仗？见到你回来，遗民们该有多高兴啊！太师傅——也就是前辈的师妹、女剑圣梅迩，这些年来独立支撑师门，一直念念不忘您……”

“梅迩……”怀刃眼睛闪烁了一下，只是垂下眼睛看着臂弯中的孩童。然而漆黑色的眸子里没有表情，创世神微微抬起眼睛看了一眼身侧的剑士，没有表示。

于是，怀刃也没有动。

“是顾忌家人吗？”玄锋看到对方那样毫无表情，忽然间明白了，脱口叫了起来，“前辈，难道你还不知道——几十年前，冰国就将你的家人杀了！”

“什么？”这一次剑士再也不能保持沉默，脱口惊呼出来，“不可能！”

“是真的！”玄锋也是寸步不让地争辩，坐实这个残酷的事实，“冰国元老院早就下令将你的家人全杀了！头颅都在云荒巡回展示了好几个月！”

“不会的……不会的！”怀刃金色的眼睛里闪出了冷光，几乎带了杀气，“胡说！那首《墟》……那首只有碧灵会吹的《墟》，直到今天我还听到了！”

怀刃的手按在剑柄上，却有些茫然地看着破碎的门外：“这几十年来，碧灵被他们逼着天天在重门外吹这首曲子，好时刻提醒我，绝不能有二心……”

“没有啊！”那个瞬间玄锋因为惊讶而脱口打断了他，“我刚才杀入九重门的时候，根本没看到有什么人在吹笛子！我也没听到曲声！”

“什么？”怀刃的身子猛然一震，“那不可能。你没听见？碧灵就在门外吹那首《墟》！”再也忍不住，剑士迈步走向那个破碎的白玉高门——那个他五十年来从未迈出一步的门。

“怀刃。”忽然间，一个细细的声音阻止了他，孩子小小的手凌空点出，只是一个眨眼，一扇新的门重新出现在原地，阻断了一切。

“不用看了。”缓缓收回右手，创世神孩童的脸上有不相称的悲悯表情，看着陪伴她的剑士，“所有人，包括你妹妹碧灵，确实在四十七年前已经死了。”

“神，你说什么？你说什么？！”抱着孩子的手臂陡然无力，怀刃震惊地脱口道，甚至忘了使用“您”的敬称。手臂松开的同时，女童悬浮在了空气里，静静看着剑士，点了点头：“是死了。早就被六长老杀了——虽然不能杀你，要诛灭剑圣一门或者灭了幽国也很麻烦，但必须要对天下有个交代，所以元老院决定杀你满门，以儆效尤。”

“可是那一首《墟》……”怀刃茫然脱口道，依然坚持，“那首《墟》，只有碧灵会。”

“那只是一个幻音。”孩子漆黑的眼睛里没有表情，声音却是冷定得近乎无情，“你要知道，六长老在术法上虽未得我真传，但使用‘镜’造出一个只有你听得到的幻音，还是能做到的。”

那样冷定的一句句分析，逐步将面前剑士坚定的信心一步步粉碎。

“神啊……”下意识脱口低呼了一句，怀刃忽然捂住脸无力地跪倒在白色的地上。五十年枯井无波的苦行生活后，猛然有利刃刺入心中——那样剧烈的刺痛感遥远而强烈，在他没有反应过来之前，已有热泪从眼中长滑而下。

“怀刃。”悬浮在身侧的神轻轻叹了口气，伸出了左手，“怀刃。”

苍白的小手上沾染了热泪，创世神的眼睛却是悲悯的。

“神，您……您早知道了，是不是？”轻触脸颊的手有着奇异的安定力量，剑士终于可以开口，语声却依然哽咽，“您为什么不告诉我？为什么？”

“时候未到，告诉你徒添烦恼而已。”神的眼睛漆黑得看不到底，“在这个九重门内的离天宫里，你什么也不能做。你只是一个人质。”

怀刃全身战栗，沉默了许久，不发一言。在玄锋都忍不住要开口的时候，剑士蓦然握紧了手中的光之剑，坚定地吐出了一句话：“我要出去。”

那四个字，让黑衣少年精神一振，脱口欢呼。

“怀刃。”神漆黑的眼睛看着他，却没有赞许或者反对的表示。

“我要回到幽国去。”怀刃握剑站起，铁甲发出刺耳的摩擦声，“怀刃空负一身剑术幻术，而家人死去，族人和同门都在战火中——我总要做点儿什么。”

顿了顿，看着创世神全黑的眸子，剑士静静请求：“请神允许。”

“如果……”孩童的脸上陡然有一丝奇异的笑，“我说不许呢？”

“那请神将赐予怀刃的所有全拿回去。”毫不迟疑地，怀刃回答，倒持着光之剑举过头顶，“包括五十年来教授的一切——以及这一条命。”

“前辈！你疯了？”玄锋陡然惊呼起来，长身扑过去想夺回那把剑，“她不同意的话，最多和她拼了！管他神不神，怎可任由屠戮！”

同门身形刚一动，怀刃眉头一皱，却是头也不回地一弹指，吐出一句低语，玄锋面前忽然便凭空凝结了一道透明的冰墙。那样的术法让玄锋目瞪口呆，他从未想过出自剑圣门下的怀刃前辈居然还会如此精妙的术法！

“神。”用一个咒术将同门阻拦，怀刃一动不动地跪在神座前，将剑举过头顶，“请饶恕我同门的年轻妄为。”

纯白一片的庭院内，虚浮在空中的女童低头看着他，久久不说话。然而怀刃知道，哪怕他心中刹那间闪过的念头，都逃不过神的眼睛。

沉默中，空气似乎都凝结了，创世神的嘴角忽然动了一下，纯黑色的眼睛里有光亮闪动：“不自由毋宁死？人也是这样的啊……”

右手忽然再度从袖中伸了出来，按在怀刃肩甲上。

尽管知道神之手没有杀戮的力量，那一刹那剑士还是不由自主全身一震，然而耳边听到轻轻“嚓”的一声响，铠甲忽然间发出淡淡的金色光芒——只是一瞬，神之手居然将他身上那件密银铠甲强化，变成了能抵挡术法和刀剑攻击的金甲！

“神？！”剑士震惊地脱口道，抬头看创世神。

然而手中蓦然一轻，神之右手拿起了他的长剑。小小的手抚过之处，伴随着低低的吟唱，那把光之剑上闪电状的痕迹陡然发出了刺眼的光，整把剑凭空消失！只是一个眨眼，长剑又重新出现在神之右手中。

然而那把剑已经不是原先的剑圣之剑，而成了一把介于无色之间的灵剑！

“这才算是真正的‘光之剑’。”神低头看着自己幻化出的长剑，微微一笑，将剑放入怀刃手中，右手一点，那道白玉大门轰然洞开，“走吧。”

怀刃说不出话，不知为何忽然不敢直视那漆黑的双瞳：“感谢神。”

金色的铠甲轻如无物，他轻灵地站起，却觉得脚步有千斤重。念动解锢的咒术，那面冰墙陡然融解，玄锋踉跄着冲出，他过去拉住那个同门，静默地转身。黑衣少年犹自恨恨地盯了一眼女童，不甘心地跟着怀刃走向门外，忽然低语：“前辈……我们一起杀了神吧！”

怀刃猛然抬眼，冷电般的眼光如刀锋过体，让玄锋登时住口。

“走。”怀刃拉着同门，向着洞开的白玉大门走去——那是离天宫的第九重门，五十年前血战力竭的时候，自己便是倒在这道门下。之后的几十年，从未踏出过这道门一步。

“那只是冰国的神！”在冷然拉着玄锋往外走的时候，少年刺客恨恨说了一句。

怀刃的脸色复杂地变幻，却是毫不迟疑地拉着不服气的同门一直向门外走去，在脚步快要迈出大门的一刹那，低声道：“但，也是我的神。”

说那句话的时候，他知道神会听见。

“什么？！”玄锋猛然一惊，就在刹那怀刃已经拖着他走过了那道门。

“你不会懂。”松手将同门放开，剑士低语，那个瞬间玄锋看见依稀有亮光闪烁在金色的眸子里——怎么会懂呢？这个十几岁的热血少年，为了信仰而不顾一切的孩子，怎么会知道这五十年来他遭受过的一切？就像一把开刃后所向无敌的剑，没有经过摧折、回炉重铸，不曾经历过焚烧的酷烈、拆骨断筋的痛楚，如何能脱胎换骨地成为绕指柔。

那时候，神为什么要将自己从六长老手中救回？

而如今，神为什么要赐予自己力量，放自己回归于云荒？

而创世神……那个有着幻化万物力量的神之右手，为何始终站在冰国一方？难道真的是被长久地供奉在奢华的离天宫内，高高在上的神早已舍弃了其余六国遗民？

神赐予他生命、力量、自由；拯救他、造就他，到头来，却要和他为敌？难道将来某一日，当他和族人一起杀入冰国的帝都伽蓝城，就要不得不和神决战？交在他手上的那把剑，到最后还是要挥向造就它的人？

"神！"终于忍不住，怀刃在门外停住，转身单膝跪倒，"为什么要留在离天宫？这个云荒如今怎样，您不会不知道吧？冰国人如今比破坏神还苛酷！那是您当初创造云荒时所希望看到的吗？为什么您还要留下？！"

"怀刃。"门内的玉座上，那个孩童状的创世神微笑起来了，似乎丝毫不奇怪剑士的去而复返，眼睛幽深看不见底，"你想说什么？"

"请神离开离天宫，跟怀刃一起去空寂之山，阻止破坏神复活！"剑士终于开口了，"怀刃不敢奢望神庇佑遗民，但求神至少兼爱天下人，让我们和冰国公平地逐鹿云荒！"

"怀刃，你很会说话。"创世神微笑着，却是不置可否。

"神？"不明白那双漆黑眸子背后的想法，怀刃握剑低语。

"'冰国人如今比破坏神还苛酷'——说得很对。"沉默片刻，女童的手轻轻敲着棋盘，将那个"王"拿起，仔细端详，"哈，你们人类是不是都以为封印了我哥哥就万事大吉？从此可以安然享受无止境的繁华——只要我不停地造出万物以养人？"

将那枚虚幻的棋子拿在手里，右手只是微微一动，便变成了一把滴血的剑！

"错了！天地有自己的生长和毁灭的微妙平衡——绝对的繁华只会带来更多的破坏和杀戮，"流血的长剑悬浮在神的右手指尖，孩童纯黑的眼睛里有冰雪般的表情，那种凌驾万物之上的语气，陪伴多年的怀刃还是第一次听到，"七国当年联手封印了我哥哥，便以为可以安享富贵——没想到最后，冰国人却自己成了破坏神。你们人类一手造成的后果，不能怪谁。”

“可是当年破坏神不是也禁锢了你，所以七国才联手和他作战？”玄锋冲口叫了起来，不服气，“后来御风皇帝不也是借助了你的力量，才封印了破坏神？你别推得什么事都没有一样！”

“玄锋！”怀刃低斥同门，却听到神轻轻笑了起来：“更伶牙俐齿嘛——剑圣门下，怎么个个都像是辩士？”

顿了顿，不等怀刃开口，创世神手指一捻，剑和棋一起消失。

“哥哥野心膨胀，禁锢我，妄图毁灭天地间的一切——那是不对。天地的平衡是不能被打破的，无论神还是魔。”女童冷然回答，漆黑瞳孔忽然发出幽冷的光，右手在空中划过，空白的庭院刹那恢复了生机，“所以，我接受了当时御风的请求，帮助他打败了我哥哥——但我只是想恢复平衡。然而七国生怕我哥哥再度破坏云荒，居然擅自在空寂之山上设立了结界，封印了我哥哥！”

“怎么可能？”怀刃不可思议地喃喃脱口道，“御风皇帝居然敢违背神的意愿？”

“人和神之间，并非不可逾越。”神微笑起来，意味深长地看着金甲佩剑的怀刃，“那时候我和哥哥作战后陷入了衰竭——而御风……御风啊，我给予了他太多的力量——多到超越了一个‘人’所该拥有的。”

说到这里，女童苍白的脸上有奇异的笑，低声：“怀刃，你会不会成为第二个御风呢？”

剑士浑身一震，然而不等他开口回答，神淡淡说了下去：“封印破坏神，动用了全天下的力量，当时衰弱的我暂时无力打开集天下人之力而成的封印，只有借助御风的力量。而御风雄才伟略，依仗我赐予他的力量将云荒统一。其实，这也未必不是一件好事……”

“什么？！”想起冰国统一天下后遗民的遭遇，玄锋剑眉一轩，怒意不可抑制。

“你先不要急着反驳——”神冷冷反问刺客，“我问你，御风皇帝在位的时候，可曾有半点儿亏待六国百姓？”

刚要开口的玄锋被那么一反问，刹那哑口无言。

虽然痛恨冰国人，然而无论如何，从古老相传的说法中，那个云荒第一位帝王对天下一视同仁，的确不曾有半点儿亏待六国遗民。在开国皇帝在位的几十年里，云荒大地出现了空前的繁荣，不仅是冰国人，就是六国遗民都生活得丰衣足食。

“可御风皇帝死后，那个该死的元老院建立起来，我们就没有过过一天好日子！”玄锋顿了顿，还是不平地叫了起来，“两百多年了！多少次的镇压和屠杀？难道创世神你就没看到那些血吗？你被供养在这个高高在上的地方，是不是都听不见那些哭声了？”

“我说过，‘生’和‘灭’的力量在天地间总是要保持均衡。我哥哥被封印，那么必然有另一种力量来完成‘毁灭’。”那样激愤的责问没有让神有丝毫动容，女童冷然平静地陈述，无情冷酷，“当年，你们七国人贪图荣华安逸，不顾我的警告将哥哥封印——这就是后果。”

“神，您要惩罚世人吗？”那样冷漠的语气，让怀刃忍不住震了一下，忽然豁出来什么都不顾，一口气将心里长久的怀疑说了出来，“但是那么多年来……您也未必快乐吧？您日夜不停地创造，以弥补冰国造成的越来越大的灾害。您耗费着太多的力量，所以外表一直维持在如今女童的形貌上——看着如今的云荒，您真的觉得无所谓吗？”

剑士的进言令女童漆黑的眼睛里蓦然有一丝冷光，创世神眉尖一挑，忽然冷笑：“真是大胆啊……居然敢窥测神的心意？怀刃，这些年来，是不是教给你的太多了？”

怀刃不敢回答，却只是低下头：“请神改变这个云荒！”

创世神没有回答，空白宽敞得近乎可怕的离天宫内，绝对的安静带着一种说不出的压迫力。不知道为何，九重门外一直安静，居然没有任何一位长老带着侍卫到来。血腥味还在空气中弥漫，破碎的墙和门堆了一地。

“没有我，你就不能扭转这个乾坤了吗？”忽然间，女童细细的声音响起来了，一手按在剑士的肩膀上，将另一只右手覆上他的额头，“五十年来，我教会了你那么多——几乎比我当年教给御风的都多……他能做到的，你不会做不到。”

“神？”怀刃震惊地抬起头，却对上了那双幽黑的瞳子，“您让我……让我……”

“人世有自己的流程。分久必合，合久必分——七国的事情，要由你们去解决。”苍白的小手覆盖在剑士高高的额头上，留下一个淡金色的六芒星烙印，神的唇角噙着一丝笑意，“是时候了……怀刃，我留了你那么久，能给予你的都已经给予你——你的力量，已经是‘人’的极限。去做你想做的事情吧……莫要像御风一样，逆了我的心意。”

“神，你是要怀刃当皇帝吗？！”玄锋看得发呆，此刻猛然明白过来，心直口快地喊了起来，眼神欢跃，“你给他额头印上了那个印记——和御风皇帝额上的印记一模一样！你是说怀刃的力量，足够当上云荒的皇帝是不是？”

创世神的脸上掠过一丝微笑，收起了右手：“不，我只是把他的力量还给他。”

“前辈！我们快去空寂之山！”玄锋欢喜地跳了起来，迫不及待，“快去和大家说这个好消息！神说幽国人要成为新的帝王！这个云荒，就算六长老都不是你的对手了！”

被同门拉起，然而金甲剑士却忽然转身，担忧：“神，去了空寂之山，您希望我怎么做呢？要我打开封印，把破坏神释放出来吗？但以您现在的力量，能不能和破坏神抗衡？”

“哥哥被封印了三百年，应该已经极度衰弱……”女童脸上忽然有看不懂的伤感，“我想，随着力量的衰竭，他可能萎缩到连‘形体’都无法维持了吧？我不会怕他。”

“我明白了。”怀刃长长舒了口气，握剑转身，最后行了一礼，“一切如神所愿。”

“去吧。”小手轻轻伸出来，指向重重宫门外依稀可见的天空，“六长老已经全赶到空寂之山了——你若去得迟了，恐怕六国的精英早已全灭。”

“什么？！”玄锋和怀刃同时脱口道——刹那间，两人都明白了今日九重门的守卫为何如此单薄，为何那么久了也不见六长老出现！

黑衣刺客更是震惊：“六长老早去了空寂之山？他们……他们怎么会知道？”

“他们怎么会不知道？”创世神微笑起来，眼睛看不见底，“六长老虽然没有我这样的洞察力——但人世有自己的规则。遗民里面，不会没有叛徒，并不是每个人都像你和怀刃。”

“可是……既然元老院得知了这个计划，为什么玄锋还能闯到这里？”在乍闻噩耗的刹那，怀刃却比玄锋清醒——或许，只是多年的疏离，让他对于族人和遗民有了些旁观的从容，“离天宫，不应该也有相应的防备吗？”

“当然有。”创世神微笑起来，手指轻轻点出，指向少年刺客，“不过，如若我要保护某个人，长老们就算布置了再多的守卫也是不堪一击。”

“神！”陡然明白玄锋是如何直闯九重门的，怀刃脱口低呼，“是您故意让玄锋杀到座前的吗？为什么？”

“我一直在等待。”黑色的瞳子里神光离合，却看不到底，“时间或许到了。”

“前辈，我们快走！”那样的话让玄锋的心如坠冰窟，他一拉怀刃，反身便走。

怀刃和同门向着门外奔去，几步就冲到了白玉门外——然而刹那他感觉额头如同裂开般疼痛，仿佛有什么屏障瞬间被融化了，脑里有奇异的声音和图像翻涌而出。他隐约听到一个人在说话，感觉到那个人的喜怒哀乐，无数记忆如潮水般涌出。

那是……那是什么？那都是什么？！

“前辈？你怎么了？”玄锋惊讶地抬起头看他，忽然间惊呼，“你额头上！那个印记……那个印记在发光！你没事吧？”

“神！”然而怀刃没有理睬同门的惊呼，只是在门口立定，蓦然转身定定地看着玉座上那个黑瞳的女童，神色刹那万变，“神？我……”

“呵……”创世神脸上同时掠过奇异的微笑，“想起什么了？”

“神！”金色的风掠过空旷的庭院，在玄锋尚未反应过来的刹那，怀刃已经扑到了玉座前，抱起了那个女童，神色恍惚之间已经没有顾上使用敬称，“我带你走！不要留在这个离天宫里……跟我离开吧！”

“你知道我无法离开这里。”玄锋目瞪口呆，然而创世神没有半丝惊讶，只是平静地回答，“你也知道是什么让我无法离开。”

“宽恕我……宽恕我！”怀刃忽然间捧住了头，跪倒在神面前，手指缝里透出额心烙印的光——那个瞬间他什么都想起来了，汹涌而来的记忆让他几近失声，只是崩溃般地跪下，反复喃喃，“神，宽恕我。”

“我宽恕你。”女童微笑起来了，垂下手按在剑士的肩上，“我早就宽恕了你——只是你自己无法宽恕自己吧，御风——所以几生几世了，还要回到这里来。”

“御风。”那样轻柔的称呼如同梦幻般吐出，在那只幻化万物的手按在他肩上的刹那，无数记忆的碎片随着汹涌的洪流从潜藏的心底涌出——那是多少年前尘封的回忆？若不是额上那个封印再度打开，自己一定是永远不会再想起来……

一切终于都恍然明白了。

当年血战力竭，在第九重门外倒下时，看到门内玉座上那个孩子漆黑的眼睛，自己刹那间为何竟然有那样的震惊；

而创世神——那个漠然凌驾于云荒变动之上的神祇，为何会出手干扰人世，从六长老手里救下区区一个幽国的刺客；

甚或，在这样长久的幽禁岁月里，为何自己心里从未感觉过烦躁和绝望，只是平静安然，平静中甚至感到隐秘的欣悦和满足。

一切，原来就是如此——他便是御风皇帝，是他禁锢了创世神。

而将神留在离天宫内，便是他前世不顾一切的愿望。

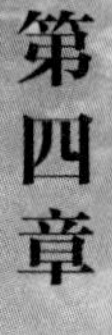

第四章

渎神者

“怎么……怎么了？”那样突然的转变，让幽国年轻的刺客大吃一惊，只看着怀刃忽然间跪倒在玉座前，用手捂住额头，语无伦次地请求宽恕，玄锋脱口惊呼，“前辈，你怎么了？”

是中了什么法术？——还是神又耍了什么花招？

然而不等玄锋动手，怀刃霍然长身而起：“神，我这就带您离开这里！”

“你无法带我离开。”然而神黑色的眼睛里有平静的光，回答，“你做不到。”

“不可能！”怀刃金色的眸子里闪过冷光，厉声，“九重门的九个‘非天结界’是御风三百年前结下的——他能结下，我一定能破开！我要带您走……您已经被幽禁了三百年！”

那样幽禁的痛苦，他已经看了五十年——因为失去了作为破坏神的哥哥，右手的力量无法和左手达成浑然天成的平衡。在竭力弥补冰国暴政对这天地的损害时，神同时每日都在为体内力量的失衡而痛苦，最后不得不借助于他剑上杀戮的力量，劈开她的躯体，借着损伤来恢复失控的平衡。

那样每日死去一次的痛苦，他已经看了五十年。

因为当年一时的狂妄和贪心，他竟然不顾一切地将创世神禁锢——然而，多么可笑……出于那样的初衷而强行冒犯天意，到最后，却要亲手一次次地去杀戮神！

“你的确比御风强……”神的眼睛是幽黑的，话语却是平静的，“但是这九重结界存在了三百年，其间不断被元老院用各种术法加固——三百年后，这九个结界的力量，已经超过了你当年布下它时的想象。”

“怎么可能？”怀刃脱口惊呼，猛然奔回那扇空荡荡的白玉大门前，手中光剑闪出了耀眼的金光，一剑就击在虚空里——在玄锋莫名睁大眼睛的刹那，凭空起了一声刺耳的交击声。那个空无一物的半空忽然凝聚出了密密的罗网，万字形的花纹连绵不绝，宛如看不到头的锦障，将那把力量无边的金色长剑裹住。

黑衣少年看着半空中那道诡异的透明罗网，脱口惊呼。

那便是困住神的结界——虽然对于凡人毫无作用。

“御风终究是个凡人，只在这离天宫里留了五十年……驾崩之后，权杖落到了元老院手里。”看怀刃用尽了所有方法试图破除那道百年前的结界，神的语气却是平缓漠然，“为了长久地拥有神祇，六长老加固了这些结界，试图阻断我对于云荒外界的感知，而专心创造万物，以供他们享乐。”

“神……您还宽恕我？”怀刃的剑颓然从虚空中劈落，筋疲力尽，忽然苦笑起来，“因为我的缘故，这几百年来，您竟然被这些魍魉鼠辈控制！”

“人都会有罪——那是不可避免的。”漆黑的眼睛里没有丝毫表情，静静开口，“人心有各种欲望：权势、地位、金钱、虚荣、独占、操纵……御风终究是个人，而我却给予了他太多的力量——那是我的错误。”

“不，那是我的罪……”看着孩童面貌的创世神，怀刃忽然避开了眼睛，喃喃，“我的罪。”

不知道再度回忆起了什么事情，剑士陡然低下头去，用手捂住了额头上那个金色的六芒星印记，语音奇异地颤抖，似痛苦，又似绝望。

“如果是你的罪，那也是人世诸多罪孽中最可宽恕的罪……”女童忽然微笑起来了，抬头看着漫天的罗网，“御风错的，不过是对神怀有凡人的爱罢了，而那种爱带着独占欲——他不知道，既然万物都为我创造，我自然爱所有人。怎是他可以独占。”

“神。”怀刃无法抬头，只觉心底种种回忆激荡，犹如风暴呼啸。

那个瞬间，遥远而隐秘的回忆忽然复苏，混合在他今生的记忆中，让他不能呼吸。

那个曾孤身解救创世神的英雄少年，在和破坏神对抗的战争里赢得了天下人的拥戴，最终成为云荒的主宰——然而，拥有一切的帝君，最终奢望的却是凡人无法得到的东西。那样的初衷，是出于人心无止境的贪欲，试图永远将世界之源的力量独占？还是并肩对抗破坏神时由衷生出的、无法抗拒的爱慕？

这些都已经无法分辨……最终，几百年后他记起的，只是当时不顾一切的疯狂。

御风皇帝煽动七国百姓，借口破坏神会给大地带来毁灭，不顾创世神的反对强行封印了破坏神；他在伽蓝帝都内修建了高达九重的离天宫，每一重宫门外，都用凡人所能掌控的最高深术法设置了强大的结界——就在一统云荒、登基称帝的那一年里，御风皇帝将依然衰弱无力的创世神幽禁在了九重门里的离天宫。

那是他以一个凡人身份，做出的不顾一切的渎神行为。

五十年来，御风皇帝深居离天宫内，侍奉神的左右，不曾离开半步——尽管远离所有人，尽管看不到神的一丝笑容、听不到一句言语，然而那时候帝王却是满足的。然而，君临天下、无所不能的御风皇帝似乎忘了自己毕竟是个凡人，死亡之翼迟早要带走他——而神，却是与天地同在。

凡人如何能窥知天意……即使人间的帝王，又怎能拥有神。

在寂无人声的离天宫内，一天天地，那个曾经英武俊朗的少年逐渐衰弱、老朽，成为枯木般的白发老人——然而玉座上的神祇依然拥有那样冷淡而莫测的冰雪容颜，静静地注视着帝王的老去，黑瞳里流露出悲悯的表情。那样的神情，让坐拥天下的伟大帝王绝望得几欲发狂——神分明有凝定时间的力量，却是听凭他衰老死亡！

在位的最后几年中，老朽的皇帝不顾一切地动用全国的力量，去寻求所谓的神人魔道、灵丹仙药，只想阻挡死亡的脚步，闹得平安繁荣的云荒人心惶惶，原本可光辉无瑕的一生也因为垂暮的举止而被冠上“昏庸”二字。

然而，即使如此，人力怎可抗天？

离世的刹那，他不甘地睁着眼睛，看到身侧那双黑色瞳子里露出深远的悲悯和哀怜。然而，神的眼里却并没有他毕生渴望看到的东西——是的，神是爱他的，但神的爱是如此无情而博大，在神的眼里，这个用毕生精力陪伴她的帝王和一只即将在霜降时死去的蝼蚁也并无区别。

怎么会这样……怎么会这样？

五十年啊……那么长的一生里，他再也不曾爱上任何人，把毕生的爱和时间都奉献在她的足下，她却一直如此的无动于衷？

意识开始涣散的时候，苍白的小手覆盖上了他额头那个六芒星的印记——那还是他解救出神的时候，神赐予他的力量的标记。低缓吐出的吟唱，祈祷着灵魂的彼岸转生——回想起来，在离天宫内那么长久的朝夕相伴里，居然还是第一次听到神开口说话。

“宽……宽恕我。”心境陡然一片清明，他低语，一生执迷的心魔终于刹那勘破。

“我宽恕你。”耳边忽然听到神回答，那个苍白的女童俯下身来，静静地拥抱衰老的帝王。肉体死亡、灵魂腾空而起的瞬间，一统云荒的帝君眼角流下血一样的泪——那是他一生戎马征战中从未有过的泪水。

神可以宽恕，因为她拥有人所没有的东西：时间和永恒。

而他，即使想要赎罪，却已没有多余的生命。

三百年过去，他终于重新回到这里，跪倒在玉座前吻那只幻化万物的手，请求神的宽恕——宽恕由于他当年的狂妄和无知，给神祇和整个云荒带来的苦难。

“怀刃，”神的手冰冷如玉，小小的手指上戴着一枚银色的戒指——他知道那便是神之右手力量的象征。那只手抬起来，指给他看九重门外的天空，“去到那里，把一切错乱的、颠倒的都恢复于原处——让这个云荒，回到最初平稳繁荣的样子。”

“谨遵神的旨意。”金甲剑士轻声低语。

那个瞬间，心中惊涛骇浪翻涌而过，最终沉寂。

随后怀刃长身站起，拉着尚自发怔的同门，握剑一直后退到白玉宫门外。低声念动咒语，就在眨眼之间，被玄锋劈碎的白玉高门一块块从地上反跳回来，在虚空中拼凑、凝定，转瞬组成了完好的宫门。

“神，请等待。”用咒术将离天宫封闭，怀刃低语，“我将带着您所希望的一切归来。”

玄锋目瞪口呆地看着同门前辈——一直目中无人的黑衣少年，第一次觉得云荒上存在着高出自己甚多的力量。等那道破碎的门恢复原型，不可思议地，他伸手碰了碰大门——玉石的质感冰冷而坚硬。

“怎么……怎么做到的？”玄锋转过头，结结巴巴，“前辈，你不是剑圣门下吗？”

怀刃从第九重门前转过身，看到身侧年轻人同样金色的眼睛，忽然眼里有掩不住的苦涩笑意：“我当然会术法，很久以前我就会了……你并不知道我到底是谁。”

是的，他是遗民们众口相传的幽国英雄，却也是冰国开国的御风皇帝。

多么可笑的事情……多年以后，他必须回到这个起点，将自己前世犯下的所有错误一一纠正。那是神三百年前就预料到了的结局——就如五十年来下的有输无赢的棋，每一步，都无法逃出神的预计。

不想再被满怀疑问的少年追究，怀刃握剑大步走向重重深门。在走出最后一道门时，外面的阳光穿过高高的宫门，照射到怀刃的脸上，他下意识抬手急挡——那样轻柔的光线，却刹那间让剑士泪流满面。

“怎么了？”跟得正急的玄锋收不住脚，几乎撞到了怀刃身上，诧异。

少年无法理解面前这个五十年没有见过阳光的男子的心情——怀刃用手挡住眼睛，让光线一分分透过指缝：新的世界展现在握剑而出的剑士面前。然而这个支离破碎的世界，却是他一手造成。如今，他就要回来将它带入新一轮的激流。

“前辈，你在看什么？”适应了光线，怀刃却久久地伫立，直到玄锋沉不住气。

怀刃放下了手，金色的眸子里闪着光，回身看着九重门内庭院里伫立的雕像——那雕像是如此之巨大，在九重门外回头看去，依然在最中心的地方俯瞰四方。

那是一座巨大的白玉雕成的神像——一对面容相似的神背向坐在蟠龙围绕的玉台上，外貌都是最盛年的男女：那便是传说中从开辟天地的天神体内分裂出的孪生兄妹：创世神和破坏神。女身神态安详，垂目举手，平举的右手心里有一处六芒星的印痕，其中悄然绽出一朵金色的莲花，象征着握有创世之源；男身扬眉怒目，左手持辟天长剑，拔剑出鞘，凌空欲劈，剑身上鲜血滴滴坠落，暗喻毁灭的力量。蟠龙缠绕在莲台上，吞吐着青色的宝珠。

那便是云荒亘古以来流传的故事——神之右手，魔之左手。浮于海上的云荒，四围都是龙神的领土，而大陆上，孪生的兄妹司掌着创造和毁灭两种力量，平衡着天地，繁衍着万物，让这片土地上枯荣代代流转不息。

作为云荒最高贵和神秘的所在，离天宫内的神像也是巨大而奢华的，几乎倾尽了天地间的珍宝来修饰——创世神黑瞳用最珍贵的黑曜石镶嵌，据说是从碧落海最深处六万四千尺的深渊中打捞上来，琢磨而成。无论子民们从哪个角度仰望，都觉得神祇的眼睛正看着自己，深远得看不到底。

怀刃站在巨大的神像下静静凝望那美丽庄严的面容，一时间居然无法移开脚步。

那一瞬间，因为封印破解而复苏的前世记忆里，仿佛有什么东西同样复苏了过来——多少年前，御风皇帝也曾站在这里仰望着神祇吧？日月从慕士塔格背后升起，又从空寂之山落下，那个孤独的帝王一直站在这里凝望着高高在上的神像，从意气风发直至垂垂老矣。

那个瞬间，陡然有什么深切的刺痛一直钻到了心底，剑士几乎要跪倒在天地之间——俯瞰的狂妄、仰望的景慕、偏激的执迷、狂热的爱恋，以及最后那样深沉的绝望……前世今生的记忆如同洪水汹涌而来，几乎将他击溃。

“前辈？”玄锋一直不知道到底出了什么事，小心翼翼。

金甲的剑士从胸臆里长长吐出一声叹息，转过身去：“走吧。”

“嗯。”黑衣少年跟在他身后，又看看神像，忽然道，“真奇怪——神居然不是这样的美丽女子？我刚看到那个孩子的模样，真的吓了一跳呢。”

怀刃再度停住脚步，回望那座神像——迎上他的，依然是纯黑的看不到底的目光。然而那样的面容却是绝伦的，有着天地间最美的一切的光辉——如果，神恢复到力量最强盛的时候，形貌便是如此吗？然而孪生兄妹彼此消长，创世神如若力量增强，破坏神如何还能维持这样英俊青年的外表？

那是可能并存的吗？

“当然可以。”忽然间，某个声音轻轻回答，居然是从神像嘴里吐出。

那个巨大的玉石雕像目光流转，看着怀刃，白玉雕刻的面容上忽然有了微笑。

“怀刃，你知道这个天地是平衡的——然而，最繁华的时候该是什么样呢？”创世神的力量透过九重门，通过雕像之口回答着即将远行的剑士，“不，不是如你所想的那样，我的强大而哥哥就必须衰微——那将是一个稳定而旺盛的均衡。更迅速地创造，更迅速地消亡，天地间一切始终维持在极大丰富却不过剩的层面上。到了那个时候，我和哥哥的力量便能同时达到最强的平衡。”

“神。”怀刃有些迷惘地看向神祗，“我不明白。”

“人终究不能明白神。”黑曜石雕刻的眼睛微微垂落，注视着金甲剑士，神像唇角绽出一个微笑，“其实说起来也简单：平天下，养百姓，致太平，戒奢靡——这些，等你坐到了王座上再说吧。”

雕像的手缓缓抬起，指向西方尽头，手指上那枚银色的戒指熠熠生辉：“快去吧。我哥哥在等你，你的族人在等你，你的敌人也在等你。”

“是。”最后对着神祗行了一礼，怀刃头也不回地握剑而出。

第五章

冰封祭坛

怀刃握剑离去，九重门后的深宫里，又恢复到了一贯的宁静。

在空白一片的庭院里，女童一个人坐在玉座上，静静面对着那一盘残局。上面，一个个虚幻的棋子犹如水晶般闪烁，可对弈的人却已经不在。

“怀刃。”小手拈起那枚“王”，漆黑的瞳子注视了片刻，忽然间有轻微的叹息从神嘴里吐出。叫出那个名字的刹那，想起的却是数百年前那个帝王——人都说天意难测。然而对神来说，人的心，却同样也是难以把握。

就如那时候她根本没有料到，御风作为一个凡人，居然敢做出这样渎神的疯狂举动。而三百年后临别那一刻，通过玉像的眼睛注视远行的剑士，那个瞬间她在这个幽国人眼里捕捉到了和百年前同样的情绪。如今，怀刃一去千里……又会做出什么样的事呢?

神在瞬间移动到了神像侧面，悬浮在空中，静静注视冰国人三百年前雕琢的这座神像。

那样美丽的面容……几乎极尽人世所能想象，将所有丽色赋予了这个女神。这就是人想象中神祇的模样?创世神漆黑的瞳子里，陡然有微弱的笑意，转过眼睛，看着另一面的孪生兄弟：同样白玉雕琢的面容，除了眉目间弥漫的杀气，容貌是极其相似的，只是不同于妹妹纯黑的瞳子——哥哥那一对眼睛，却是金色的。

宛如幽国人所拥有的金色眸子。

怀刃，甚至那个莽撞的少年刺客，都有着这样的眼睛。

“哥哥。”神在虚空中伸出手来，轻轻触摸孪生兄弟冰冷的面颊，低低呼唤——宇宙洪荒以来，他们就这样相互依存，从未片刻分离。然而这三百年，被分开禁锢在两处，不知道哥哥如今衰弱到了什么样子——或许，真的萎缩到连“实体”都无法维持了吧？

怀刃……怀刃会不会如御风一样，趁机进一步伤害破坏神？或许他会守住对自己的诺言，然而那些遗民和冰国人，那些视哥哥为灾祸之源的凡人，会不会一时短见，再度犯下如此可笑和巨大的错误？

人心是那样难以猜测。

“嚓”。轻轻一声响，掌心那枚虚幻的“王”，在神的手心片片碎裂，消失无踪。

西方尽头，空寂之山的皑皑积雪中，有鲜血如梅花绽放，泼洒得四处都是。

靴子踩踏在结了冰的血上。怀刃低头看了看雪上到处散落的残碎尸体，蹙眉。

那些尸体，一大半是各色服饰的遗民青年，间或有盔甲鲜明的冰国战士和锦衣玉袍的术士。他脚下踩住的，就是一袭饰有旋风图案的黑袍断袖，里面苍老的手已经变成了青紫色。似乎是被极其凌厉的剑法一切而下，断口处居然平滑如玉。

怀刃眼睛瞬间凝聚——那样的服饰，标明了这只断手主人的身份。

那是六长老之一的“风”——而连着半边身子切下这只手的剑法，无疑出自于剑圣门下。

“师姐！师姐！”身后的黑衣少年不知何时已经跑了出去，大叫着扑向雪地上一袭破碎白衣，不顾一切地将那个脸色苍白的女子抱起。然而那个身子轻得反常，玄锋微微一用力便“噗”地将同门从雪中抱起——竟只有半截身体。

女子美丽的腰身被奇异的力量截断，那个巨大伤口竟是诡异的烧伤。

在冰天雪地的空寂之山上，居然有烈焰凭空燃起，将剑圣门下的女子生生焚化——那是六长老之一的“火”。

一路从镜湖中心的伽蓝帝都赶到空寂之山，可显然这里的惨烈恶战已经告一段落：剑圣门下的另一位掌门女弟子已经死去，六长老想来也无法全身而退——只不过，看起来冰国早有准备，六国遗民只怕无法实现这次的计划了……在看着玄锋崩溃般地抱着那个只剩一半躯体的女子呼号时，怀刃的脑子里却是冷醒地跳出了这样的判断。

在站到这个杀场里时，他惊讶于自己居然可以这样置身事外地旁观。

或许，那只是因为他脑海里的记忆已经复苏，另一个自己同时复活了——对怀刃而言，这是一场对于自己族人的血腥镇压和屠杀；然而对于御风皇帝来说，这不过是一场试图挑战他的帝国的动乱罢了。

他站在雪地上，听着远处依稀可闻的刀兵和吟唱声，却是冷冷不动声色。那一刹那，仿佛他真正的灵魂跃出了这个躯壳，在更高的地方俯视着躯体里的两个“自己”。

前世今生宛如梦幻。帝王英雄，更不过一场空中之空、梦中之梦。

而如今的他，将为何而拔剑？他的剑，又如何能刺破那一场虚空？

雪地上，血流如注。站在这个修罗场里，前来助战的幽国剑士，却长久地提剑沉吟。直至看到那个黑衣的少年猛然放下女子的尸体，拔剑冲向远处犹自混战的人群——年轻的脸上那种不顾一切的杀气和悲痛，陡然间将怀刃散漫的思绪拉了回来，他跟了上去，进入战场。

祭坛不远处，结下了一个六芒星的阵。冰国六长老只剩下了四位，然而集结的上百遗民也只剩下寥寥。六芒星上两个位置已经空了，剩下的四位长老守着四角，挥舞着手中的法器，黑袍飞扬，不间断的咒语从苍老的唇间吐出，伴随着凌厉变幻的手势——金、木、火、土，六合之间的四种力量被他们熟练地操纵着，杀向犹自困战的遗民。

这段通往祭坛的血路已经延续了几百丈，然而眼看封印破坏神的祭坛就在咫尺开外，那些遗民却已经没有余力，只是被四位长老和冰国战士的攻势逼得不停往中间退，已经无法招架那些攻击。可黑衣少年玄锋一加入，猛然让那些垂死挣扎的遗民振作了精神。

“住手！”在双方再度开始新一轮的激战时，忽然间金色的光芒风暴般卷起，在冰雪上刺得人睁不开眼睛。刚要接触的两股力量同时反向弹了开去，重重击在各自的护壁上，让冰国长老和六国遗民都踉跄着倒退回去。

“前辈！”玄锋扭过头，看到了出手的正是怀刃，不由得眼睛一亮，转头热切地对着残留的同族大喊起来，“你们知道他是谁？他就是怀刃！五十年前孤身前往离天宫的英雄怀刃！他回来了！回来和我们一起杀了那些冰国人！”

“怀刃？”看到金甲剑士如同神人般破冰而至，遗民喃喃念着这个被缅怀了数十年的名字，几乎不敢相信地震惊低语，“怀刃还活着？”

“真的是怀刃！”忽然间，有个苍老的声音喊了起来，“是怀刃！”

遗民中有个鹤发童颜的老妇人惊呼着冲出了人群，因为极度的震惊和喜悦，已经顾不上四周依然还有冰国的人——白发萧萧的老妇人一直冲到了怀刃面前三尺，又迟疑着顿住了脚步，凝望那张曾经熟悉的脸：“师……师兄？”

“梅迩。”看着面前苍老的脸，怀刃深沉地叹息——五十年了，当年还不过十六七岁的师妹如今已经是这样的垂垂老态。绸缎般的肌肤起褶了，红润的嘴唇枯萎了，金色的眸子也开始混沌——时间的力量是如此强大和无情，带走一切美丽脆弱的事物。这张饱经风霜的老妇的脸，已经无法让他回忆起半点儿当年小师妹的美丽和娇憨。

那个瞬间，他心底想起的是神祇的双瞳——纯黑、深湛，如同不变的夜空，无论在何时何方仰头观望，都是那般恒久的美丽。

他终于明白御风为何不惜一切都要留住神祇——在拥有一切之后，最可怕的，便是要独对那无边无际的空茫。那个皇帝以为留住神祇，便可以抓住永恒。然而可惜他错了。

惊讶于面前这张时光停滞的脸，女剑圣诧异地喃喃：“师兄，你……你……怎么还是……”

“是神！是神替前辈凝固了时间！”在一片震惊中，只有玄锋兴奋的声音不停地响起，解释着，“创世神站在我们这一边！神赐予了英雄无比的力量，让他回到我们中间，说，冰国当亡，怀刃将成为新的皇帝！”

“将成为新的皇帝……”那样的话是比雪暴更惊心动魄的，风一般在遗民中传播，每个人眼睛里都发出了振奋的光，看向那个踏雪而来的金甲剑士。

“怀刃！”四长老显然也认出了这个本该在离天宫内侍奉在神左右的剑士，同样一眼看出了他如今身上具有的力量，惊慌地面面相觑——怀刃如果能够离开离天宫，那唯一的可能，便是神允许了他离开。神，那个被他们冰国供奉了三百年的神，改变了心意！

“所有人，都给我退开。”怀刃目光慢慢从在场各国人身上掠过，最后落在十丈开外那个冰封的祭坛上——那里，六芒星祭坛的中心点上，三百年前御风皇帝亲手结下的那个封印，赫然发出淡淡的金光。

“前辈，快去释放破坏神吧！”玄锋带着遗民拦住了冰国长老，大声喊，眼里放出热切的光，“这里交给我们好了！”

“怀刃，你疯了？住手！”火长老声嘶力竭地呼喝着，试图阻止这个陪伴神的剑士，“你要毁掉这个云荒吗？”

然而，在一片刺耳的刀兵声中，金甲剑士走上了祭坛，将手轻轻按在六芒星中心的金色刻痕上。那里，三百年前留下的手印依然存在——那是集中了天下人力量，设下结界封印破坏神的御风皇帝的手印。

怀刃轻轻将手按在那个手印上，分毫不差。想来，创世神等待了那么多年，就是为了等他在轮回之后重新回到离天宫寻找神祇，好借助他的手，将孪生兄弟释放吧。

在这个天地之间，唯一和神对等的、令神挂念的，便只有那个孪生的破坏神。

“神，一切将如您所愿。”剑士垂目低语，霍然发力。那个能禁锢破坏神的封印轻易地在他手下震碎，金色的光陡然扩散开来，笼罩了空寂雪山——那个瞬间，地宫封住的大门陡然开裂，露出一道黑暗的缝隙。

怀刃金色的眸子里有激烈交错的表情，看向那一道似乎可以吞噬一切的黑暗。

破坏神，就被禁锢在这个地宫里，长达三百年？

如今，不知道这个只手可以毁灭一切的神魔，成了什么样子。

他回顾身后纷乱的战局——无论冰国人还是遗民，看到他震裂了那道坚不可摧的封印，个个一时间呆若木鸡。金色的眸子里闪过微弱的笑意，剑士忽然开口了：“其实，破坏神不在这里面……真正的魔之左手，就在杀戮的人群当中，就在你们的心里。”

包括玄锋在内所有人陡然愣住，不知如何回答。

“其实，我结下这个封印时，本来希望的是七国之间不再有纷争。”怀刃嘴里，慢慢吐出御风皇帝的话，微微叹息，忽然加重了手底的力量，“可是，你们自己造出了新的破坏神！——我做的一切都错了。”

咔嚓一声，地宫封印完全破碎，怀刃只手打开了地宫之门。

“师兄！”毕竟是同门，陡然明白了他要做什么，梅迩脱口惊呼，“不要！”

“前辈！”玄锋也惊呆了，大呼。

“怀刃？”四长老停下了手，不约而同回顾。

“如今，我让一切回到原状。”低低的话语从剑士嘴边吐出，咔嚓一声巨响，地宫门完全打开，金甲剑士手上加力，耸身跃入门后那片无穷无尽的暗黑。门轰然合起。

第六章

暗 黑 破 坏 神

怀刃握剑离去，九重门后的深宫里，又恢复到了一贯的宁静。

一枚枚虚幻的棋子从棋盘上生长起来，连片成势，相互交缠着攻击不休。然而这样自己和自己下的棋，无论成败都索然无味。

小小的手指叩在棋盘边上，却有些落寞的意味。纯黑的眼眸抬起，看着一边水晶更漏里凝固的白沙——自从怀刃踏出离天宫，已经整整三个月过去了。

这中间没有冰国人再度进入离天宫——或许是怀刃离开时设下了结界，让那些冰国贵族无法进入这里。而六长老，则去了空寂之山镇压遗民起义，所以才导致无人可以进入九重门后的深宫来侍奉她左右。

这一切都没有什么，然而令人惊讶的是她居然无法得知任何关于怀刃的消息。她试过种种方法：冥想，推算，可一切都显示着虚无——甚至动用了水镜，居然还是看不到他的踪迹。

那是不可能的事情。这个云荒的天地之间，居然还有神无法得知的事？

长久沉吟着，神纯黑色的眼睛里陡然有空茫的感觉——这个云荒……这个她曾一手造出的云荒，上面所有的人和事，已经越来越不由她掌控了。神祇的力量终究有限，何况恒久的时光中，这个天地之间损有余而补不足，她已经越来越感到疲惫。

一念动，神瞬间就出现在玉石雕像边上，仰起脸，注视玉石雕刻的孪生兄弟的脸——忽然间，神的脸色变了！

开天辟地以来，这样震惊的神情还是第一次出现在神祇的脸上。

“哥哥？哥哥？！”不可思议地轻触着玉像冰冷的脸，黑色的瞳子里交织着震惊和战栗的光——然而那个巨大的雕像依旧没有表情，双眸璀璨夺目，和女童的黑瞳对视。

“怎么……怎么会这样？！”神祇捧着雕像的脸，震惊地低语，右手微微颤抖。

三百年前，御风带给她的已经是罕见的意外——而三百年后，怀刃居然做出了这样的事！

低语中，离天宫最后一道门轰然洞开。忽然有异常强大的力量如风暴席卷而来，将九道宫门瞬间一起粉碎——只是一刹那，九道非天结界居然一齐破碎！

外面刺入的阳光让神祇微微闭了一下眼睛——已经多少年没有接触到日月的光辉了？出了什么事情？这几个月内，外面必然风起云涌，然而，难道这么快冰国国内也发生了变动？连帝都也不安稳了？有谁……有谁居然能举手之间破去了这存在了三百年的结界？！

“吾皇万岁！”

门轰然洞开，阳光将一个身影投在地面上，长长地直指九重门内——而那个伫立在高大穹门底下身影两侧的，是无数匍匐在地的官员、将军和神官，密密麻麻跪在御道两侧，一直延伸到九重门的最外面。

那个唯一站立的身影转过了头，静静凝视着离天宫第一道宫门内矗立的巨大神像。

金色的夕阳映在他金色的眼眸里，焕发出刀剑上特有的光感——然而璀璨眼眸的深处，却是隐隐有着看不到底的黑暗颜色。

“怀刃。”看到来人转头的刹那，神低低脱口道，难掩震惊。

虽然已经换上了高冠玉带，一身人间帝王的装束，然而帝袍下依然是那件金甲，甚至手上握着的不是权杖和玉玺，而是那把淡金色的光剑——握剑打开离天宫第九重门的，居然是已经成为人间帝王的怀刃。

那样快的速度……以及那样巨大的杀戮力量！

"我不只是怀刃。"没有理睬那些匍匐在地上的臣民，随手封闭了大门，新帝王抬头仰望着虚浮空中的创世神，忽然微微笑了起来，"神，你错了。"

神，你错了——这样一句话，居然从一个凡人嘴里吐出？

创世神霍然回头，注视着这个归来的男子。

"你把我哥哥给杀了？"手心里依旧捧着雕像冰冷的脸，神祇漆黑的眼睛却是看不到底，声音也带着说不出的压迫力，"你去空寂之山破开封印，趁机把我哥哥杀了？"

"神，你又错了。"新帝王微笑起来，然而这一次他口唇没有翕动——巨大的玉像陡然开启了冰冷的嘴，将他的话一字一句传达，"我并没有杀破坏神。"

在看到掌心雕像开口说话的刹那，神祇再度震惊地脱口，飘出了三尺，凝视。

不错……已经悄然变了。在她刚出门抬头看时，就注意到孪生兄弟的雕像发生了奇异的改变：原来那张脸不知何时慢慢变幻，换成了另一张新的、熟悉的脸——那是怀刃的面容。

怀刃的面容，居然奇异地出现在了破坏神雕像上！到底是什么样的力量，让离天宫内这神圣的玉像如同活了一般发生了奇异的变化？

"我并没有杀破坏神，"雕像缓缓开合着唇，微笑着，吐出一句话，"我就是破坏神。"

巨大的石像忽然动了起来，玉石的手臂举起，缓缓抱住了虚空中的创世神。金色宝石镶嵌的眸中，流动着光芒，注视怀中黑瞳的女童："我就是你哥哥。"

"怀刃！"神陡然明白过来，看向地上那个高冠博带的新帝王，脱口道，"是你！是你把——"

然而，即使神，也有不知道如何表述的时候，女童怔怔看着那个石像嘴里吐出怀刃的声音、看着巨大的双臂抱着她，黑色的双瞳因为震惊而雪亮。

"我的确是怀刃，是御风，"悄然改变了面容的魔之左手慢慢说着，巨大的手掌平举着，将女童捧在手心，收回脸颊边，金色的眼眸是温和没有杀气的，"但我同时也是魔之左手，是破坏神——是你唯一的孪生兄弟。"

冰冷的唇轻轻触着女童黑色的长发，吐出静默的声音。

“怀刃？”终于慢慢明白发生了什么，神祇猛然出手，狠狠扇了帝王一个耳光，“你……你居然做出这样的事！”

“嚓”，小手上的力量看似微不足道，然而巨大石像的脸颊陡然间爆裂开来，粉尘簌簌。

漫天的玉屑中，新帝王脸上留下了一个掌印，然而有奇异的力量蔓延着，让那个痕迹迅速地变淡消失，没有丝毫痕迹。

怀刃轻轻摸了摸脸，金色的眸子里有奇异的笑意：“神，你再也无法奈何我。”

“神，这是命中注定：在三百年后，我依然如此深爱你。”帝王俯下身去抱起那个孩子，喃喃道，“但是我比三百年前的御风长进了很多吧？我不会去再度囚禁破坏神，或者释放他——我要自己成为破坏神。我要与你同在。”

“怀刃。”神漆黑的眼睛里有不可思议的光，凝视着面前这张熟悉的脸。

“是的，你说对了——三百年后，你哥哥已经失去了‘形体’，”新帝王眼睛里有深而冷的光，和女童漆黑的眸子对视，隐隐有笑意，“所以，我打开封印，跃入地宫，给了他新的躯体——或者说，我将他同化在我体内，从此与我同在。”

“怀刃……”神喃喃脱口道，不可思议地看着他的眼睛。

那样熟悉的眼睛——混合着哥哥、御风、怀刃的一切特征，穿越了所有时空。

“真是疯了啊……比御风还要疯。”神祇的手触摸到那双熟悉的眼，不知道说什么才好，“你……你……将哥哥融在了体内？这不可能……这完全超越了一个‘人’的限度！”

“是。凡人无法和神同在——御风已经试过了，”怀刃眼睛里是深不见底的光，忽然低下头轻吻那只幻化万物的手，“我要成为破坏神——我只有成为破坏神。我想与你同在，一起守望着天地的尽头。我想知道什么是永恒。”

神祇忽然长久地静默。凡人生生不息，神祇明明灭灭——而神又是什么？永恒又是什么？御风，或者怀刃，我也不能告诉你这六合间的奥义啊。

女童忽然苦笑起来，用小手轻抚那双金色的眼睛。

那是多么令人战栗的眼睛——一个人的躯体里，有着魔的特质；或者说，一个毁灭一切的魔，却有着人的灵魂！那样激烈对比的美是惊心动魄的，甚至超越了作为创世神的她所能创造的一切，令她目眩神迷。

原来，人心幻化出的极致瑰丽，竟能一至于此。

“将破坏神拥上帝位——多么可笑的事情。”创世神黑瞳中交织着复杂的光，缓缓冷笑起来，转头看着密闭的宫门，“那些我所创造出的子民，居然做出了这样的事情。”

将魔之左手拥立为云荒帝君，不啻将人世交由毁灭的力量来控制！她的孪生兄弟唯一的力量来源，便是毁灭和杀戮——那是魔的本性，无可改变。即使同时兼具了御风和怀刃的力量，以人性的善与真来控制杀戮欲望的抬头，又能压制破坏神的本性多久？

“放心，在还能控制住那种毁灭欲望之前，我会尽力让云荒平安——也让你慢慢恢复力量。”新帝王的眼睛里没有杀戮之气，抬头凝望着那座巨大的孪生神魔雕像，吐出缓慢的语句，“你说过……真正的繁荣，会同时提升两方面的力量，不是吗？”

神微微颔首，不语。

“那么，”新帝王的手轻轻抱起了女童，转身面向那巨大的雕塑，“让我们试着来达到这个平衡吧，不管那个平衡能维持多久——神，我想看到你最美那一刻的样子。”

女童黑色的瞳子静静凝视着面前的人，眼睛深不见底。

“你无法离开我，就像天和地永远无法分离。让我们一起来守望这个云荒，直到沧海桑田。”帝王金色的眸子丝毫不退缩地和她对视，静默地回答——那一瞬间的沉默，不知有多少狂风巨浪般的心潮汹涌而过。

许久许久，女童终于伸出小小的手，抱住了新帝王的脖子。

一夜之后，离天宫巨大的宫门轰然洞开。

御道两侧匍匐的官员、将军和神官惊讶地看到新帝王抱着一个女童站在穹隆下——女童的眼睛是漆黑的，看不到一丝一毫神色变化。然而每个人在接触到那双纯净至极的孩子的眼睛后，都有说不出的心惊。

“创世神！”大神官刹那认出了帝王臂弯中那个孩子的身份，战栗地伏地不敢仰视。

所有臣民在震惊和敬畏中伏倒在地，通往离天宫的御道变成了一条装饰着各色官员服饰的河流。河流的源头上，金色的新帝王抱着黑瞳的女神静静而立，刚从慕士塔格背后升起的朝阳在他们身上幻化出炫目的色彩，宛如神祇。

“太阳。”多少年来第一次仰头看着天空，女童嘴里吐出了叹息。

“神，你能看到未来吗？”新帝王望着天地尽头，嘴角忽然有莫测的笑意，“你同样也能看到，是不是？”帝君的手，指向茫茫镜湖的彼侧，声音空茫得接近预言，“你看到了吗？那里，将会矗立起一座通天彻地的白塔——一个司掌破坏力量的君王，暮年时留下了最伟大的创造；而白塔之下，相对的守护之力，将会结成另一个虚幻的帝都。而北方的尽头啊……神，北方的尽头，我看到了星辰的陨落。一切终归有尽头，伟大的帝国也是同样。”

漆黑的眸子随着帝君的手转动，然而即使看到了一切，创世神的眼睛却没有丝毫表情：“那都是很久很久以后的事情了……那时候，不知道你和我是否还存在于这个六合之间。”

“不，我们必将存在。”新的帝王同时抬头仰望着崭新的天空，不自禁地提高了语声，“日出的时候我们拥有这片土地，而我们也将拥有它直至最后一颗星辰坠落。”

那样冷定而压倒一切的语句，让脚下匍匐的臣民不自禁地悚然。

“吾皇万岁！万岁！万万岁！”由近而远的呼声响起，如同一阵风暴传向天际。

然而那样的欢呼声中，唯独神的眼睛是静默的，凝视着一侧帝王英俊冷酷的脸，黑眸中有掩不住的担忧——杀戮和毁灭的天性，就如埋藏在内心中无法挖出的种子，人世的权欲诱惑着它，时时刻刻想要抬头——不知道它何时就会冲破坚固的土壤，长成恶毒的藤蔓？

“如果星辰都坠落了，”此起彼伏的万岁声中，孩童的眼睛注视着帝王，轻轻反问，“这片土地上还有什么呢？”

“还有你和我，”然而那样深远的问话，换来的却是如此凌然的回答，“与日月同在。”

“不，在最后一颗星辰坠落前，我将与你一起‘湮灭’。”女童的眼神慢慢凝聚，开合的唇中吐出冷然的话语，居然有静默的杀气蔓延，“我将在平衡倾覆之前，将其彻底终结。”

“那就守望着我，”新帝王的眼睛里忽然焕发出了笑意，那样的笑意让神陡然明白他原先的话只是故意的挑衅，“在我拔出这把剑之前，请守望着我。我的神……我的皇后。”

“吾皇万岁！”两人的对话里，依然伴着四围山呼海啸般的欢颂声。

新帝王俯瞰着丹阶下密密麻麻的臣民，陡然伸臂，将怀中神祇高高抱起，在朝阳的光辉中振臂大呼：“神后万岁！”

神后？那么，相对的，刚登基的帝王，便是魔君吗？

然而没有人去想这个问题，狂热的情绪弥漫了全场，所有人在没有回过神来之前就顺着帝君的意愿重复高呼：“神后万岁！神后万岁，万岁，万万岁！”

朝阳如血，将云荒天地间的所有笼罩，只有欢呼声响彻云霄。

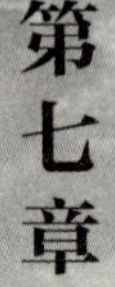

第七章

永垂不朽的诗篇

六国遗民在怀刃皇帝的带领下，一举推翻了原先冰国的暴政，建立了新的国家。冰国贵族无法和魔君、神后的力量抗拒，由元老院带领离开了故土，流浪在云荒最西边广袤荒凉的沙漠上，逐水草而居，和沙狼苍鹰为伴。

那个由六色土组成的崭新的国家，有个新的名字：空桑。

原先六个国家的遗民变成了空桑的六个部族，并按照原先六色土的色彩，分为白、青、蓝、紫、赤、黑六部。六部一致将怀刃拥上了帝位，是为空桑先祖怀刃皇帝。

在年轻英武的帝王身边，是逐渐长成美丽绝伦女子的皇后，在万民朝拜中，帝王金色的双眸和皇后纯黑的瞳子注视着大地，守望着辽远得看不到尽头的云荒。

那便是云荒大地上“空桑”这个民族的由来。

因为历史的久远，那个关于民族缔造的故事已经接近于神话——即便是空桑最古老的史书《六合书》上，都没有确切的记录。没有人知道有多少是真实，又有多少是臆造。然而魔君、神后的故事，犹如中州大陆上关于伏羲、女娲的传说一样，被所有人信仰。

“我们空桑人的祖先，是天上下来的神。”

——每一个空桑人都那样自豪地说，仰望着白塔尽端湛蓝的天宇。每户人家中，都供奉着那一对孪生神魔的小像，烟火萦绕中，金眸与黑瞳如昼夜般并存。

此后又过去了多少年。

镜湖变成了桑田，湖中凸现了方圆百里的孤岛，而内乱迭起，六色土再度分崩离析，退缩于西方广漠的冰族趁机复出逐鹿天下。沧海横流之时，《六合书》上记录的最伟大的帝后拔剑起于蓬蒿。太初元年，星尊帝和皇后白薇结束了内乱，重新统一了六部，将冰族彻底驱逐出了云荒大地，开创了历史上最强大的王朝：毗陵王朝。

太初三年，星尊帝在镜湖中心的孤岛上建立了庞大的城市，将帝都伽蓝迁移到了湖心。而相应地，白薇皇后动用她的力量，在伽蓝城的正下方水域里，用幻力结成了一个虚幻的帝都：无色城。

云荒格局在悄然变化，历史如同风般呼啸而过。

收南泽、平北荒、灭海国，空桑的版图在星尊帝手中扩大到了无以复加的地步。然而在"征"达到顶点的时候，"护"的力量悄然兴起：不满帝王对待海国的暴虐，白薇皇后拔剑而起，与丈夫对抗，最终战死九嶷山下的苍梧之渊。那座虚幻的无色城，也被星尊帝永远地封闭。

星尊帝暮年，云荒的心脏上陡然拔起了高达六万四千尺的白塔，直指云霄。伟大的帝王将那尊据说与大地同寿的巨大神像供奉在塔顶的神殿上——那"离天最近"的地方。自己也绝足于大陆，在伽蓝白塔的顶端度过了余生。

没有人知道星尊帝在最后十几年里，一个人在孤高的绝顶上，对着神像想什么。但在这位帝王南征北剿后，这一片云荒大陆终于完成了又一个轮回，进入了相对安稳的和平阶段。

然而和平是什么？

和平是两次战争中的间隙，是一个失衡到另一个失衡之间短暂维持的脆弱平衡。

巨大的白塔高耸入云，俯视着这片大地的一切兴亡枯荣。玉座上的神祇有着两双不同色泽的眼睛：金色的那一双，只能看见杀戮流血；而黑色那一双，则能看到平安繁荣。

而现在，哪一双眼睛看见了过去？哪一双又看见了未来？

“宽恕我……”六万四千尺的绝顶上，空桑最伟大的帝王须发苍白，仰望着神祇永恒不变的眼眸，喃喃低语。独居了十几年后，一代帝王在伽蓝白塔顶上的神殿里合起眼睛，进入永久的沉睡，身边没有一个人陪伴。

手中那一卷《六合书·往世录》被风吹落在地，唰唰翻页——

只是一个眨眼，便从洪荒翻到了桑田。

【神之右手·完】